Margaret Millar

Wie du mir

Roman

Aus dem Amerikanischen von
Renate Orth-Guttmann

Diogenes

Die deutsche Erstausgabe erschien 1992 im Diogenes Verlag
Titel der 1950 bei Random House, New York,
erschienenen Originalausgabe:
›Do Evil in Return‹

Umschlagillustration:
Balthus, ›Les beaux jours‹, 1944–49
(Ausschnitt)

Für Faith Baldwin

Veröffentlicht als Diogenes Taschenbuch, 1994

150/94/43/1
ISBN 3 257 22714 0

Wem Böses getan wird,
der vergelte mit Bösem.
W. H. Auden

I

Noch war der Nachmittag warm, aber für die Nacht kündigte der Wind bedrohlichen Nebel an. Er drängte sich durch das offene Fenster, tastete mit neugierigen Fingern in der Ecke der Anmeldung herum, hob den Saum von Miss Schillers weißem Kittel und spielte mit dem dunklen Haar der jungen Frau, die an der Tür saß. Sie hielt eine Zeitschrift im Schoß, aber sie las nicht, sondern schlug nur die Seiten um, eine nach der anderen.

»Ich weiß nicht, ob Dr. Keating Sie noch annehmen kann«, sagte Miss Schiller. »Es ist schon spät.«

Die junge Frau hüstelte nervös. »Ich hab's nicht eher geschafft, ich ... ich hab die Praxis nicht gefunden.«

»Sie sind fremd in der Stadt?«

»Ja.«

»Hat jemand Ihnen Dr. Keating empfohlen?«

»Empfohlen?«

»Hat jemand Sie hergeschickt?«

»Ich ... nein, ich hab den Namen aus dem Telefonbuch.« Die junge Frau erhob sich unvermittelt, die Zeitschrift und ihre billige braune Handtasche fielen zu Boden. »Ich muß sie sprechen, es ist furchtbar wichtig.«

»Dann brauche ich Ihren Namen und Ihre Anschrift, ich kann ja Dr. Keating mal fragen.«

»Violet O'Gorman, Olive Street 916.«

»Miss?«

»*Mrs.* Violet O'Gorman.«

Miss Schiller fixierte sie mit einem scharfen Blick, dann wandte sie sich um und rauschte steifgestärkt in Charlottes Sprechzimmer.

Charlotte war schon umgezogen, aber sie hatte sich längst damit abgefunden, daß häufig etwas Unvorhergesehenes ihre Pläne durchkreuzte. Seit Jahren kannte sie es nicht anders.

Sie stand vor dem Wandspiegel und rückte den Hut zurecht, eine schlanke, hochgewachsene Frau knapp über dreißig, die gelassene Kompetenz ausstrahlte.

»Was ist jetzt?« fragte sie, ohne sich umzudrehen.

»Da ist eben noch jemand gekommen. Ohne Empfehlung. Hat Ihren Namen angeblich aus dem Telefonbuch.«

»Soso.«

»Nennt sich O'Gorman.«

»Wenn sie sich so nennt, heißt sie vermutlich auch so«, bemerkte Charlotte sachlich. »Und noch etwas, Miss Schiller, beim Telefonieren fragen Sie doch bitte *Wie ist der Name?* und nicht *Wie war der Name?*, das hört sich immer an, als ob Sie mit einer Leiche reden.«

»Ich gebe mir die größte Mühe.« Miss Schillers Tonfall und die schmalen Lippen machten deutlich, daß man sich für Frau Dr. Keating ohnehin vergeblich mühte.

Charlotte setzte den Hut wieder ab und ordnete mit ein paar geschickten Griffen das weiche braune Haar. Miss Schiller bedachte den Hut mit einem scheelen Blick. Sie mißbilligte Frau Dr. Keatings Stil, die Art, wie sie sich privat zu kleiden pflegte, mißbilligte die breitkrempigen Hüte und Chiffonkleider und Stöckelschuhe. Patienten, die Dr. Keating auf dem Weg zur Visite im Krankenhaus trafen, konnten leicht das Vertrauen verlieren, wenn sie daherkam wie zum Bridgespielen oder zu einer Cocktailparty. Bei Miss Schiller stand ein solcher Vertrauensverlust nicht zu befürchten. Sie ließ ihren Hexenschuß vom Chiropraktiker behandeln und kaufte in einem kleinen Laden in der Stadt chinesische Kräuter zur Blutbildung.

»Bitten Sie Mrs. O'Gorman herein.«

»Ist gut, Frau Doktor.«

Miss Schiller ging hinaus und drückte dabei eine Hand ins Kreuz, um darzutun, daß sie noch unter Schmerzen ihre Pflicht tat. Charlotte lächelte. Sie wußte um den Chiropraktiker und die chinesischen Kräuter, sie wußte praktisch alles, was es über Miss Schiller zu wissen gab, und war deshalb tolerant. Du kennst ja den Spruch, hatte sie mal zu Lewis gesagt: *Alles wissen heißt alles verzeihen.* Das war ihre aufrichtige Überzeugung. Sie sei eine bemerkenswerte Frau, hatte Lewis erwidert, und sie hatte ihm ohne einen Funken Arroganz zugestimmt. Es war ja wirklich eine Seltenheit, daß jemand heutzutage ohne nervöse Spannungen oder Schlaflosigkeit oder eines jener obskuren psychosomatischen Symptome durchs Leben kam, mit denen sich die Hälfte ihrer Patienten herumplagte.

Charlotte war gesund und zufrieden. Sie arbeitete intensiv, aber nicht bis zur völligen Erschöpfung. Sie kannte sich in ihrem Fach, der Allgemeinmedizin, gut aus, hatte einen scharfen, wenn auch nicht besonders tiefschürfenden Verstand und einen erfreulichen Sinn für Humor. Die meisten Kollegen nannten sie Charley und redeten hinter ihrem Rücken durchaus freundlich, in Sachen Sex allerdings so gut wie gar nicht über sie. Dabei war sie keineswegs frigide, denn da gab es ja Lewis. Und früher oder später ... ja, früher oder später mußte sie sich wegen Lewis etwas einfallen lassen. Die Mondschein-und-Rosen-Phase lag unwiderruflich hinter ihnen, die Beziehung war jetzt eher von Sonne und Butterblumen, von stärkeren, sinnlicheren Symbolen geprägt. Lewis drängte; es wurde immer schwerer, Distanz zu halten.

Sie hatte es sich zur Regel gemacht, während der Sprechzeit nicht an ihn zu denken. Entschlossen schlug sie sich Lewis aus dem Kopf und schenkte ihre ganze Aufmerksamkeit der jungen Frau, die Miss Schiller gerade ins Sprechzimmer brachte. Miss Schiller hatte die Patientin mit festem Griff am Arm gepackt, als sei sie eine Gefängniswärterin, die eine fluchtverdächtige Schutzbefohlene vorführt.

Ihr Gesicht war rot angelaufen vor Empörung. »Was soll ich Ihnen sagen? Sie wollte nicht mit herein! Einfach getürmt. Das muß man sich mal vorstellen, wo Sie sich extra –«

»Das ist alles, vielen Dank, Miss Schiller«, sagte Charlotte.

»'türlich wollte ich mit rein«, protestierte die junge Frau, als die Tür sich hinter Miss Schiller geschlossen hatte. »Ich bin nur mal rausgegangen, weil ich 'n Schluck Wasser trinken wollte. Ich hab immer solchen Durst.«

»Setzen Sie sich, Mrs. O'Gorman.«

Die junge Frau schob sich ängstlich auf eine Stuhlkante. Sie mochte um die zwanzig sein. Dunkle Haare umrahmten ein Gesicht, das recht reizlos war, wenn man von den strahlenden Augen und der gesunden Röte der Wangen absah. Trotz der Hitze trug sie einen dicken Tweedmantel, den sie mit beiden Händen über dem Bauch zusammenhielt. Über ihre Stirn zog sich eine lange Zickzacknarbe. Das Narbengewebe war gewuchert, möglicherweise, überlegte Charlotte, hatte die junge Frau es schon mit Bestrahlungen versucht, um das Mal unauffälliger zu machen.

»Gräßlich, dieser Durst, ich hab den Eindruck, daß ich leicht zehn Liter am Tag schaffe.«

»Das ist gut für Sie«, sagte Charlotte. »In Ihrem Zustand.«

Die junge Frau stieß einen leisen Schrei aus. »O Gott, sieht man es? Sieht man es schon?«

»Entschuldigen Sie, wenn ich das so sage. Ich dachte natürlich –«

»Daß man es *jetzt* schon sehen kann ...«

»Man sieht es nicht.«

»Doch, bestimmt. Sie haben gesagt ... gesagt ...« Sie schlug die Hände vors Gesicht. Tränen quollen zwischen ihren Fingern hervor und tropften von ihren Handgelenken.

Sie trug einen Ehering. Aber den trugen sie alle, sie kauften ihn im Warenhaus. Für manche, dachte Charlotte, muß das der schlimmste Augenblick sein, schlimmer als die Wehen. Der Augenblick, in dem sie ins Warenhaus gehen, um den Ring zu kaufen. Es ist wohl keine einzige darunter, die nicht von einer weißen Hochzeit geträumt hätte. Es war ein deprimierender Gedanke.

Schließlich fragte sie: »Wo wohnen Sie, Mrs. O'Gorman?«

»In Oregon. Ashley, Oregon.«

»Sind Sie verheiratet?«

»Ja. O ja. Aber ich bin weg von ihm. Er ist nicht der, wo ... Er ist nicht der ... der Vater.«

»Was wünschen Sie, Mrs. O'Gorman? Wie heißen Sie übrigens mit Vornamen?«

»Violet.«

»Wer hat Sie hergeschickt, Violet?«

»Keiner.« Die junge Frau machte große Unschuldsaugen, aber Charlotte ließ sich nicht täuschen. Ich will doch nicht hoffen, dachte sie, daß man sich über mich erzählt, ich nähme illegale Eingriffe vor.

»Niemand hat mich hergeschickt«, wiederholte sie. »Ich hab Ihren Namen im Telefonbuch gesehen, das hab ich auch draußen schon der Schwester erzählt, und ich bin zu Ihnen gekommen, weil Sie eine Frau sind, weil ich gedacht hab, Sie würden verstehen, wie das ist, wenn man in anderen Umständen ist und keinen Mann dazu hat.«

»Sie wollen das Baby nicht?«

»Nein, natürlich nicht«, erwiderte Violet schlicht.

»Sie sind jung und kräftig. Wenn Sie das Kind austragen, können Sie Ihren Job bis kurz vor der Geburt behalten ...«

»Ich hab aber keinen Job.«

»Dann könnte vielleicht der Mann, um den es geht, Sie in dieser Zeit unterstützen. Wenn Sie beweisen können, daß es sein Kind ist, muß er das sogar.«

»Klar kann ich das beweisen. Ich hab nicht mit Eddie zusammengelebt. Ich mach ihn verrückt, hat er gesagt, da bin ich für 'ne Weile zu meiner Schwester gezogen. Und deshalb hat er auch gleich gewußt, daß es nicht sein Kind ist.« Sie legte eine Fingerspitze an die Narbe auf ihrer Stirn. »Er hat mich mit 'ner Lampe geschlagen. Danach hab ich's noch zwei Monate ausgehalten, dann bin ich weg von ihm. Er hat so schreckliche Sachen zu mir gesagt. Ich hab's doch nicht aufs Fremdgehen angelegt gehabt ...«

Sie fing wieder an zu weinen. Charlotte betrachtete sie nüchtern und emotionslos. (»Kann dich denn nichts erschüttern, Charley?« hatte Lewis sie vor seiner Abreise in der letzten Woche gefragt. »Erschütterung kann ich mir in meinem Beruf nicht leisten. Da müßte ich ständig Tränen vergießen, und zwar völlig nutzlose Tränen, begreifst du das nicht?« Nein, das hatte er nicht begriffen. So weltklug er sonst auch war – die Bedeutung einer Gefühlsregung beurteilte er nach der Menge der ausgelösten Tränen, des freigesetzten Lachens.)

»Ich gehe davon aus, daß der bewußte Mann Sie nicht heiraten will.«

»Kann er gar nicht.« Sie kramte in ihrer Manteltasche nach einem Papiertaschentuch und fand eins, das schon tränennaß und lippenstiftverschmiert war. »Er ist schon verheiratet.«

»Wußten Sie das, als Sie –«

»Ja. Er hat's mir gesagt. Aber damals war mir das egal. Er war so anders als die anderen Männer, die ich kannte.«

»Älter als Sie?«

»Ich schätze schon. Um die vierzig.«

»Kannten Sie ihn schon lange?«

Violet stieß einen Laut aus, der fast wie ein Lachen klang. »Ich hatte ihn noch nie im Leben gesehen.«

»Und trotzdem haben Sie –«

»Ja, ich ... Aber das verstehen Sie ja doch nicht.«

»Ich werde es versuchen«, sagte Charlotte ernst.

»Na ja, er ist in die Bar gekommen, wo Eddie arbeitet ... Eddie ist mein Mann. Er hat von den großen Redwoodbäumen angefangen und daß es ein Verbrechen ist, sie zu schlagen. Manche, hat er gesagt, sind viertausend oder fünftausend Jahre alt und achtzig, neunzig Meter hoch und fast wie Menschen. An die einzelnen Wörter kann ich mich nicht mehr erinnern, aber es klang wie ... wie ein Gedicht.«

Charlotte betrachtete sie schweigend und voller Mitleid.

»Das mit den Bäumen ist großer Quatsch, hat Eddie

gemeint, und als ich auch was sagen wollte, hat er geschnauzt, ich soll den Mund halten und mich zu meiner Schwester trollen, und ich hab mich nicht getraut, nein zu sagen. Eddie ist ... hart.«

»Hart?«

»Früher ist er Profiboxer gewesen, bis ihm der Blinddarm durchgebrochen ist. Ich hab mir keinen Ärger einhandeln wollen, und da bin ich gegangen.«

»Aber nicht zu Ihrer Schwester.«

Sie schüttelte den Kopf. »Nur bis vor die Tür, da hab ich gewartet. An seinem Wagen. Es war der einzige mit einem kalifornischen Nummernschild. Ich ... eigentlich hab ich mich bloß entschuldigen wollen, weil Eddie sich so schlecht benommen hatte. Wir haben ein bißchen geredet, und dann hat er gesagt, er muß zurück zu seinem Motel, weil er ganz früh wieder weg muß. Nach Hause.«

»Das heißt hierher, nach Salinda?«

»Ja. Ich war unheimlich enttäuscht. Ich meine ... ist Ihnen das nie passiert, daß Sie in einer großen Stadt sind, in Portland vielleicht, und da sehen Sie plötzlich auf der Straße einen Typ und denken, mit dem verbindet mich was, mit dem verbindet mich eine Menge ... So war das bei ihm. Sie waren wohl nie in Ashley, was?«

»Nein.« Sie hörte den Ortsnamen zum ersten Mal.

»Ein ganz kleines Nest, in dem keiner bleibt. Alle fahren nur durch, nach Osten oder Norden oder Süden. Dableiben tut keiner.« Sie hob den Kopf und sagte erregt: »Ich hasse das Kaff. Und Eddie hasse ich auch.«

Und aus diesem Haß heraus, dachte Charlotte, hat sich Violet mit einem Mann vereinigt, der wie ein Gedicht zu reden versteht. In ihren Augen stand er wohl stellvertretend für all jene romantischen und aufregenden Menschen, die durch die Stadt fuhren, nach Osten oder Norden oder Süden, und die nie dablieben.

»Wie das danach gelaufen ist, weiß ich gar nicht, ich *weiß* es einfach nicht. Ich ... ach bitte, Frau Doktor, Sie müssen mir helfen.«

»Es tut mir leid, das kann ich nicht. Nicht so, wie Sie es sich vorstellen.«

Die junge Frau stieß einen Laut der Verzweiflung aus. »Ich hab gedacht ... wo Sie doch eine Frau sind wie ich ... und so, wie Sie sind ...«

»Es tut mir leid«, wiederholte Charlotte.

»Was soll ich denn machen? Was soll ich machen mit diesem ... diesem *Ding*, das da in mir wächst und wächst, wo ich doch kein Geld hab und keinen Job und keinen Mann. Wenn ich bloß tot wär.« Sie trommelte mit beiden Fäusten auf ihre Schenkel. »Ich bring mich um.«

»Das dürfen Sie nicht, Violet. Kommen Sie, seien Sie jetzt vernünftig.«

Miss Schiller erschien. Sie hatte an der Tür gelauscht. Sie schätzte Aufregungen und träumte häufig von Gewalttätigkeiten.

»Brauchen Sie mich, Dr. Keating?«

»Ich? Nein, danke«, sagte Charlotte frostig. »Sie können nach Hause gehen, ich schließe nachher ab.«

»Ich dachte nur ...«

»Gute Nacht, Miss Schiller.«

Die Tür schlug wieder zu.

Violets Gesicht war fleckig vor Verlegenheit. »Das hat sie bestimmt mitgekriegt. Jetzt erzählt sie es überall rum.«

»Sie hat keinen, dem sie es erzählen könnte. Nur ihren Kater.«

»Ihren Kater?«

»Ein großes, dickes Biest, die beiden schwatzen stundenlang miteinander. Ist Ihnen jetzt besser?«

»Nein. Wieso? Es hat sich doch nichts geändert.«

Charlotte kam sich recht töricht vor. Herkömmlicher Takt lief vor so schlichten, unmittelbaren Reaktionen ins Leere: Natürlich will ich dieses Kind nicht. Weshalb sollte ich mich besser fühlen, da sich doch nichts geändert hat?

»Solche Eingriffe sind verboten«, sagte Charlotte ohne Umschweife, »sofern sie nicht notwendig, aus medizinischer Sicht notwendig sind. Sofern nicht das Leben der Mutter auf dem Spiel steht.«

»Mein Leben steht auf dem Spiel.«

»Das glauben Sie jetzt nur. Später, wenn Sie sich damit abgefunden – «

»Bitte«, sagte Violet. »Bitte. Geben Sie mir was zum Einnehmen.«

»Das kann ich nicht. Und es würde auch nicht helfen. Die Schwangerschaft ist schon zu fortgeschritten. Wie weit sind Sie?«

»Im vierten Monat.«

Charlotte dachte an das Kind, das wohlgeborgen in Violets widerstrebendem Körper ruhte, unerschüttert von gewalttätigen Fäusten und innerer Ablehnung. Inzwischen war es schon als menschliches Wesen erkennbar, Arme und Beine gut ausgebildet, die Zervikalkrümmung verschwunden, der Kopf fast aufrecht, Nase und Lippen und Wangen bereits deutlich ausgeprägt. Vier Monate ... Woher wußte sie das so genau?

»Ich weiß es eben«, sagte Violet. »Es ist nur dieses eine Mal passiert.« Sie hob den Kopf und sah Charlotte halb herausfordernd, halb ängstlich an. »Wahrscheinlich nehmen

Sie mir das genausowenig ab, wie Eddie es mir abgenommen hat.«

»Ich nehme es Ihnen ab.«

»Nur dieses eine Mal. Eine Minute, und jetzt sehen Sie mich an. Es ist gemein, das hab ich nicht verdient.«

»Ich weiß, ich weiß... Dieser Eddie, Ihr Mann... Vielleicht wäre es im Augenblick das beste, wenn Sie zu ihm zurückgingen. Falls er Sie wieder aufnimmt.«

»Aufnehmen würde der mich, ganz klar. Er hat's gern, wenn ich im Haus bin, dann hat er eine, die für ihn kochen und die er schikanieren kann. Aber hier rumsitzen und reden, das bringt ja doch nichts. Sie wollen mir nicht helfen.«

»Ich kann nicht.«

»Sie können, aber Sie wollen nicht, weil Sie Angst haben. Ich hab auch Angst, mehr als Sie.« Violet machte ein finsteres Gesicht. Die Tränen hatten alle Sanftmut weggeschwemmt, die Augen funkelten wie kaltes Glas. »Bitte, kennen Sie nicht jemanden, der...«

»Nein, leider nicht«, sagte Charlotte ehrlich. Gewiß, man munkelte über den alten Dr. Chicholm, aber gemunkelt wurde viel, hin und wieder auch über sie. Meist setzten vergrätzte Patienten oder chronische Spinner solche Gerüchte in die Welt.

Violet betrachtete sie traurig und verbittert. »Ich denk mir, Sie sind nie so verzweifelt gewesen wie ich.«

Charlotte übte sich in Geduld. »Kommen Sie, Violet, es geht hier nicht um einen Wettbewerb, wer von uns mehr Angst hat oder verzweifelter ist. Es geht um ein handfestes Problem, mit Gefühlswallungen läßt sich das nicht lösen. Haben Sie denn hier eine Bleibe?«

»Mein Stiefonkel hat eine Pension in der Stadt, da darf

ich oben im Hinterzimmer wohnen, bis... bis die Sache geregelt ist.«

»Welche Sache?«

»Er meint, ich soll mir Geld von dem Mann holen. Von dem Vater.«

»Haben Sie es schon versucht?«

»Ja. Aber er war nicht zu Hause. Er ist verreist.«

»Kommt er wieder?«

»Ja, heute abend, hat's geheißen.«

»Er weiß nicht, daß Sie schwanger sind?«

»Nein.«

»Was glauben Sie, wird er zugeben, daß es sein Kind ist?«

»Wird er wohl müssen. Es ist ja wirklich seins. Ich kann vor Gericht gehn, sagt mein Onkel, und ihn zwingen, daß er 'ne Menge Geld rausrückt. Ich kann ihn fix und fertig machen, sagt mein Onkel.«

»Sie sollten nicht an Rache denken, Violet. Nur daran, für sich und für Ihr Kind das Richtige zu tun.«

Es gab eine lange Pause. »Ich will ihn gar nicht fix und fertig machen. Ich nehm's ihm nicht übel, war ja schließlich auch meine Schuld. Und ich will gar kein Geld. Ich will bloß wieder so sein wie vorher. Ohne so ein Ding, das in mir wächst. Ich verkrafte auch Eddie, alles würd ich verkraften, wenn ich wieder so sein könnte wie vorher.«

»Es tut mir leid«, sagte Charlotte. »Ich wünschte, ich könnte Ihnen helfen.«

In der Anmeldung läutete das Telefon, und Charlotte nahm ab. Es war Lewis. Ziemlich kurz angebunden sagte sie, es sei schön, daß er wieder zurück sei, er solle sie später zu Hause anrufen.

Als sie wieder ins Sprechzimmer kam, war Violet verschwunden. Sie war durch die Hintertür geschlüpft und hatte als Beweis dafür, daß sie dagewesen war, nur das Knäuel feuchter Papiertaschentücher auf dem Stuhl und das Krankenblatt auf Charlottes Schreibtisch zurückgelassen. Auf dem Krankenblatt standen in Miss Schillers sauberer Bibliothekarinnenschrift nur Name und Adresse: Mrs. Violet O'Gorman, Olive Street 916.

Sie griff nach dem Blatt und behielt es eine gute Minute in der Hand. Dann knüllte sie es zusammen und warf es mit einer wütenden Bewegung in Richtung Papierkorb.

2

So wie sie sich bemühte, während der Arbeitszeit Lewis zu vergessen, versuchte sie abends jeden Gedanken an ihre Arbeit auszuschalten. Es wollte ihr nicht recht gelingen.

»Du bist zappelig heute abend«, sagte Lewis.

»Findest du?«

»Darf ich mir schmeicheln, daß es die pure Wiedersehensfreude ist?«

»Darfst du nicht.«

»Aber du freust dich doch?«

»Natürlich.«

»Du hast mir gefehlt, Charley.«

Der Ton war nicht locker plänkelnd wie sonst. Seine Stimme klang müde.

Sie trat zu ihm und legte ihm die Hand auf die Schulter. Es kam nicht oft vor, daß sie ihn zuerst, aus eigenem Antrieb berührte. Sie war eine sehr stolze Frau und erwartete, daß Lewis sie eroberte, daß er den ersten Schritt tat.

Er war Anfang vierzig, hochgewachsen, so lang und schlaksig, daß er auf kein normales Sitzmöbel paßte. Den Sessel, in dem er jetzt saß, hatte er gekauft und Charlotte geschenkt. Es war ein roter Ledersessel, der nicht in das graugelbe Farbschema des Wohnzimmers paßte. Er hob sich ab, verlangte gebieterisch nach Beachtung. Wenn

Lewis nicht da war, erinnerte dieser Sessel sie stets an ihn, er war ein dissonanter Ton in dem kleinen ruhevollen Raum, so wie Lewis eine Dissonanz in ihrem Leben war.

Er legte den Kopf zur Seite und hielt ihre Hand zwischen Wange und Schulter fest. Sie hatte das unvernünftige Gefühl, als habe sich ihre Hand in einer Felsspalte verfangen.

Sie brach das Schweigen. »Lewis?«

»Ja, mein Schatz.«

»Vielleicht hättest du an diesem ersten Abend bei Gwen bleiben sollen . . .«

»Ausgeschlossen«, sagte er kurz. »Bitte ein anderes Thema.«

»Schon gut. Wie war die Reise?«

»Wie jede Reise ohne dich, lang und fade.« Er war, wie jedes Jahr, mit zwei Anwaltskollegen eine Woche zum Angeln in die Sierras gefahren. Lewis hatte im Grunde gar keinen Spaß daran, sondern fuhr nur mit, weil es von ihm erwartet wurde. Er war ein bereitwilliger Anpasser, seine Auflehnung gegen Konventionen war rein verbal.

»Freut mich, daß es fade war, dann komme ich dir jetzt bestimmt richtig aufregend vor«, sagte sie leichthin, aber sie verspürte einen Stich des Unmuts und der Eifersucht. Die Zeit mit Lewis war knapp bemessen und kostbar. Trotzdem hatte er eine ganz Woche auf eine Angeltour vergeudet. Ich werde besitzgierig, dachte sie, da heißt es aufpassen. Menschen kann man nicht besitzen. Ich besitze meinen Wagen, mein Haus, meine Kleider... das müßte genügen. Nein, es genügte eben nicht. Am Steuer des Wagens mußte Lewis sitzen, die Kleider waren mit Rücksicht darauf ausgesucht worden, ob sie ihm gefielen, und das Haus hatte sie sechs Wochen nach ihrer ersten Begegnung gekauft, damals hatte sie noch nicht gewußt warum, sondern nur gedacht, daß ihre Wohnung zu eng, nicht ungestört genug war.

Das Haus war auf drei Seiten von einer hohen steinernen Mauer umgeben. Die vierte Seite bot einen hinreißenden Blick auf Stadt und Hafen. Von Lewis' Sessel am Panoramafenster sah man die Stadt unten ausgebreitet, ein wirres Geflecht von Lichtern, das sich den Hang hinunter bis zum Meer erstreckte. Die Stadt war mittelgroß. Groß genug für ein halbes Dutzend zweitrangiger Nachtklubs, klein genug für die rasche Verbreitung der Kunde, daß der oder jener brave Bürger dort gesehen worden war. Sie und Lewis besuchten nie zusammen einen Nachtklub, gingen nicht einmal zusammen ins Kino. Sie trafen sich in ihrem Haus – er versteckte seinen Wagen in ihrer Garage oder stellte ihn einen Block vorher ab –, oder sie tauchten nachts am Strand in der Dunkelheit unter wie all die anderen anonymen Liebespaare, deren Wagen dort sandumweht herumstanden.

»Ich mag dein Haar.« Lewis sah zu ihr auf. »Es ist braun, schlicht braun. Schlichtbraunes Haar sieht man heutzutage nicht mehr oft, meist ist es rot getönt... Charley, du hörst gar nicht zu.«

»Doch. Du hast gesagt, daß ich braunes Haar habe.«

»Ich wollte damit nur sagen, daß ich dich liebe. Alles an dir ist genau so, wie es sein muß.«

»Wie nett.«

»Nett.« Er runzelte die Stirn, die schwarzen, buschigen Augenbrauen verliehen seinem Gesicht einen Hauch von Grausamkeit. »Charley, irgendwas stimmt heute abend nicht mit dir. Ich habe wieder mal das Falsche gesagt oder getan. Oder du bist noch sauer wegen dieser Angeltour.«

»Ich bin nicht sauer. Mich beschäftigt etwas. Ein Fall von heute nachmittag.«

»Komm, red ihn dir von der Seele.«

»Es ist kein Er, sondern eine Sie. Ich darf nicht darüber sprechen.«

»Das machst du doch oft, trotz der ärztlichen Schweigepflicht.«

»Ich weiß ... Lewis, ich glaube, ich habe einen Fehler gemacht.« Sie stand am Fenster und spielte mit ihren Fingern. Irgendwo in der Stadt, in dem Durcheinander der gelben und roten und grünen Lichter, war ein Licht, das zu Violet gehörte – ein trübes, fliegenschißgesprenkeltes Licht im Hinterzimmer einer Pension in der Olive Street. Und auch zu Gwen gehörte ein Licht. Zu Gwen, die sanft und geduldig wie immer auf Lewis' Heimkehr wartete, die Collies an ihrer Seite, allesamt so sanft und lieb wie ihre Herrin.

»Na, wenn du nicht gerade einen deiner Patienten durch ein falsches Rezept ins Jenseits befördert hast ...«

»Solche Fehler passieren mir nicht. Es war eher eine Fehleinschätzung. Die Frau ... alles, was sie gesagt hat, stimmte ja. Natürlich habe ich Angst. Aber es sind so dumme, triviale Ängste im Vergleich zu dem, was sie bedrückt ... Und sie hat gesagt, daß ich nie verzweifelt war. Das war ich auch nicht. Ich habe noch nie etwas erlebt, das mich zur Verzweiflung getrieben hätte.«

Sie wandte sich rasch um, weil sie den subtilen Stimmungsumschwung gespürt hatte. Lewis zündete sich gerade eine Zigarette an. Sie merkte, daß der Verlauf des Abends ihn enttäuschte und verdroß. Der erste gemeinsame Abend nach einer Woche ließ sich nicht so ideal an, wie sie es sich vorgestellt hatten, und Lewis gab insgeheim ihr die Schuld. Konnte sie denn etwas dafür, daß es ihnen nicht möglich war, sich völlig von der Außenwelt abzuschotten? Sie und Lewis würden, konnten nie allein sein, ungeachtet der steinernen Mauer, die an drei Seiten das Haus umgab. Die vierte Seite war unbewacht, ungeschützt, und von dieser Seite drängten Violet herein und Gwen und Miss Schiller, ja, sogar die beiden Kollegen, die mit Lewis auf der Angeltour gewesen waren.

Sie seufzte. »Ich bin deprimiert und streitsüchtig, Lewis. Vielleicht ist es besser, wenn du gehst.«

»Vielleicht.« Er drückte die Zigarette in den Aschbecher aus Berglorbeer, den er ihr aus dem Norden mitgebracht hatte. »Allerdings lasse ich mich nicht gern herumkommandieren wie ein kleiner Junge.«

»Das war nicht böse gemeint, Liebling. Es ist nur... wenn du bleibst, geraten wir bestimmt aneinander.«

»Du kannst ganz schön penetrant daherreden. Herrgott, Charley, denkst du denn, ich bin aus Eisen? Du hältst mich hin, dann holst du mich her, und schließlich schickst du mich in die Wüste. Du hast nichts Besseres zu tun, als von irgendeiner dummen Person und ihren Ängsten zu schwatzen, dabei haben wir weiß Gott genug mit uns zu tun.« Er stand auf und packte sie unsanft bei den Schultern. »Wen interessiert das schon, wen zum Teufel interessiert das? Charley, du hast es dir doch nicht anders überlegt? Du liebst mich doch noch?«

»Ja. Natürlich.«

»Wenn ich dich festhalte, weichst du zurück, als wenn ich aus dem Mund rieche.«

»Komm, Lewis, hör auf damit«, sagte sie scharf und machte sich los. »Ich habe dir doch schon gesagt, daß ich heute abend nicht ganz ich selbst bin. Alles ist verkehrt, ist schiefgerückt.«

Er machte ein grimmiges Gesicht. »Wegen dieser Frau?«

»Damit hat es wohl angefangen.«

»Warum?«

»Sie ist in Schwierigkeiten. Ich habe es abgelehnt, ihr zu helfen.«

»Wie kämst du auch dazu? Wahrscheinlich eine ganz gewöhnliche Nutte, die Pech gehabt hat.«

»Nein. Sie ist ein nettes Mädchen, sensibel und sehr hilflos.«

»Solche Fälle hast du doch öfter. Warum beunruhigt dich der hier so?«

»Unseretwegen, Lewis. Verstehst du denn nicht...«

»Nein.«

»Wenn wir so weitermachen, wenn wir ein Liebespaar werden, könnte ich versehentlich in demselben Boot landen wie sie.«

Er schnaubte verächtlich. »Jetzt verstehe ich. Aus irgendeinem unverständlichen Grunde hast du dich mit dieser Person identifiziert und mich mit dem Kerl, der ihr das Kind gemacht hat, der gefühllosen Bestie Mann.«

»Nein, das stimmt nicht.« Sie forschte in seinem Gesicht nach Anzeichen von Verständnis. »Was würdest du tun, wenn ich schwanger wäre?«

»Bei unserer platonischen Beziehung? Es darf gelacht werden.«

»Ich sehe dich nicht lachen. Was würdest du tun?«

»Komm, hör auf. Du würdest nicht schwanger werden.«

»Aber möglich wäre es.«

»Nicht bei entsprechender Absicherung.«

Sie lächelte mokant. »Eine interessante Analogie. Wenn du eine Erdbebenversicherung abschließt, bist du finanziell gegen ein Erdbeben gesichert. Sie gibt dir keine Garantie dafür, daß du um ein Erdbeben herumkommst. Das Gefühl der Sicherheit ist trügerisch.«

»Erdbeben … Das hat uns gerade noch gefehlt. Herrgott, Charley, was ist nur in dich gefahren? Du wirst langsam neurotisch.«

»Meinst du?« Sie wandte das Gesicht ab. »Es ist wohl besser, wenn du gehst.«

»Aber ja«, sagte er. »Bitte sehr, bitte gleich.«

Er ging quer durchs Zimmer zur Tür, sehr langsam, um ihr Gelegenheit zu geben, ihn zurückzurufen. Sie tat es nicht, sondern blieb am Fenster stehen, bis sie den Wagen aus der Garage donnern hörte. Das wütende Hochjagen des Motors ließ darauf schließen, daß Lewis seinen Zorn an dem Fahrzeug ausließ.

Seine Zigarette glühte noch. Sie brachte den Aschbecher in die Küche und wusch ihn ab, mit zornig-ungelenken Bewegungen. Wenn sie sich ärgerte, äußerte sich das nicht wie bei Lewis in jäh aufflammender Wut; das Hochjagen eines Wagens, ein zerbrochener Golfschläger waren für sie kein Ventil. Charlottes Zorn war kalt und langsam, ergriff nach und nach Besitz von ihrem ganzen Körper, dem ganzen Nervensystem, und machte Sprache und Bewegung nahezu unmöglich.

Sie dachte an all das, was sie hätte sagen wollen, sprach die Sätze leise vor sich hin, umformulierend, zuspitzend, bis sie eine funkelnde Schärfe hatten wie Diamanten. Es kam nur selten vor, daß sie sich eine derart kindische Genugtuung gestattete.

Sie sah auf die Uhr. Halb zehn. Inzwischen dürfte Lewis zu Hause sein, bastelte wohl gerade an einer Lügengeschichte für Gwen. Miss Schiller steckte sich indessen das Haar auf und sprach mit ihrem Kater, erzählte ihm vielleicht von Violet: »Heute war eine liederliche Person in der Sprechstunde, frech wie Rotz, wollte die Frau Doktor dazu bringen, ihr das Kind wegzumachen. Was so alles passiert ... Und was für Leute man kennenlernt ...«

Ja, was so alles passiert. Charlotte bekam Gewissensbisse. Ich hätte der Frau helfen sollen, dachte sie. Ich wollte ja auch etwas für sie tun, aber da war sie schon weg.

Sie stand am Fenster und spielte mit ihren Fingern. Grauer Nebel hing tief über den fernen Giebeln und machte sie unscharf wie Traumbilder. Unter einem dieser Dächer verbrachte Violet eine unruhige Nacht, ohne Freunde, ohne Geld, mit dem Gedanken an den Tod als einzigem Begleiter.

Olive Street 916. Die Adresse hatte sich in ihrem Gedächtnis festgesetzt wie Angst und Leid der jungen Frau, die ihr als dicker Klumpen in der Kehle steckten.

Entschlossen wandte sich Charlotte vom Fenster ab, trat an den Dielenschrank und griff nach Hut und Mantel.

3

Die Olive Street zog sich von Norden nach Süden durch die Stadt. An einem Ende stand ein imposantes Hotel, das für den Seeblick zwanzig Dollar pro Nacht verlangte, am anderen eine Mühle. In der Mitte, einem früheren exklusiven Vorort, waren die pompösen dreigeschossigen Häuser aus viktorianischer Zeit nach und nach zu Slums verkommen, viele waren inzwischen unbewohnt. Die Slums hatten sich weitergefressen wie ein Heuschrekkenschwarm, der nichts übrigläßt, was auf seinem Wege wächst. In dieser Betonwüste würde nie mehr etwas wachsen außer Menschen. Immer mehr Menschen, Weiße und Schwarze, Mexikaner, Chinesen, Italiener lebten in dieser Gegend und setzten Kinder in die Welt. Sie arbeiteten im Hafen und in den Lagerhäusern. Sie waren Gärtner, Busfahrer, Putzfrauen, Buchmacher, wuschen fremder Leute Wäsche und vermieteten Zimmer. Sie verkauften *tamales*, grünen Tee, fromme Lehren, Knallkörper, Möbel, Souvenirs, Rosenbüsche und mexikanischen Silberschmuck.

Die Olive Street war nie leer und nie still. Feste Arbeits- und Ruhezeiten wie in den Wohnvierteln des Mittelstands waren dort unbekannt. Die Straße war Tag und Nacht hellwach. Nach Anbruch der Dunkelheit gab es dort Raufereien und Glücksspiele, das Geheul von Polizeisirenen und laute Vorwürfe.

Charlotte kannte die Gegend gut. Nur einen Block von Nummer 916 entfernt wohnten zwei ihrer Patienten. Sie hatte zwar keine Angst davor, in der Olive Street Krankenbesuche zu machen, schloß aber vorsichtshalber ihren Buick ab und entfernte den Kühlerverschluß, den der Mann in der Werkstatt so angebracht hatte, daß sie ihn selbst auf- und abschrauben konnte. (Zwei Kühlerverschlüsse hatte sie eingebüßt, ehe ihr aufgegangen war, daß die Menschen nicht dadurch vertrauenswürdig werden, daß man ihnen Vertrauen schenkt. Viel besser ist es, ihnen die Versuchung aus dem Weg zu räumen.)

Das Haus Nummer 916 war ein Relikt. Solide gebaut, hatte es tapfer sechzig Jahre, ein mittelschweres Erdbeben und eine lange Reihe von Hausbesitzern und Mietern überdauert.

Der derzeitige Mieter wies sich durch ein primitives Schild im rechten Vorderfenster als Clarence G. Voss aus. Der vollständige Text des Schildes lautete: CLARENCE G. VOSS, PHRENOLOGIE UND CHIROMANTIE, VERKAUF VON SCHNITTBLUMEN, KLAVIERSTUNDEN.

Im Haus spielte jemand falsch und fröhlich – nicht Klavier, sondern Mundharmonika. Ein alter Italiener wiegte sich auf der Veranda hin und her, die Hände an die Ohren gedrückt.

Charlotte nickte ihm zu. »Guten Abend.«

Er nahm die Hände von den Ohren und sah sie finster an. »Wie?«

»Ich habe Ihnen einen guten Abend gewünscht.«

»Gut? Na, ich weiß nicht ... Kalt und laut.«

»Können Sie mir sagen, ob Mrs. Violet O'Gorman zu Hause ist?«

»Ich schere mich nicht um fremde Leute.«

Er legte die Hände erneut über die Ohren und zog sich in seine Welt des Schweigens zurück, behielt dabei aber Charlotte im Auge für den Fall, daß sich hier vielleicht doch eine interessante Entwicklung anbahnte.

Charlotte betätigte den Klingelknopf.

»Außer Betrieb«, sagte der Italiener.

»Danke.«

»Repariert wird hier nie was.«

»Ich glaube, der Knopf hat sich verklemmt.«

»Irrtum.«

Er klemmte tatsächlich. In drei Sekunden hatte sie mit Hilfe einer Haarklemme den Schaden behoben, wobei ihr der Italiener mit widerwilliger Anerkennung zusah.

Beim Klang der Klingel verstummte das Mundharmonikaspiel wie abgeschnitten.

Der Mann, der zur Tür kam, war klein und in mittleren Jahren. Unter der roten Baseballmütze, die er tief in die Stirn gezogen hatte, ragten seine Ohren hervor, erstaunliche Ohren, wachsbleich und riesengroß. Kinn und Nase waren koboldspitz, die Augen kleine schwarze Erbsen. Er trug ein Hawaiihemd, in dessen Tasche sich der Umriß der Mundharmonika abzeichnete.

Charlotte hütete sich, ein Lächeln oder auch nur ein freundliches Gesicht zu zeigen. So einer legte das Lächeln einer fremden Frau sofort als Aufforderung zu einem Annäherungsversuch aus und war bestimmt genauso schnell gekränkt, wie er sich Frechheiten herausnahm.

»Ich möchte zu Violet O'Gorman. Ist sie zu Hause?«

»Weiß ich nicht.« Die Stimme war überraschend für seine Statur, tief und wohlklingend. »Wer will sie denn sprechen?«

»Ich.«

»Schon klar, aber wie ist denn der Name?«

»Miss Keating.«

»Keating. Kommen Sie rein, ich schau mal nach, ob Violet da ist.«

Sie trat ein, ohne sich ihre Beklommenheit anmerken zu lassen. Er schloß die Tür mit einem Fußtritt. In der Diele roch es säuerlich. Im Licht eines altmodischen Kronleuchters sah Charlotte, daß der Fußbodenbelag aus Linoleum vor Schmutz starrte und Altersrisse hatte. Staub lag in den Ecken wie Schimmel, und die Lackfarbe war von einem Netzwerk feiner Risse durchzogen.

Er war stehengeblieben, steckte die Hände in die Taschen und kniff die Augen zusammen. »Was wollen Sie denn von Violet?«

»Es ist eine Privatsache.«

»Mein Name ist Voss. Ich bin ihr Stiefonkel.«

»Das dachte ich mir.«

»Violet und ich, wir haben keine Geheimnisse voreinander. Ein Prachtmädel, die Kleine, alles, was recht ist. Wenn einer ihr auch nur ein Haar krümmt, den bring ich mit bloßen Händen um.«

»Ich habe nicht sehr viel Zeit«, sagte Charlotte.

Er zögerte, dann drehte er sich unvermittelt um und sprang rasch und behende wie eine Katze die Treppe hinauf.

Charlotte zündete sich eine Zigarette an und überlegte, ob es klug gewesen war, Voss ihren Namen zu nennen.

Sie hatte keine Angst vor ihm, aber das Haus flößte ihr Unbehagen ein. Etwas wie müde Resignation ging von ihm aus, als sei hier schon so viel passiert, daß eine Untat mehr oder weniger gar nicht auffiel.

Charlotte hörte Voss oben flüstern. Was gibt es da zu

flüstern, dachte sie. Violet ist entweder da, oder sie ist nicht da, was soll die Geheimniskrämerei?

Doch es wurde weitergeflüstert, die Decke knarrte leise unter dem Gewicht vorsichtiger Schritte. Sie hob den Kopf und sah flüchtig ein Gesicht, das durch die Stäbe des Treppengeländers spähte. Es zog sich so rasch wieder in den Schatten zurück, daß nicht zu erkennen war, ob es einem Mann oder einer Frau gehörte. Nur undeutlich erfaßte sie, daß es ein relativ junges Gesicht gewesen war mit einer platten, möglicherweise gebrochenen und schief zusammengewachsenen Nase.

»Voss!« rief sie scharf.

Er erschien auf dem oberen Treppenabsatz. »Violet ist nicht da. Muß ins Kino gegangen sein oder so.«

»Dann sagen Sie ihr doch bitte, daß ich hier war und daß ich sie morgen früh anrufen werde.«

Er ging langsam, mit dem Zeigefinger ein Muster auf das Treppengeländer malend, die Treppe herunter. »Wenn ich wüßte, was Sie von ihr wollen, könnte ich Ihnen ja vielleicht helfen. Ich hab so einiges an Erfahrung gesammelt in meinem Leben.«

»Danke, ich brauche keine Hilfe.« Sie machte die Tür auf. »Gute Nacht.«

»Gute Nacht.«

In tiefen Zügen atmete sie die kühle, frische Luft und empfand eine so überwältigende, unvernünftige Erleichterung, daß ihr die Knie zitterten. Sie ärgerte sich, wie sehr sie ihrer Phantasie nachgegeben hatte. Ein Haus kann sehr wohl alt und schmutzig sein, ohne daß dort ein Unglück geschehen sein muß. Und Voss war zwar in der Tat ein unappetitlicher Zeitgenosse, aber es war durchaus denkbar, daß er sich auf einigermaßen anständige Art durchbrachte.

Sie ging über die trüb beleuchtete Straße zu ihrem Wagen. Der alte Italiener, mit dem sie auf der Veranda gesprochen hatte, saß am Randstein, wo man ihn vom Haus aus nicht sehen konnte, und aß Kartoffelchips aus einer Zellophantüte.

Schweigend sah er zu, wie sie den Kühlerverschluß aus der Handtasche nahm und wieder aufschraubte. Dann sagte er: »Ganz übles Schwein, dieser Voss.«

»Ach ja?«

»Ich seh an Ihrem Wagen, daß Sie Ärztin sind.«

»Ja.«

»Der Voss hat keinen Doktor nötig, für den möcht man den Totengräber rufen«, sagte der Italiener düster. »Und zwar bald.«

Charlotte schloß die vordere Tür auf.

Unvermittelt erhob sich der Alte, so daß die Kartoffelchips in den Rinnstein kippten. »Warten Sie mal. Ich könnte 'n Stück mitfahren.«

»Warum?«

»Hab sonst nichts weiter zu tun.«

»Das ist kein sehr überzeugender Grund.«

Eine kleine schwarzweiße Mischlingstöle kam angetappt und fraß in aller Gemütsruhe die Kartoffelchips auf, einen nach dem anderen. Der Alte bückte sich und streichelte das schmutzige Fell. »Ich hab einen guten Grund«, sagte er. »Sie haben doch nach Violet gefragt, nicht?«

»Ja.«

»Eben. Aber hier können wir nicht reden. Voss beobachtet mich. Uns verbindet ein inniger Haß.«

Charlotte schloß die Beifahrertür auf. Der Alte stieg ein und ließ seine Hand mit einem genüßlichen Seufzer über den gepolsterten Sitz gleiten. »Das laß ich mir gefallen! Von

Rechts wegen müßt ich in so was sitzen und wär ein großes Tier. Und da tät ich jetzt auch sitzen, wenn ich nicht vor Jahren ein Magengeschwür gekriegt hätte. Einen peptischen Ulkus hat's der Doktor genannt. Manchmal mach ich ganz schön was mit, mein lieber Mann! Aber zur Zeit bin ich ziemlich obenauf. Tiddoliani heiß ich übrigens. Spitzname Tiddles.«

»Ich heiße Keating.«

»Weiß ich. Hab gehört, wie Sie's zu Voss gesagt haben. Ich hab am Fenster gelauscht.«

»Warum?«

Er sah sie erstaunt an. »Warum? Ich weiß eben gern, was meine Gegner machen, damit ich ihnen zuvorkommen kann.«

Charlotte fuhr an. Sie hatte den Verdacht, daß der alte Tiddles nicht ganz normal war, aber er schien harmlos zu sein, und überdies hatte er mit seinem Urteil über Voss genau das ausgesprochen, was sie insgeheim empfand. (Lewis wäre außer sich, dachte sie. Ständig ließ er sich von ihr versprechen, keine Anhalter mitzunehmen, er hatte ihr sogar einen Revolver fürs Handschuhfach gekauft. Sie fand diese Fürsorge zwar schmeichelhaft, hatte aber den Revolver nicht angenommen.)

»Jetzt können Sie irgendwo anhalten«, sagte Tiddles.

Sie bog in die nächste Nebenstraße ein und hielt. »Wo ist Violet?« fragte sie ohne Umschweife.

»Keine Ahnung. Aber Voss weiß Bescheid. Der wußte ganz genau, daß sie nicht in ihrem Zimmer ist. Hat sie ja selber vor zwei Stunden im Wagen wegkutschiert, er und 'n Kumpel, einer von den neuen Untermietern.«

»Er hat sie *wegkutschiert*?«

»Also ich hab den Eindruck gehabt, als ob sie nicht mitwill. Der andere saß am Steuer. Ein altes blaues Coupé mit 'ner Zulassung aus 'nem anderen Staat.«

»Hatte sie einen Koffer bei sich?«

»Nee. Die drei sind zusammen losgefahren, und ziemlich bald sind Voss und der Untermieter wiedergekommen. Voss hatte zwei Flaschen Muskateller dabei, aber mir hat er nichts angeboten. Als ob mich das kratzt«, sagte er bitter. »Als ob mich das kratzt...«

»Und Violet ist nicht doch später allein wieder hergekommen?«

»Nein. Wer weiß, ob sie überhaupt nochmal wiederkommt.«

»Na, hören Sie! Was soll denn das? Natürlich kommt sie wieder«, sagte Charlotte nachdrücklich. »Und dann richten Sie ihr bitte aus, daß ich sie morgen früh anrufen werde. Für den Fall, daß Voss es vergißt.«

»Vergessen tut er's schon nicht, aber er wird's ihr nicht sagen.« Er warf ihr aus einem Augenwinkel einen verschlagenen Blick zu. »Jetzt denken Sie vielleicht, daß ich übertreibe, weil ich den Voss hasse, was? Ganz falsch! Ein billiger kleiner Ganove ist das, der hinter Gitter gehört. Wenn ich denke, was für Leute sie heutzutage in den Knast stekken! Aber der Voss, der läuft frei rum. Ich hab einen Freund, der hat einen Mord begangen. Vorher hatte der sich nie was zuschulden kommen lassen, echt nichts, noch nicht mal falsche Zehner hat er ins Telefon gesteckt, und dem haben sie lebenslänglich gegeben. Warum haben sie ihn nicht laufen lassen? Er hatte seine Lektion gelernt, der hätte so was nie wieder gemacht. Außerdem hat er ja nur die eine Frau umbringen wollen, seine eigene nämlich. Nette Person, aber sie hat ihn halt verrückt gemacht. Und dann nehmen Sie einen Typ wie Voss... Für einen Zehner macht der alles, die gemeinsten, miesesten, niederträchtigsten Sachen, jawohl. Bildet sich sogar ein, daß er Klavier spielen kann und Mundharmonika.«

Der Alte berauschte sich an seinen Worten und seinem Haß.

»Ich fahre Sie jetzt nach Hause«, sagte Charlotte.

»Ist gut«, sagte er seufzend. »Ist gut.«

»Es war nett, daß Sie sich soviel Mühe gemacht haben.«

»Keine Ursache. War mir ein Vergnügen.«

An der Ecke stieg er aus. Er wirkte erschöpft, hatte aber offenbar Spaß an seiner kleinen Verschwörung mit Charlotte gegen Voss gehabt.

»Der Voss«, sagte er, »der wird sich's in Zukunft schön überlegen, ehe er mit zwei Pullen Muskateller ankommt und mir keinen ausgibt.«

»Vielen Dank für Ihre Hilfe, und gute Nacht, Mr. –«

Er breitete die Hände aus. »So'n schwerer Name. Sagen Sie einfach Tiddles wie die anderen auch.«

»Gute Nacht, Tiddles.«

»Ich warte noch auf Violet.«

Er schlurfte die Straße entlang und stemmte sich mit gesenktem Kopf gegen den Wind.

Während der Rückfahrt ging ihr der Alte nicht aus dem Sinn. Er war wohl schon ein bißchen senil. Nur sein Haß auf Voss hielt ihn noch am Leben.

Froh darüber, wieder daheim zu sein, stellte sie den Wagen in die Garage. Der Anblick ihres heiteren Hauses mit den großen Fenstern machte ihr neuen Mut. Es war dumm von mir, daß ich mich wegen Violet so gesorgt und aufgeregt habe, dachte sie. Morgen rufe ich sie an und versuche, ihr irgendwie zu helfen. Der Alte hat das mit Voss bestimmt übertrieben ...

Charlotte hob die Hand, um das Garagentor herunterzuziehen, als der Schlag kam. Sie hatte keine Zeit gehabt, sich zu ducken, merkte nicht einmal, daß der Schlag sie an der Schläfe getroffen hatte.

Sie stürzte zu Boden wie ein gefällter Baum.

4

Im Traum saß sie in einem langen, grauen Bus mit Lewis und Voss und Violet und dem alten Tiddles zusammen. Die anderen stritten heftig, und Charlotte versuchte sie zu beschwichtigen, ihnen gut zuzureden, aber was dabei herauskam, war grauenvoll verdrehter Nonsens: *»Jetzt beruhigt euch endlich und haltet eure Karbunkel. Hört auf mit dieser apoplektischen Aphasie und Paralyse. Sonst rufe ich die Polizei, und ihr landet alle im Karzinom. Anhalten. Stoppt den Ileus ...«*

Als sie zu sich kam, lag sie auf der Couch in ihrem Wohnzimmer. Lewis kniete neben ihr und versuchte ihr etwas von dem Scotch einzuflößen, den er unter ihre Nase hielt, als seien allein schon die Dämpfe von heilkräftiger Wirkung, eine Art Riechsalz.

Sie verzog das Gesicht und schob die Flasche weg. »Nein ... nein ...«

»Charley, Liebling! Alles in Ordnung?«

»Ja.« Eine Stelle an der Schläfe tat weh, aber eine Schwellung war nicht zu spüren, die Haut war unverletzt. Die aufgesteckten Haare hatten den Schlag gemildert.

»Ich habe dich ohnmächtig in der Einfahrt gefunden. Du arbeitest zu viel, Charley, das sage ich dir schon die ganze Zeit.«

Sie setzte sich auf, taumelnd und mit einem Gefühl der

Übelkeit. »Ich habe einen Schlag bekommen«, sagte sie verwundert. »Auf den Kopf.«

»Leg dich wieder hin, Liebling.«

»Nein...«

»Du bist beim Fallen mit dem Kopf aufgeschlagen.«

»Nein. Jemand hat – Wo ist meine Handtasche?«

»Handtasche? Keine Ahnung.«

»Hast du sie nicht gefunden?«

»Danach habe ich mich natürlich nicht umgesehen.« Lewis runzelte die Stirn. »Ich bin nochmal hergekommen, weil ich mich entschuldigen wollte, daß ich so hitzig war, und da lagst du in der Einfahrt.«

»Hol mir die Taschenlampe, Lewis.«

»Wozu?«

»Ich will nachsehen, ob draußen meine Handtasche liegt.«

»Du solltest nicht herumlaufen. Ich schau mal nach.«

»Nein, laß mich.«

»Du mit deiner verdammten Unabhängigkeit! Kann ich denn nie was für dich tun? Zum Teufel, Charley...«

Stumm und störrisch sah sie ihn an. Er holte die Taschenlampe aus der Küchenschublade, und sie gingen zusammen hinaus, um nach der Handtasche zu suchen. Sie suchten vergeblich.

»Wieviel Geld war drin?« fragte Lewis.

»Um die vierzig Dollar.«

»Du wirst Anzeige erstatten müssen.«

»Morgen früh.« Sie sagte ihm nicht, was sie vor dem Garagentor gesehen hatte: ein Häufchen feuchten Sand. Sie war seit einem Monat nicht mehr am Strand gewesen, und rein zufällig konnte der Sand da nicht hingekommen sein. Nasser Sand in einem Strumpf oder einer Socke, dachte sie.

Ein handlicher hausgemachter Schlagstock. Nur dumm, daß er manchmal Spuren hinterläßt.

Sie gingen wieder ins Haus, und Lewis riegelte ab. »Als Anwalt rate ich dir, die Polizei anzurufen. Bewaffneter Raubüberfall ist eine ernste Sache.«

»Ich kann nicht. Nicht heute nacht. Dann kommen sie und stellen mir Fragen, und dem fühle ich mich einfach nicht gewachsen.«

Daß die Handtasche gestohlen worden war, erleichterte sie sehr. In jüngster Zeit waren in dieser Gegend mehrere kleinere Diebstähle vorgekommen, und sie wollte gern glauben, daß auch dieser Fall zu der Serie gehörte und der Täter nichts mit Voss oder Violet oder dem Gesicht zwischen den Stäben des Treppengeländers zu tun hatte. Es war purer Zufall, daß ihr Besuch in der Olive Street zeitlich mit dem Raub zusammenfiel.

Lewis sah sie scharf an. »Was hattest du überhaupt draußen zu suchen? Ich dachte, du wolltest dich hinlegen.«

»Ich mußte einen Krankenbesuch machen.«

»Ein Notfall?«

»So könnte man sagen.«

»Du verschweigst mir etwas.«

»Ich darf über meine Kranken nicht mit dir sprechen, Lewis.«

»Daß es sich um einen Kranken gehandelt hat, nehme ich dir nicht ab.«

»Ein Italiener«, sagte Charlotte. »Ein Mann um die achtzig.« Ganz gelogen war das nicht. Tiddles war zweifellos ein kranker Mann. Es tat ihr weh, Lewis zu belügen, selbst in kleinen Dingen, aber seine extremen Reaktionen auf die Wahrheit zwangen sie manchmal dazu. Daß sie Violet hatte besuchen wollen, wäre ihm sicher nicht recht gewesen.

Lewis hatte in mancher Hinsicht eine altmodische Einstellung zu Frauen. In gewisser Weise war Gwen sein Ideal: Sie liebte ihr Heim, pflegte es hingebungsvoll, die Hunde waren sauber und folgten aufs Wort, im Garten grünte und blühte es. Lewis aber blieb nie zu Hause, um sich an all dem zu freuen. Bei Gwen verging er vor Langeweile; Charlotte riß ihn oft heftiger aus seiner Ruhe, als ihm lieb war. Daß eine Frau geistig und körperlich derart unabhängig sein konnte, war für ihn nicht ganz leicht zu verkraften. Sie war eine tüchtige Ärztin, die von ihren Einkünften recht angenehm leben konnte. Sie stand auch den quälendsten Krankheits- und Todesfällen mit großer Gelassenheit gegenüber. Sie fuhr allein durch die übelsten Viertel der Stadt und nahm – aus Interesse oder Mitleid – Anhalter mit, wo und wann es ihr paßte. Sie machte Krankenbesuche in Häusern, wo sich fünf Kinder eine Matratze auf dem nackten Boden teilten. Derlei Aktivitäten, fand Lewis, gehörten eigentlich in die Domäne der Männer. Generell war zwar nichts dagegen einzuwenden, daß eine Frau Ärztin wurde, ihre Praxis aber hatte sie gefälligst auf eine bestimmte Gesellschaftsschicht, ein bestimmtes Einkommensniveau zu beschränken. Daß bei Charlotte die Dinge anders lagen, konnte er nicht begreifen. Sie war vom Temperament und von der Ausbildung her die ideale Besetzung für die Rolle, die sie zur Zeit spielte. Die Kontakte zu Menschen aller Schichten machten ihr Freude, sie begegnete ihnen nüchtern, unverkrampft und ohne Ambitionen.

»Du solltest heute nacht nicht allein im Haus bleiben«, sagte Lewis. »Ruf Miss Schiller an und bitte sie her.«

»Das geht nicht, sie liegt bestimmt schon im Bett.«

»Dann steht sie eben wieder auf. Sei doch vernünftig, Charley.«

»Sie wird die ganze Nacht einen Riesenzauber machen.«

»Und wenn schon...«

Charlotte gab sich geschlagen. »Also gut, ich rufe sie an.«

Lewis war kaum fünf Minuten weg, als Miss Schillers Taxi vorfuhr.

Sie wankte unter dem Gewicht eines Gepäckstücks, das die Ausmaße eines Kabinenkoffers hatte. Ihr großzügig mit Nachtcreme gesalbtes Gesicht glänzte, und in ihrem Dutt steckten zwei stählerne Stricknadeln. Miss Schiller war ganz aus dem Häuschen.

»Das muß man sich mal vorstellen«, sagte sie immer wieder. »Also wirklich, das muß man sich mal vorstellen...«

Bei Miss Schillers Freunden und Bekannten tat sich immer etwas; einer verlobte sich, andere wurden krank, verloren ihre Arbeit, heirateten und wurden geschieden. All das waren durchaus normale Begebenheiten. Daß aber ein Räuber einer ihr bekannten Person einen Schlag über den Kopf versetzt und sie in finsterer Nacht dem sicheren Tod überantwortet hatte, – das kam nun wirklich nicht alle Tage vor.

Sie war nicht recht zufrieden mit Größe und Schwere von Charlottes Verletzung. Von einem skrupellosen Verbrecher, der hilflose Frauen überfiel und sie halbtot liegenließ, erwartete man doch zumindest eine Beule. Aber nein, keine Schwellung, kein Tröpfchen Blut. Miss Schiller schluckte tapfer ihre Enttäuschung hinunter und erinnerte Charlotte daran, daß ein Verbrecher gewöhnlich an den Schauplatz seiner Tat zurückkehrt. Ihr Ton machte deutlich, daß er vermutlich noch in dieser Nacht wieder auftauchen würde, um sein Werk zu vollenden.

»Wer weiß«, sagte sie, »vielleicht beobachtet er uns jetzt gerade durchs Fenster.«

»Dann muß er Röntgenaugen haben. Die Jalousien sind heruntergelassen.«

»Zugjalousien waren mir schon immer unsympathisch«, verkündete Miss Schiller entschieden. »Wer will, kann ohne weiteres durch die Ritzen gucken, das weiß doch jedes Kind.«

Charlotte bot ihr ein Bett im Gästezimmer an, das sie dankend ablehnte. Sie löschte in Charlottes Zimmer das Licht und bezog Posten auf der Wohnzimmercouch. Von hier aus hatte sie alle Fenster im Auge, und alle Fenster hatten Augen nur für sie.

Dann zog sie die Stricknadeln aus dem Haar und legte sie griffbereit auf den Couchtisch. Die Nadeln waren nicht, wie Charlotte vermutet hatte, zum Stricken gedacht, sondern zur Verteidigung. Und in dem gewaltigen Koffer zu ihren Füßen befanden sich einige ihrer wertvolleren Habseligkeiten. (Wenn in der Stadt ein Einbrecher sein Unwesen trieb, so mochte es durchaus noch mehr von der Sorte geben, und Vorsicht ist besser als Nachsicht.)

Miss Schiller verbrachte eine schlaflose, aber sehr zufriedenstellende Nacht. Sie ging Geräuschen nach, jagte Schatten, machte Patrouillengänge durchs Haus und hatte etliche Hitzewallungen, zu deren Bekämpfung sie sich Eiswasser aus dem Kühlschrank holen mußte. Alle zehn oder fünfzehn Minuten betrat sie Charlottes Zimmer, erkundigte sich, ob sie schlief, und versicherte ihr, daß zumindest vorläufig alles in bester Ordnung sei.

Miss Schiller zuzuhören, wie sie ihre Runden drehte, war ärger als das Geräusch von einem Dutzend tropfender

Wasserhähne oder das Geschrei zweier streitender Kater vor dem Fenster. Gegen Morgen schlief Charlotte, von wenig freundlichen Gefühlen für Lewis wie für Miss Schiller erfüllt, dann doch noch ein.

5

Nach dem Frühstück setzte Charlotte Miss Schiller nebst Koffer in der Praxis ab und fuhr zur Mercywood-Klinik, um ihre morgendlichen Visiten zu machen. Schlafmangel war kein Problem für sie. Als sie sich durch die schweren Pendeltüren drängte, wirkte sie frisch und ausgeruht.

In einer Fernsprechzelle unten in der Halle suchte sie sich die Nummer von Voss heraus und wählte. Sie hörte zwar, daß am anderen Ende der Leitung abgenommen wurde, doch niemand meldete sich.

»Hallo! *Hallo!* Ist dort 2-8593?«

»Ja.« Es war nicht Voss. Die Stimme war hoch und zittrig, die Stimme eines sehr alten oder sehr verängstigten Menschen. »Violet? Violet?«

»Nein«, sagte Charlotte. »Die möchte ich ja gerade sprechen.«

»Sie ist weg.«

»Wohin?«

Doch die Verbindung war unterbrochen. Verärgert legte Charlotte auf. Eine lästige Person, dachte sie, ich habe schon Stunden auf sie verschwendet, obwohl meine eigene Arbeit drängt.

Es war halb elf, als sie mit ihren Visiten fertig war. In der Praxis stellte sich heraus, daß Miss Schiller ihr Tagewerk noch gar nicht begonnen, ja, noch nicht einmal die Post aufgemacht hatte. Offenbar hatte die Gute den Vormittag damit verbracht, ihren zahlreichen Freunden und Bekannten zu berichten, was sich zugetragen hatte – und vermutlich auch einiges, was sich nicht zugetragen hatte.

Unter Charlottes durchdringendem Blick errötend, griff Miss Schiller nach dem Vormerkbuch.

»Der kleine Wheeler kommt um zwei. Er hat eine Prüfung nicht bestanden, sagt seine Mutter, und sie meint, es liegt daran, daß er so unter seinen Warzen leidet. Die sollen Sie jetzt wegmachen, sagt Mrs. Wheeler.«

Charlotte gab einen unverbindlichen Laut von sich. Ihrer Meinung nach litt der kleine Wheeler lediglich unter einer hysterischen Mutter.

»Ach ja, und Mrs. Ballard hat angerufen, Dr. Keating. Sie hatte in der Nacht wieder dieses schreckliche Herzjagen und bittet Sie, heute nachmittag vor der Sprechstunde bei ihr vorbeizukommen.«

»Dann rufen Sie bitte zurück und richten Sie ihr aus, daß ich es vor halb sechs oder sechs nicht schaffe.«

»Ich habe schon gesagt, daß Ihr Terminkalender voll ist und daß Sie sich nicht wohl fühlen.«

»Ich fühle mich ausgezeichnet«, sagte Charlotte. »Und ich wäre Ihnen sehr verbunden, wenn Sie den Vorfall von heute nacht so schnell wie möglich vergessen würden.«

Miss Schiller sah sie gekränkt an. »Na, ich muß schon sagen ...«

»Haben Sie die Hausbesuche aufgeschrieben, die ich vor dem Essen erledigen muß?«

»Ja, hier.«

Charlotte überflog die Liste. Es handelte sich ausnahmslos um Frauen. Sie hatte hauptsächlich Frauen und Kinder in ihrer Praxis, was sie verdroß, weil sie gern eine Ärztin für alle gewesen wäre. »Zu Mrs. Connelly fahre ich zuletzt«, sagte sie. »Dort können Sie mich notfalls erreichen.«

»Ja, Dr. Keating.«

»Danach muß ich ins Rathaus und Anzeige wegen meiner Handtasche erstatten.«

»Sie könnten von hier aus anrufen.«

»Dann schicken sie uns einen Polizisten auf den Hals.«

»Ja, und das würde keinen günstigen Eindruck machen, nicht?«

»Eben.«

»Gut, dann sage ich Mrs. Ballard Bescheid, Frau Doktor. Eine reizende Frau, nicht?«

»Ja.«

»Wirklich reizend, finde ich.«

Charlotte sah sie scharf an. War es denkbar, daß Miss Schiller wußte...? Ach Unsinn, das war nur ihr übliches leeres Geschwätz. Für Miss Schiller war Mrs. Ballard nichts weiter als eine Stammpatientin, deren Mann die Rechnungen pünktlich und persönlich bezahlte und manchmal vorbeikam, um sich mit Dr. Keating über den Gesundheitszustand seiner Frau zu unterhalten. Gwen behandeln zu müssen wurde immer unerträglicher. Aber es mußte ertragen werden, da half alles nichts. Charlotte hatte ihr mehrmals vorgeschlagen, einen anderen Arzt, einen Nervenspezialisten, zu konsultieren, aber in ihrer sanften Art war Gwen unerbittlich gewesen: »Nein, nein, Frau Doktor, ich habe das größte Vertrauen zu Ihnen.«

Ich gehe nicht hin, dachte Charlotte. Ich schicke einen Kollegen, Parslow oder James vielleicht, ich will einfach nicht.

Als sie auf dem Weg zur Tür an dem Spiegel im Gang vorbeikam, fand sie, daß sie blaß und elend aussah, ihr Gesicht verriet die Mühsal – nicht der vergangenen Nacht, sondern des bevorstehenden Nachmittags.

Die Polizei war im hinteren Teil des Rathauses untergebracht.

Charlotte kannte den diensthabenden Sergeant, einen gewissen Quincy, vom Sehen. Seine Frau hatte mehrere Wochen im Mercywood im Streckverband gelegen, und Charlotte war ihm häufig in der Halle begegnet. Dort sah er immer wenig zupackend und recht kümmerlich aus. In Uniform, hinter seinem Schreibtisch, wirkte er größer, sein Ton war schroff und sehr amtlich.

Er machte Charlotte Vorhaltungen, weil sie den Raub der Handtasche erst so spät gemeldet hatte.

»Wir hätten den Täter vielleicht in der Nacht noch fassen können«, sagte er stirnrunzelnd.

»Mag sein. Allerdings glaube ich kaum, daß er sich hinterher noch lange am Tatort aufgehalten hat.«

»Sie können keinen Schutz erwarten, wenn Sie der Polizei keine Hilfestellung geben. Unverzüglich Anzeige zu erstatten, das ist doch wohl das mindeste, was man von der Bevölkerung verlangen kann.« Er klopfte sich verärgert mit einem Bleistift auf die Finger, als wünschte er, es wären ihre. »Sie wollten das Garagentor schließen, sagen Sie, als der Angreifer Ihnen von hinten einen Schlag versetzte und mit Ihrer Handtasche flüchtete.«

»Ja. Ich wurde nicht ernstlich verletzt, wie Sie sehen.«

»Ein Überfall ist es trotzdem. Konnten Sie die Waffe erkennen?«

»Nein. Aber ich denke, es war ein mit nassem Sand gefüllter Schlagstock.«

Er runzelte erneut die Stirn. »Schlußfolgerung eines Laien, was?«

»Ja.«

»Am besten kreuze ich an: ›Waffe unbekannt‹. Wie sah denn Ihre Handtasche aus?«

»Braunes Eidechsleder mit Goldschließe.« Sie beschrieb den Inhalt und gab den geschätzten Gesamtverlust mit fünfundsiebzig Dollar an.

»Wenn wieder so was vorkommt, rufen Sie sofort die Polizei an, Miss–« ...er sah auf sein Blatt... »Miss Keating. Hab ich Sie nicht schon mal irgendwo gesehen?«

»Im Krankenhaus.«

»So? Ja, richtig. Sie sind Krankenschwester?«

»Ärztin.«

»Ärztin«, wiederholte er bitter. »Hätte ich eigentlich auf den ersten Blick erkennen müssen, schließlich hab ich in letzter Zeit mehr Ärzte gesehen, als mir lieb war. Meine Frau –«

»Ja, ich weiß. Sie hat es schwer gehabt.«

»Kann man wohl sagen.«

»Diese Knochenoperationen sind heikel, aber jetzt ist sie wohl über den Berg.«

»Ich –« Ihr Mitgefühl hatte ihm offenbar den Wind aus den Segeln genommen. Es war, als habe er eine Philippika gegen Ärzte, Kranksein und Krankenhausrechnungen vom Stapel lassen wollen und sein Stichwort verpaßt. »Hm. Ja. Also ich sag Ihnen Bescheid, wenn sich bei uns was ergibt.«

Sie ging hinaus, die Absätze klickten energisch auf dem Marmorboden. Man hatte den Eindruck, daß hier alles aus Marmor oder Eisen oder Stein war, aus harten, kalten Werkstoffen, Symbol für die Härte und Kälte unpersönlicher Rechtsprechung.

Am Ende des Ganges hatte sich ein alter Mann halb hinter einer Säule verborgen, als wüßte er noch nicht recht, ob er sich weiter hineinwagen oder schleunigst wieder verschwinden sollte. Er nahm ein großes buntes Tuch aus der Jackentasche, wischte sich das Gesicht und zog sich wieder hinter die Säule zurück, so daß man nur ein Stück von seinem Ärmel sah.

»Tiddles?« fragte Charlotte.

Der Alte war ganz blaß geworden vor Überraschung. Er sah sie mit großen Augen an.

»Was machen Sie denn hier, Tiddles?«

»Nichts.«

»Man hat Sie doch nicht etwa verhaftet?«

»Nein, nein ...« Tiddles wischte sich erneut das Gesicht, steckte das Tuch in die Brusttasche des Jacketts und ließ einen Zipfel flott herausschauen. Er trug einen nagelneuen grünen Anzug mit Fliege und hatte sich gekämmt und rasiert. Der Anzug war ihm zu groß – die Ärmel reichten ihm bis zu den Knöcheln, und die Aufschläge der Hose schleiften am Boden –, und er griff sich immer wieder nervös an die Fliege, als wolle er sich vergewissern, daß sie noch am richtigen Fleck saß, nicht abgefallen oder gestohlen worden war. Er roch nach Pimentöl und Wein und Mottenkugeln.

»Sie haben sich ja so fein gemacht«, sagte Charlotte.

»Seh ich gut aus?«

»Sehr beeindruckend.«

»Man muß gut aussehn, wenn man zur Polizei geht. Sonst ...« Er hob beredt die Schultern unter den ausladenden Polstern. »Den Anzug hab ich von einem Freund, der hat ihn sich kaufen müssen, wie er letztes Jahr zu 'ner vornehmen Hochzeit wollte. Bei der Polizei muß man anständig auftreten. Die mögen mich nicht bei der Polizei. Ein-

oder zweimal haben sie mich abgegriffen, nichts Ernstes, nur ein bißchen Krawall und 'ne Kleinigkeit über den Durst getrunken. Trotzdem. So was nehmen die einem übel.« Er sah sie besorgt an. »Die Krawatte ist wohl 'n bißchen jugendlich.«

»Ganz und gar nicht.«

»Der Mensch wird nach der Kleidung beurteilt. Wenn man aussieht wie ein Penner, wird man auch behandelt wie einer. Dann nehmen die einem nichts von dem ab, was man ihnen erzählt.«

»Was wollen Sie ihnen denn erzählen?«

»Das mit Violet«, erklärte Tiddles. »Wie die sie umgebracht haben.«

»Was reden Sie da?«

»Sie ist nicht nach Hause gekommen. Und Voss hat's mit der Angst gekriegt. Das reinste Nervenbündel.«

»Soso ...«

»Und heute früh hat er gesagt, daß ich raus muß, daß er nicht mehr vermietet. Der hat das große Muffensausen. Und die beiden –«

»Die beiden?«

»Er und der Untermieter, dieser Eddie, haben die ganze Nacht unten in der Küche miteinander geredet, wo ich nichts hab hören können. So was von mißtrauisch! Ständig glauben sie, daß jemand ihnen nachspioniert.«

Es gab eine kleine Pause, dann sagte Charlotte: »Ich würde der Polizei nicht sagen, daß Violet ermordet worden ist. Dann verlangt man nur Beweise von Ihnen, und die haben Sie nicht.«

»Mit allen fünf Sinnen kann ich's beweisen.«

»Sagen Sie der Polizei nur das, was Sie genau wissen: Daß Violet in der Nacht nicht nach Hause gekommen ist.«

»Meinen Sie?«

»Ja. Wenn Sie aufs Geratewohl Anschuldigungen erheben, die Sie nicht beweisen können, hält man Sie am Ende für einen Spinner.«

»Bin ich aber nicht.«

»Nein.«

»Bin ich nicht, war ich nicht, bin ich nie gewesen.«

Als er durch die Halle ging, kehrte er mit den Hosenaufschlägen den Staub vom Marmorboden.

Charlotte wäre ihm am liebsten nachgegangen, um ihm und seiner Aussage den Rücken zu stärken, aber sie hielt sich zurück. Er kam auch ohne sie aus. Ihre Anwesenheit konnte nur neue Fragen provozieren: *Ah, da sind Sie ja wieder, Miss Keating ... Soso, eine spurlos verschwundene Frau diesmal ... Und was haben Sie mit dieser Frau und mit dem Alten zu tun?*

Tiddles konnte nichts passieren, das schaffte er schon allein.

Auf der Fahrt in die Praxis kam sie an der Olive Street 916 vorbei. Fenster und Türen waren geschlossen, die Jalousien heruntergelassen, der Schaukelstuhl von der Veranda verschwunden. Auch das Schild mit der Aufschrift CLARENCE G. VOSS, PHRENOLOGIE UND CHIROMANTIE, VERKAUF VON SCHNITTBLUMEN, KLAVIERUNTERRICHT war nicht mehr im Fenster.

Sie hielt an, stieg aus und ging mit raschen Schritten, als wolle sie ihrer besseren Einsicht davonlaufen, auf das Haus zu.

Der Klingelknopf hatte sich wieder verklemmt, aber diesmal machte sie sich nicht die Mühe, ihn in Ordnung zu bringen. Sie hämmerte mit der Faust an die Tür. Fünf, sechs schwarze Kinder versammelten sich auf dem Gehsteig und betrachteten sie stumm und neugierig, aus großen runden Kulleraugen.

Die Tür öffnete sich einen Spalt breit, eine Frauenstimme fragte unfreundlich: »Was wollen Sie?«

»Ich suche Violet O'Gorman.«

»Ist nicht da.«

»Ist Mr. Voss zu Hause?«

»Auch nicht.« Die Frau öffnete die Tür so weit, daß sie den Kopf herausstecken konnte, und keifte die Kinder auf dem Gehsteig an: »Los, haut ab. Das fehlte noch, daß hier ständig 'ne ganze Niggerbande rumhängt.«

Die Kinder zogen ab und grinsten breit, um ihre Demütigung zu bemänteln.

»Sind Sie Mrs. Voss?« fragte Charlotte.

»Bin ich. Aber wen geht das was an?« Sie hatte die rechte Hand in die Hüfte gestemmt, die linke lag an der Tür, bereit, sie sofort wieder zuzuschlagen. Das Gesicht war leichenblaß, ein dicker Klecks Rouge zog sich von den Wangenknochen bis zu dem Haaransatz über den Ohren. Der schmale Mund war mit Lippenstift verbreitert worden, er wirkte lächerlich jung und wollüstig in dem alternden Gesicht. »Wieso steh ich eigentlich hier rum?« sagte sie bitter. »Wenn Sie mit Violet reden wollen, suchen Sie sich die gefälligst selber, ich bin schließlich nicht die Mutter von der miesen Schnepfe.«

Charlotte hob fragend die Augenbrauen.

»Schaff mir diesen Jammerlappen aus den Augen, hab ich zu Clarence gesagt, sonst flippe ich aus. Nein, sagt er, nein, er hat da 'n Dreh. Wo der überall dran dreht, sag ich Ihnen, der reinste Drehkünstler, aber rausgesprungen ist noch nie was dabei. Geld, das ist das einzige, was mich interessiert. Nur einmal will ich Geld sehn, eh ich abkratze.«

Armut und Krankheit hatten ihren Geist verdorren lassen, dort würde nie mehr etwas wachsen.

Charlotte war zwischen Widerwillen und Mitleid hin- und hergerissen. (Dieses Mitgefühl war Lewis zuweilen ein Ärgernis. Er mißtraute der Regung, mochte nicht glauben, daß es nicht eine Art Neurose war: »Die Leute in Schutz zu nehmen und Mitleid mit ihnen zu haben, das ist kein Kunststück, Charley, wenn man sich nicht engagiert! Du läßt doch nichts und niemanden an dich herankommen.«)

Beim Anblick dieses verwüsteten Gesichts begriff Charlotte, daß Geld tatsächlich das einzige war, worauf Mrs. Voss noch Hoffnung setzen konnte. Daß ihre Schönheit, ihre Gesundheit, ihre Jugend noch einmal zurückkehren würden, war nicht zu erwarten. Für all dies war Geld Symbol und Ersatz zugleich, ein realisierbares Ziel. Das Geld lag ja gewissermaßen auf der Straße: Eine Münze, zur rechten Zeit in den Flipperautomaten geworfen, ein Tip auf das richtige Pferd, die richtige Nummer auf einem Los, der richtige Dreh.

Was mochte das für ein Dreh sein, den Voss mit Violet im Sinn hatte? Es mußte um Geld gehen, aber nicht um Violets Geld. Wie hatte die junge Frau in ihrer Praxis gesagt? »Ich kann vor Gericht gehen und ihn zwingen, daß er 'ne Menge Geld rausrückt ... Ich kann ihn fix und fertig machen, sagt mein Onkel.« Das war wohl der Dreh, von dem Voss gesprochen hatte. Aber Violet war nicht vor Gericht gegangen, sie war weggelaufen.

»Was starren Sie mich so an?« murrte Mrs. Voss. »Ich hab's nicht nötig, dazustehn und mich anstarren zu lassen.«

Die Tür schlug so heftig zu, daß die Veranda erzitterte, und ein erschrockener Eichelhäher heiser kreischend aus dem Gebälk aufflog.

6

Als Charlotte nachmittags in die Praxis zurückkam, warteten der kleine Wheeler und seine Mutter schon in der Anmeldung. Der Junge saß stumm da, ein Comic-Heft in der Hand, während Miss Schiller sich mit der Mutter unterhielt. Miss Schiller hatte stets alle möglichen Diagnosen, Ratschläge und Mittelchen bei der Hand, noch ehe die Patienten auch nur einen Fuß in Charlottes Sprechzimmer gesetzt hatten.

»... Lebertran«, sagte sie gerade. »Ich hab schon erlebt, daß mit Lebertran die greulichsten Warzen weggegangen sind ... ach, hier kommt ja Dr. Keating. Guten Tag, Frau Doktor.«

»Guten Tag. Kommen Sie bitte gleich herein, Mrs. Wheeler, und du auch, Tommy.«

Der Junge war ein gutaussehender Zwölfjähriger, klein für sein Alter und sehr schüchtern. Seine Mutter war eine Riesin. Als sie mit Tommy ins Sprechzimmer rauschte, sah sie aus wie ein Dreimaster mit einem Dingi im Schlepptau.

»Setz dich, Tommy. Hier auf den Tisch.«

Er gehorchte zitternd.

»Dich plagen also wieder die Warzen, ja? Wollen wir doch mal sehen ...«

Sie hielt eine Lupe über die Hände des Jungen. Die Warzen hatten sich in Gruppen über sämtliche Knöchel und Gelenke ausgebreitet.

»Wie war das, Tommy ... Zwei hab ich vor einem Jahr mit einer Elektronadel weggemacht, nicht?«

»Bitte nicht nochmal«, flüsterte er.

»Nein, das geht auch nicht, diesmal sind es zu viele.« Sie wandte sich an Mrs. Wheeler. »Ich denke, wir versuchen es mal mit Wismutspritzen.«

»Spritzen?« entsetzte sich Mrs. Wheeler. »O nein! Tommy hat eine Todesangst vor Spritzen, nicht, Tommy?«

Der Junge wimmerte leise.

»Sehen Sie? Er hat fürchterliche Angst vor jeder Art von Nadeln, das ist so, seit –«

»Niemand läßt sich gern spritzen, Tommy.« Charlotte legte ihm ermutigend eine Hand auf die Schulter. »Hast du dich schon mal kräftig gezwickt?«

»Glaub schon ...«

»Unangenehmer ist das Spritzen nämlich auch nicht.«

Er kniff sich nachdenklich in den Unterarm. »Stimmt. Gar nicht so schlimm.«

Im Augenblick, dachte Charlotte, ist er ganz vernünftig, aber er ist von daheim schon so emotional aufgeladen, daß es nur eine Frage der Zeit ist, bis die Stimmung umkippt.

Sie traf ihre Vorbereitungen so rasch wie möglich und unterhielt sich dabei mit Tommy, um ihn abzulenken, aber zu guter Letzt mußte sie doch Miss Schiller rufen, und zu dritt hielten sie den Jungen mit Gewalt auf dem Tisch fest, während Charlotte die Spritze in die Hüfte setzte.

Hinterher war Miss Schiller in Schweiß gebadet, Charlotte hatte einen Kratzer auf dem Handgelenk, und Mrs. Wheeler sah aus wie ein großes wabbliges Gespenst.

»In einer Woche bekommt er die nächste Injektion«,

sagte Charlotte. »Ich würde Ihnen raten, ihn dann allein herzuschicken. Er kann ja mit dem Fahrrad kommen.«

»Er hat kein Fahrrad«, sagte Mrs. Wheeler. »Die Dinger sind mir zu gefährlich.«

»Wenn man es so sieht, dürfte man sich wahrscheinlich überhaupt nicht mehr auf die Straße trauen«, bemerkte Charlotte nüchtern. »Tommy ist alt genug, um allein herzukommen, stimmt's, Tommy?«

Er legte beschämt den Ärmel über die Augen, und seine Mutter schleppte ihn weg.

In der Anmeldung warteten eine Frau mit einem Baby und ein gutaussehender, etwa fünfunddreißigjähriger Mann mit blitzeblauen Augen, die er leicht zusammengekniffen hatte, als amüsiere ihn etwas. Charlotte hatte ihn noch nie gesehen, und doch kam er ihr irgendwie bekannt vor. Gleich darauf begriff sie mit einer Art freudiger Überraschung, daß er ihr sehr ähnlich sah, er hätte ihr Bruder sein können.

Auch er hatte die Ähnlichkeit bemerkt, um einen Mundwinkel zuckte ein halbes Lächeln. Dann senkte er den Blick und heftete ihn auf den großen gelben Umschlag, der auf seinen Knien lag.

Charlotte wandte sich an die Frau mit dem Baby. »Sie können mit Mrs. Schiller schon ins Sprechzimmer gehen, Mrs. Hastings. Ich komme gleich nach.«

Als sich die Tür hinter ihnen geschlossen hatte, stand der Mann auf und kam auf sie zu. »Frau Dr. Keating?«

»Ja.«

»Mein Name ist Easter, ich bin von der Polizei.«

»Ah ja.«

»Sie haben den Verlust einer Handtasche gemeldet.«

»Ja.«

»Wir haben eine gefunden. Sie entspricht nicht genau Ihrer Beschreibung, aber es war eine Karte mit Ihrem Namen darin.«

»Eine Visitenkarte?«

»Nein. Ihr Name und die Anschrift Ihrer Praxis waren mit der Maschine getippt, nicht gedruckt.«

»In meiner Handtasche hatte ich so was nicht.«

»Wenn Sie sich die Tasche wenigstens mal ansehen könnten...« Easter legte den Umschlag auf Miss Schillers Schreibtisch. Die Handtasche glitt heraus. Sie war braun, aber nicht aus Eidechsleder, statt einer Goldschließe hatte sie einen Plastikreißverschluß und einen Schulterriemen. Sie verströmte einen Geruch, den Charlotte nicht gleich identifizieren konnte. Ein Hauch von Meer, dachte sie.

»Das ist nicht meine Tasche«, sagte sie.

»Aber Sie kommt Ihnen bekannt vor?«

»Nein.«

»Ihrem Freund schon.«

»Meinem Freund?«

»Dem alten Kauz, der sich Tiddles nennt. Er sagt, daß die Handtasche Violet O'Gorman gehört.«

»Mag sein.« Sie versuchte, unter seinem scharfen Blick ihren Gleichmut zu bewahren.

»Nach Aussage dieses Tidolliani war Mrs. O'Gorman eine Bekannte von Ihnen, Sie haben gestern abend vergeblich nach ihr gesucht.«

»Sie ist keine Bekannte von mir. Sie kam gestern nachmittag als Patientin in die Praxis.«

»Was hatte sie denn?«

»Sie war schwanger.«

»Verheiratet?«

»Sie hatte ihren Mann verlassen.«

»Wollte sie sich von Ihnen während der Schwangerschaft und bei der Entbindung betreuen lassen?«

Charlotte verzog keine Miene. »Das nicht gerade.«

»Verstehe.«

»Ich habe es abgelehnt, ihr zu helfen – so wie sie sich das vorgestellt hatte. Aber ich hatte die Absicht, etwas für sie zu tun.«

»Sie hatten die Absicht?«

»Während des Gesprächs läutete das Telefon, und als ich hinging und abnahm, verließ Violet die Praxis durch die Hintertür. Deshalb wollte ich gestern abend zu ihr. Nachmittags kam sie mir recht verzweifelt vor. Sie war nicht reif genug, um zu begreifen, daß ihre Situation gar nicht so außergewöhnlich oder hoffnungslos ist. Man hätte ihr geholfen, es gibt etliche Stellen, die –«

Er lächelte ironisch. »Sie versuchen sich selbst zu beschwatzen. Mich brauchen Sie nicht zu überzeugen, ich habe die Gesetze über unerwünschte Kinder nicht gemacht.«

Aus dem Sprechzimmer hörten sie Miss Schiller mit dem Baby sprechen, ihre Stimme klang seltsam verändert: »So eine Süße. So ein süßer kleiner Wonneproppen ...«

»Was ist mit Violet?« fragte Charlotte.

»Sie ist tot.«

»Und wie –«

»Sie – oder was von ihr übriggeblieben ist – wurde heute früh mit der Flut angeschwemmt. Der rechte Arm ist zum Teil weg.«

»Wollen Sie mich schockieren?«

»Ich berichte nur. Sie sollten solche Dinge gewöhnt sein.«

»An solche Dinge gewöhnt man sich nie«, sagte sie ruhig. »Es ist jedesmal etwas Neues.«

Er wandte den Blick ab, sein Gesicht war hart geworden. »Zwei Kinder haben die Tasche gefunden, sie hatte sich an einem Pfahl unten am Kai verfangen. Außer der Karte mit Ihrem Namen war nichts darin. Eigenartig, wenn man bedenkt, was Frauen normalerweise mit sich herumschleppen. Es könnte natürlich sein, daß die Kinder sich daraus bedient haben, aber sehr plausibel ist das nicht. Dann hätten sie die Tasche nicht zu uns gebracht, sondern wieder ins Wasser geworfen.« Er schob die Tasche in den Umschlag zurück. »Tja, ich will Sie nicht weiter aufhalten ...«

»Es ist nicht so eilig. Bitte ... ich möchte mehr über Violet wissen.«

Er lachte auf, es klang seltsam gepreßt. »Mehr kann ich Ihnen nicht bieten, Frau Doktor. Sie saß in der Tinte, sie hat sich umgebracht, sie liegt im Leichenschauhaus. Abgang Violet.«

Charlotte warf ihm einen feindseligen Blick zu. »Das war kurz und knapp. Sind Sie so abgebrüht, weil Sie so viel mit dem Tod zu tun haben?«

»Ich hasse den Tod. Und ich fürchte ihn.« Er klemmte sich den Umschlag unter den Arm. »Ist Ihnen übrigens aufgefallen, daß wir uns ähnlich sehen?«

»Nein.«

»So ist es aber. Hoffentlich stellt sich nicht heraus, daß wir lange getrennte Geschwister sind.« Er musterte sie ausgiebig von oben bis unten. »Das wäre nämlich verdammt schade.«

Charlotte wandte sich brüsk ab und ging ins Sprechzimmer. Violet war tot. Im Leichenschauhaus. *»Man hätte ihr geholfen, es gibt etliche Stellen, die –« »Sie versuchen sich selbst zu beschwatzen, mich brauchen Sie nicht zu überzeugen ...«*

Mrs. Hastings' kleine Tochter lag auf dem Tisch, strampelte mit den Beinen und schwenkte die Arme. Charlotte nahm sie hoch und legte sie an ihre Schulter. Mrs. Hastings Kind ... oder Violets Kind ... oder Violet selbst.

7

Die Ballards wohnten in einem Canyon unterhalb der Nebellinie. Um halb sechs, als Charlotte kam, hatte der Nebel sich schon vor die Sonne geschoben, die Luft war feucht und kalt.

Drei der Collies nahmen sie an der Tür in Empfang. Sie bellten nicht, das hatte Gwen ihnen verboten, aber sie schnoberten an Charlottes Arzttasche und ihren Schuhen herum, und einer, ein riesiges, bildschönes goldbraunes Tier, stemmte die Vorderpfoten gegen ihre Brust und betrachtete sie ernsthaft und voller Neugier. Die weißgoldene Schnauze war mindestens zwölf Zentimeter lang. Charlotte streichelte sie behutsam.

Gwen lachte. »Dieser Laddie! Platz, Lad!«

Sie trug einen blauseidenen Hausmantel, dessen Saum am Boden schleifte, und wirkte ein wenig nervös, sah aber nicht schlechter aus als sonst. Sie war schon immer sehr klein und schmal gewesen, war stolz auf ihre zierliche Figur und achtete streng darauf, sie zu halten. Sie trug stets flache Schühchen und hielt ununterbrochen Diät, wobei sie gegen aufkommende Hungergefühle literweise heißen, starken Tee trank.

»Platz, Laddie!« wiederholte Gwen. »Ich kann ihm das einfach nicht begreiflich machen, er hört nicht auf mich. Wahrscheinlich merkt er, daß er mein Liebling ist.« Sie packte Laddie bei den Vorderpfoten und setzte ihn zu Boden. »Er ist mein Baby. Gib Pfote, Lad!«

Die Collies setzten sich alle drei hin und streckten Charlotte mit höflich gelangweilter Miene die Pfoten hin. Charlotte schüttelte eine Pfote nach der anderen und hatte wie immer, wenn sie hierherkam, das Gefühl, eine unwirkliche Welt zu betreten, in der alle Werte auf dem Kopf standen und die Hunde sich Gwen als Haustier hielten.

»Fühlen Sie sich besser?« fragte Charlotte.

»O ja, viel besser.«

»Das freut mich.«

»Ich habe Tee gebrüht ... Ich *liebe* Tee.«

Charlotte stellte ihre Arzttasche in der Diele ab und folgte Gwen ins Wohnzimmer. Die Hunde kamen hinterher, sie begleiteten Gwen auf Schritt und Tritt.

Das Zimmer gehörte Gwen, weder hier noch sonst irgendwo im Haus war etwas von Lewis zu spüren, allenfalls in seinem Arbeitszimmer. Gwen hatte eigenhändig die ovalen Fleckerlteppiche geflochten, den Stoff für die Polsterbezüge gewebt, die Petitpointstickereien verfertigt und die gerüschten Chintzvorhänge genäht. Milchglas und Zinn, Chintz und Ahorn – alles Dinge, die zu ihr paßten. Die Möbel waren auf ihre Größe zugeschnitten, waren klein und zerbrechlich. Gwen wirkte sehr malerisch in dem zierlichen Ahornsessel, einen Fuß gefällig auf ein Bänkchen mit Petitpointpolster gestützt. (Kein Wunder, daß Lewis mir den großen Ledersessel gekauft hat, dachte Charlotte, hier findet er beim besten Willen nichts, worauf er sitzen könnte.)

Auf dem Teetisch stand Gwens bestes Spode-Service, der Tee war schon gebrüht, die Kanne mit einem von

Gwen eigenhändig verfertigten gelbwollenen Teewärmer vor dem frostigen Nebel geschützt.

Der Hund Laddie legte Gwen den Kopf in den Schoß. Sie streichelte, während sie weitersprach, die weiße Halskrause. »Ich fühle mich so viel besser, daß es wohl dumm von mir war, Ihnen nicht abzusagen. Aber...«

Sie legte den Kopf schief, etwas Verschmitzt-Verschwörerisches lag in der Bewegung. Das helle Haar war dünn und fahl geworden, und die zarte weiße Haut war unter dem Kinn erschlafft, aber sie hatte die Angewohnheiten und Kunstgriffe einer Frau beibehalten, die einst schön gewesen ist. Ihre Lebensgeschichte stand ihr im Gesicht geschrieben, die flatterig-gekünstelten Handbewegungen lieferten letzte Bestätigung. Der Achtzehnjährigen hatte die Welt zu Füßen gelegen – sie war die beliebteste Debütantin von Louisville gewesen, Zeitungsausschnitte belegten das –, doch nach und nach hatte sich die Welt zurückgezogen. Gwen hatte ihr nichts bieten können als ihre Jugend.

Jetzt war sie vierzig, lebte für ihr Haus und ihre Hunde, und hin und wieder hatte sie in der Nacht Angstzustände. Ihr Puls ging so schnell, daß man mit dem Zählen nicht nachkam, der Körper zuckte, der Kopf glühte. Zweimal war Charlotte nachts gerufen worden, hatte sie in diesem Zustand vorgefunden und ihr ein Beruhigungsmittel gegeben. Organisch war Gwens Herz völlig gesund. Es waren die typischen Symptome einer Herzneurose. Als Ärztin ohne psychiatrische Fachausbildung tat Charlotte sich schwer damit, ihr nachzuspüren.

»War der Anfall so wie die anderen?« Charlotte nahm Gwens Handgelenk und fühlte den Puls. Er ging noch immer schnell, fast hundert Schläge in der Minute.

»Sogar etwas schlimmer, meine ich. Ich hatte solche Angst ... wie ist mein Puls?«

»Fast normal. Haben Sie die Kapseln und Tabletten genommen, die ich verschrieben habe?« Die Tabletten waren ein Sedativum, die Kapseln enthielten Östrogen, aber einer Patientin wie Gwen konnte man so etwas nicht sagen. Die Hormone, dachte Charlotte erbittert, würde sie bestimmt mißdeuten.

Gwens Reaktion war unentschieden, ja, sogar leicht verletzt. »Soweit wie möglich. Ich nehme sie, wenn ich daran denke. Aber ich habe so viel im Kopf. Winkie bekommt in sechs Tagen wieder Junge, ein großer Wurf, vielleicht ein ganzes Dutzend. Sie ist so schwer, daß sie kaum –«

»Besonders an die Kapseln sollten Sie immer denken. Schließlich sind Sie wichtiger als Winkie oder ihre Jungen.«

Gwen stieß einen leisen, erregten Laut aus. »Genau das sagt Lewis immer. Gib gut auf dich acht, Liebling, sagt er. Denk daran, daß du unendlich viel kostbarer bist als jeder Hund.«

Kostbar. Liebling. Die Worte gellten Charlotte in den Ohren. Sie lügt. Das würde er nie zu ihr sagen ... Warum eigentlich nicht? Sie waren verheiratet. Sie lebten zusammen, Tag für Tag, da mußte es Augenblicke der Zärtlichkeit geben. Vielleicht sogar Augenblicke tiefster Zärtlichkeit, obschon Lewis das abstritt.

Tonlos sagte sie: »Es wäre gut, wenn Sie Aufputschmittel wie Tee und Kaffee und Cola einschränken könnten.«

»Ich versuche es ja, aber ich liebe meinen Tee so sehr ... Er ist fertig, mögen Sie eine Tasse?«

»Danke, gern.«

Der Tee war lauwarm und so stark, daß er auf Charlottes Zunge und Gaumen einen pelzigen Geschmack hinterließ.

Sie trank ihn rasch und stellte die leere Tasse auf dem Tisch ab.

Gwens Hände zitterten stark. Weil sie von Natur aus so umständlich und flatterig war, merkte man das erst, als sie zum Nachschenken nach der leeren Tasse griff, die gegen die Untertasse schlug wie Hagel an eine Fensterscheibe.

»Halten Sie immer noch Diät?« fragte Charlotte.

»Nicht sehr, aber ein bißchen schon. Ich bin so klein, daß man jedes zusätzliche Pfund sieht. Eine Avocado, und ich habe zwei Zentimeter mehr auf den Hüften.«

»Sie haben Untergewicht. Ich rate Ihnen, eine Weile auf die Diät zu verzichten.«

»Ich will's versuchen.«

»Ich kann nichts für Sie tun, Mrs. Ballard, wenn Sie nicht bereit sind, sich selbst zu helfen. Es hat wenig Sinn, daß Sie mir fünf Dollar für ein Rezept zahlen und es dann im Badezimmerschränkchen verstauben lassen.«

Entzückt wie ein Kind klatschte Gwen in die Hände. »Sie nehmen kein Blatt vor den Mund, das ist das Schöne an Ihnen, Frau Doktor. Sie sind so ehrlich.«

»Finden Sie? Besten Dank.«

Die Hunde witterten eine Spannung, eine Erregung in Gwens Lachen. Sie drängten sich um ihre Herrin, streckten ihr, Aufmerksamkeit heischend, die Schnauzen entgegen, die wedelnden Schwänze streiften über Teetassen und Aschenbecher. Sie sind mehr als Gwens Hunde, dachte Charlotte. Sie sind Teil von Gwen selbst, jeder wie ein gesondertes Nervensystem, das Gwens Empfindungen nachvollzieht.

»Mollie, du Schlimme!« sagte Gwen. »Schau, wie die Asche herumfliegt! Jetzt setzt euch, alle miteinander, und seid brav, sonst muß ich euch draußen in den Auslauf sperren.«

Die Hunde beruhigten sich, aber wichen ihr nicht von der Seite. Sie liefen hinter ihr her, als sie die Lampen einschaltete, als ahnten sie irgend etwas Ungewöhnliches.

Auch Charlotte stand auf und streifte die seidigen weißen Hundehaare vom Kleid. »So abgedroschen es klingen mag, Mrs. Ballard, aber ich habe den Eindruck, daß es bei Ihnen einfach die Nerven sind.«

»Bitte nennen Sie mich doch Gwen. Immerhin kennen wir uns jetzt schon fast ein Jahr.«

»Für Nervenleiden bin ich eigentlich nicht zuständig, ich würde vorschlagen, daß Sie einen Kollegen konsultieren.«

»Ich lasse mich nicht an einen dieser sogenannten Spezialisten abschieben. Sie sind zu bescheiden, Frau Doktor. Sie wissen ja gar nicht, wie gut Sie mir tun. Wenn Sie da waren, fühle ich mich immer pudelwohl. Auch Lewis hat das schon gemerkt. Gwen, mein Schatz, Frau Dr. Keating ist die beste Medizin für dich, hat er neulich erst gesagt.«

Gwen, mein Schatz. »Eben, das meine ich ja. Ich kann nichts für Sie tun, bin nur eine Art lebende Beruhigungspille. Deshalb empfehle ich einen ... Nervenspezialisten.«

»Einen Psychiater, meinen Sie?«

»Ja.«

Gwen lächelte. Aber das Lächeln war nicht echt, und die Hunde wußten das. Sie standen da, den Schwanz zwischen den Beinen, wartend und wachsam.

»Ich will aber nicht«, sagte sie. »Und was ich nicht will, das kann ich auch nicht.«

»Es ist schon lange keine Schande mehr, zum Psychiater zu gehen. Im Gegenteil, es ist ein Zeichen von Vornehmheit, nur reiche Leute können sich so etwas leisten.«

»Kommen Sie, Frau Doktor«, sagte Gwen neckisch, »Sie wollen mich nur loswerden, stimmt's? Es gibt so viele wirklich kranke Leute auf der Welt, denken Sie, daß Sie mit mir und meinen dummen Anfällen nur Ihre Zeit verschwenden.«

»Ganz und gar nicht. Wenn ich einen Patienten nicht zu meiner Zufriedenheit behandeln kann, schicke ich ihn zu einem Kollegen.«

»Ich will aber nicht zu einem Kollegen, punktum. Stellen Sie sich vor, ich müßte zu einem dieser gräßlichen Psychiater gehen und ihm *alles* erzählen. Das wäre mein Tod!«

Charlotte streifte die Handschuhe über. Bei einem Gespräch mit Gwen kam sie sich immer vor, als würfe sie mit Seifenblasen, die zerplatzten, ehe sie ihr Ziel erreicht hatten. »Es freut mich, daß ich Ihnen doch ein wenig habe helfen können«, sagte Charlotte und war plötzlich so gestreßt, so erledigt, daß sie hätte heulen mögen. *Sie sind so ehrlich, Frau Doktor, so ehrlich ...* »Nehmen Sie die Kapseln und die Tabletten und machen Sie sich wegen der Anfälle nicht allzuviele Gedanken. Ich halte sie nicht für lebensbedrohend.«

Sie ging in die Diele und nahm ihre Arzttasche; Gwen und die Hunde folgten ihr. Gwen war etwas gekränkt, daß sie schon ging, sie sah aus wie ein enttäuschtes Kind.

»Zu schade, daß Sie nicht bleiben können, Frau Doktor. Das Essen ist fertig, ein zusätzliches Gedeck ist im Handumdrehen aufgelegt. Lewis kann jeden Augenblick kommen.«

»Danke, ich –«

»Vielleicht ein andermal?«

»Ja.«

»Ich weiß, daß Lewis sich sehr freuen würde«, sagte Gwen sanft.

»Das ist ... nett.«

»Ja, dann auf Wiedersehen.«

»Auf Wiedersehen.«

Draußen war der Nebel dünner geworden, doch der Himmel hatte sich verdunkelt.

8

Sie setzte sich allein zu einem verspäteten Abendessen. Das Haus war tot und still. Sie legte ein paar Platten auf, doch hinter der Musik lag die Stille auf der Lauer, bereit, sich auf sie zu stürzen, während sie die Platten wechselte.

Sie hatte den ganzen Tag nichts von Lewis gehört. (Ein ungewöhnlich langer Tag, dachte sie. Es kommt mir vor, als hätte ich schon vor einer Woche mit Miss Schiller gefrühstückt, Tiddles in seinem grünen Anzug auf der Polizei gesehen ... Ein langer Tag für mich, und eine lange Nacht für Violet, eine lange, dunkle Ewigkeit ... Nicht denken, nicht daran denken. Es war nicht deine Schuld.)

Lewis rief sie im Laufe des Nachmittags immer ein- oder zweimal an. Es waren nie lange Gespräche – sie waren ja beide beruflich stark beansprucht –, aber für Charlotte waren sie wichtig. Sie vermittelten ihr das Gefühl, daß sie geliebt wurde, daß sie nicht nur ein Techtelmechtel mit einem verheirateten Mann hatte. Sie war in Lewis verliebt und Lewis in sie, und es war Pech für beide, daß er schon vergeben war, als sie sich kennengelernt hatten.

Sie hatte ihn lange nicht mehr zu Hause angerufen und mußte die Nummer im Telefonbuch nachschlagen.

Lewis meldete sich. Wie immer, wenn er nicht wußte, wer der Anrufer war, schwang in seiner Stimme ein Ton falscher Herzlichkeit. »Hallo! Hier Lewis Ballard.«

»Ich möchte dich sehen«, sagte Charlotte rasch. »Kannst du vorbeikommen?«

»Tut mir leid, Sie haben sich offenbar verwählt.«

»Es geht also nicht?«

»Ganz recht. Hier ist 5-5919.«

»Liebling ... Lewis, ich ...«

Aber er hatte schon aufgelegt.

Er kann nichts dafür, dachte sie. Er mußte auflegen, Gwen war da und hat zugehört. Trotzdem kam sie sich zurückgesetzt und ein wenig billig vor. ›Tut mir leid, da hast du die falsche Nummer erwischt, Schätzchen.‹ ›Ist schon gut, Kumpel.‹ Sie setzte sich in Lewis' Sessel und legte die Hände über die Augen.

Die Haustür, die sie nach dem Kochen zum Lüften aufgemacht hatte, stand noch offen. Es zog, und sie bekam allmählich kalte Füße.

Als sie gerade wieder zumachen wollte, sah sie, wie durch das Gartenpförtchen zwei Männer ihren ummauerten Garten betraten. Der Größere riegelte das Pförtchen sorgsam hinter sich zu und wischte sich die Hände an den Hosen ab. Der andere, kleinere, bewegte sich klammheimlich und behende durch die Dunkelheit wie ein Kobold. Unter der roten Baseballkappe ragten die Ohren hervor, die sich riesengroß und wachsbleich vor dem Hintergrund der dunklen Bäume abhoben.

Er flatterte wie ein Mottenfalter über den Plattenweg auf das Licht der Türöffnung zu. Es war zu spät, die Tür zu schließen und hätte wohl auch nichts genutzt. Die verhuschte Gestalt da konnte durch Fenster fliegen, aus dem Kamin fallen, aus Ritzen kriechen und durch böse Träume geistern.

»Wissen Sie noch, wer ich bin?«

»Sie sind Mr. Voss.«

»Stimmt auffallend.« Er deutete mit dem Daumen auf seinen Begleiter. Charlotte sah, daß beide primitiv genähte Trauerbänder am Ärmel trugen. »Das ist mein Kumpel, Eddie O'Gorman.«

»Ich habe Mr. O'Gorman schon einmal gesehen.«

O'Gorman trat in den Lichtkreis. Das Gesicht war trotz seiner Jugend schon unauslöschlich von Spuren der Gewalttätigkeit und Verwahrlosung gezeichnet, die Nase gebrochen, das linke Ohr nur noch eine formlose Masse, die Wangen durch Aknenarben entstellt.

Er drückte die geballten Fäuste gegen die breiten Schenkel. »Gesehen? Wo?«

»Bei Mr. Voss. Sie haben mich durch die Stäbe des Treppengeländers beobachtet.«

»Na und? Was dagegen?«

»Immer mit der Ruhe, Eddie.« Voss wandte sich an Charlotte. »Der arme Eddie ist ganz durcheinander. Er hat heut 'ne schlechte Nachricht gekriegt, 'ne ganz schlechte Nachricht, stimmt's, Eddie?«

»Stimmt.« Eddie zerrte an dem Trauerflor herum, als wolle er ihn abreißen.

»Seine Frau ist gestorben«, sagte Voss. »Hat sich umgebracht. Aber vielleicht haben Sie das von Violet ja schon gehört.«

»Ja.«

»Arme kleine Violet. Wer hätte das gedacht? Es war ein furchtbarer Schlag für Eddie, stimmt's, Eddie?«

»Stimmt genau.«

»Er redet nie sehr viel«, erläuterte Voss, »und schon gar nicht, wenn er Kummer hat, der verschlägt ihm die Sprache, er –«

»Was wollen Sie hier?« fragte Charlotte.

Die schroffe Frage schien ihn zu kränken. »Na ja, ich hab mir gedacht, Eddie und ich, wir haben uns gedacht, Sie wissen das mit Violet vielleicht noch nicht, und wo Sie sich doch so für sie interessiert haben, möchten Sie's vielleicht erfahren, eh daß Sie's in der Zeitung lesen.«

»Gut, nun haben Sie es mir gesagt. Danke und gute Nacht.«

»Ej, Moment mal...« Voss verzog das Gesicht zu einer boshaft-schmollenden Grimasse. »Behandelt man so zwei trauernde Hinterbliebene? Was sagst du dazu, Eddie?«

Eddie hustete und drückte eine Hand an die Brust. »Drinnen wär's besser zum Reden. Die Nachtluft ist nicht so gut für meine Bronchien.«

»Die Luft bringt Sie nicht um«, sagte Charlotte. »Sie ist auch nicht anders als am Tage.«

»Ej, Sie sind doch Ärztin. Sagen Sie mal, was bedeutet das, wenn Sie morgens aufstehn und sich die Lunge aus dem Leib husten, und 'ne Stunde später ist alles wieder okay? Ist das was Ernstes?«

Sie sah ihn durch die Fliegentür an. Das also war Violets Mann. *›Er hat mich mit 'ner Lampe geschlagen‹*, hatte Violet gesagt... *›Aufnehmen wird er mich, ganz klar. Er hat's gern, wenn ich im Haus bin... eine, die er schikanieren kann...‹* Drei Meter weiter stand das Telefon. Wenn es jetzt läuten würde, hätte sie eine Möglichkeit, Hilfe herbeizurufen. Aber es blieb stumm, und sie mochte nicht hingehen und selbst wählen, das konnte nur neuen Ärger geben.

»Na, was nun?« Eddie machte ein finsteres Gesicht. »Ist es was Ernstes? Hab ich vielleicht die Motten in der Lunge?« Ein Mundwinkel zuckte nervös. Eddie hatte

Angst vor dem Tod, seine Gewalttätigkeit war der Versuch, seine Ängste zu leugnen.

»Nein«, sagte Charlotte. »Grund für den Husten ist vermutlich eine retronasale Sekretabsonderung. Wenn Sie schlafen, sammelt sich Schleim im hinteren Nasenbereich und läuft Ihnen in den Hals. Morgens husten Sie ihn dann ab.«

»Was haben Sie gesagt, was ich habe?«

»Eine retronasale Sekretabsonderung.«

»Ist ja 'n Ding! Ej, Voss, die versteht ihr Handwerk, schaut mich nur einmal an und sagt retronasale Sekretdingsbums, einfach so.«

»Jetzt gib schon Ruhe«, sagte Voss. »Ich hab auch alles mögliche, bloß ich laß mich darüber nicht aus, wenn's um Geschäftliches geht.«

»Um Geschäftliches?« wiederholte Charlotte.

»Na ja, geschäftlich wär vielleicht zu viel gesagt. Sehn Sie mal, die arme Violet hatte nicht viele Freunde, nur Eddie und mich und meine Frau und Sie. War 'n Prachtmädel. Hat die 'n Armengrab verdient? Ohne Blumen, ohne nichts? So 'ne Beerdigung kostet heutzutage 'ne Stange Geld. Ich hab mich heut mal 'n bißchen umgehört, und die Bestattungsfritzen, die langen ganz schön zu. Aber schöne Särge hatten sie, alles, was recht ist. Stimmt's, Eddie?«

»Genau.«

»Wir haben an einen Sarg mit weißem Satin gedacht und vielleicht ein riesengroßes Hufeisen aus lila Veilchen.«

»Mann, wär das schön.« Eddie faßte sich behutsam an die Nase. Er war bester Laune. Die ganze Zeit hatte er eine Heidenangst vor der Schwindsucht gehabt, dabei war's bloß 'ne ganz simple retronasale Sekretabsonderung.

»Und deshalb«, sagte Voss, »sind Eddie und ich hier. Wir

könnten vielleicht 'n bißchen was sammeln, haben wir uns gedacht, bei Violets Freunden, für 'n schönen Kranz und so.«

»Wieviel?« fragte Charlotte ohne Umschweife.

»Ist mir richtig peinlich. Wir reden über Geld, und die arme Violet...« Er zuckte die Schultern. »Aber das Leben geht weiter. So ist das nun mal.«

»Wieviel?«

»Sagen wir dreihundert Dollar.«

Es gab eine lange Pause. »Davon könnte man viele Kränze kaufen.«

»Schon, aber der Sarg kommt ja auch noch dazu.«

»Ich habe keine dreihundert Dollar.«

»Können Sie sich aber beschaffen. Sie haben einen Freund.«

»Ich habe eine Reihe von Freunden.«

»Einen guten Freund.«

»Mehrere.«

»Einen *besonders* guten.«

»Hören Sie auf«, fuhr Charlotte sie an. »Sie sind verrückt, wenn Sie sich einbilden, ich –«

»Dreihundert Dollar sind 'n Klacks für den. Und für Sie auch. Denken Sie mal an die arme Violet.«

»Ich habe die Frau in meinem Leben nur ein einziges Mal gesehen.«

»Aber Sie haben das Mädel mit auf dem Gewissen«, sagte Voss ganz freundlich. »Gestern kommt sie nach Hause und sagt, ich war bei der Frau Doktor, aber die will mir nicht helfen, ich wünschte, ich wär tot.«

»Gehen Sie jetzt.« Charlotte rang um Fassung. »Das klingt mir sehr nach Erpressung.«

»Ej, das ist aber 'n häßliches Wort. Stimmt's, Eddie?«

»Genau. Gefällt mir nicht.«

Voss spielte an seinem Trauerflor. »Wir sind als Violets Freunde gekommen, weil wir würdig Abschied von ihr nehmen wollen. Da ist ja auch noch der Pastor, der muß doch auch was kriegen. Wie weit meinen Sie, daß wir mit lumpigen dreihundert Dollars kommen?«

»Das weiß ich nicht, und es kümmert mich auch nicht.«

»Tragen Sie man bloß die Nase nicht so hoch, sonst wird Sie's bald kümmern. Und wie!« Er wandte sich an Eddie. »Erpressung, sagt sie. Wie findest du das?«

»Allerhand.«

Eine Spottdrossel schimpfte von einem Zitronenbaum auf die Eindringlinge herunter.

»Sie gehen jetzt am besten nach Hause«, sagte Charlotte, »und überlegen sich einen anderen Dreh.«

»Nicht nötig«, meinte Voss. »Was sich hier dreht, Lady, sieht gar nicht hübsch aus.«

»Reden Sie nicht so verschwommen daher.«

»Ich kann auch anders. Ich kann's Ihnen vorbuchstabieren, wenn Sie wollen. S-I-E. Und E-R. B-A-L-L-A-R-D. Und meine arme kleine Violet. Hübsches kleines Trio, was?«

»Drücken Sie sich gefälligst etwas deutlicher aus«, sagte Charlotte. »Sie verlangen dreihundert Dollar von mir – wegen Mr. Ballard und weil Sie der Meinung sind, ich trüge die Mitschuld an Violets Selbstmord. Ist das richtig?«

»Vielleicht. Vielleicht haben Sie aber auch noch nicht den richtigen Durchblick.«

»Und der wäre?«

»Überlegen Sie mal.« Voss wandte sich an seinen Begleiter. »Komm, Eddie.«

»Aber sie hat uns das Geld nicht gegeben«, protestierte der. »Wir haben noch nicht die dreihundert – «

»Sperr doch die Ohren auf, Mann. Sie will uns das Geld nicht geben.«

»Du hast aber gesagt, daß sie's uns gibt.«

»Macht sie auch. Sie braucht bloß 'ne Weile. Vielleicht ist sie 'n bißchen schwer von Begriff. Komm, wir gehen.«

»Warten Sie«, sagte Charlotte. Eine dunkle, schwer greifbare Angst hatte sie erfaßt, als schicke dieser mottenartige kleine Wicht sich an, das Gewebe ihres Lebens zu zerfressen. Schon fühlte sie sich nackt, ungeschützt.

Voss richtete seine undefinierbaren Augen auf sie und blinzelte in die Lampe über der Tür. »Haben Sie sich's anders überlegt?«

Sie gab sich einen Ruck. »Nein. Ich habe genug von Ihnen. Machen Sie, daß Sie wegkommen, sonst rufe ich die Polizei.«

Eddie trat bereits den Rückzug an, aber Voss blieb, wo er war. »Das nehm ich Ihnen nicht ab. Lassen Sie sich das Ganze in Ruhe durch den Kopf gehn, und wenn Sie sich's anders überlegt haben, wissen Sie ja, wo ich wohne. Aber warten Sie nicht zu lange. Ich hab 'ne Menge Eisen im Feuer. Man sieht's mir vielleicht nicht an, aber ich bin ein großes Tier, ich bin ein wichtiger Mann.«

»Sie sind ein mieser kleiner Gauner«, sagte Charlotte. »Scheren Sie sich weg.«

Sie schlug die Tür zu, riegelte sie ab und lehnte sich dagegen, bis die Gartenpforte sich quietschend geöffnet und wieder geschlossen hatte. Dann ging sie zum Telefon und wählte die Nummer der Polizei. Sie handelte ganz spontan, ohne sich zurechtzulegen, was sie sagen wollte, ohne die Folgen zu bedenken.

»Zentrale, Valerio am Apparat.«

»Hal-hallo?«

»Worum geht's denn?«

»Ich brauche ... brauche Schutz.«

Im Hintergrund jammerte eine whiskeyrauhe Stimme: »... den letzten verfluchten Cent verloren, und dann kommt er angeheult ...«

»Jetzt halt mal 'ne Sekunde den Rand«, sagte Valerio. »Du siehst doch, daß ich telefoniere. Hallo? Ihren Namen und Ihre Adresse bitte.«

»Charl ...« Die Kehle wurde ihr eng, sie brachte die Worte nicht heraus: Charlotte Keating, 1026 Mountain Drive. Ich werde erpreßt. Die Erpresser sind gefährlich, sie gehören hinter Gitter. Nein, ich habe keine Beweise. Nein, ich kann Ihnen nicht sagen, womit ich erpreßt werde, aber es ist nichts Kriminelles, nichts Böses. Ich verkehre mit einem verheirateten Mann ...

Sie sah Valerio und den Mann mit der Jammerstimme ein verständnisinniges Grinsen tauschen, hörte sie wiehern: »Verkehrt mit einem verheirateten Mann, also das ist heiß, das ist ein echter Hammer ...«

»Ich habe Ihren Namen nicht verstanden«, sagte Valerio.

Leise legte sie auf.

Sie schaltete die Gartenbeleuchtung ein und ging hinaus zu ihrem Wagen.

9

In dem kleinen Café an der Mole, in dem sie sich manchmal trafen, rief sie Lewis an.

»Ich bin bei *Sam*, Lewis, ich muß dich sprechen.«

»Haben Sie nicht vorhin schon mal angerufen? Es ist wieder die falsche Nummer.«

Wie geistesgegenwärtig, dachte Charlotte. Zwei falsche Verbindungen so kurz hintereinander hätten Gwens Verdacht erregen können. So zu tun, als habe derselbe Tölpel sich zweimal verwählt, war schlau von Lewis. Zu schlau. Es ließ auf Übung in gekonnter Irreführung schließen.

»Bitte beeil dich, es ist wichtig für uns beide«, sagte sie rasch und legte auf, ehe er antworten konnte.

Sie wartete draußen im Wagen und betrachtete die Boote im Hafenbecken. Eine ganze Stadt von Booten, in der – wie in einer Menschenstadt – alle Typen, alle Schichten vertreten waren: teure, schnittige Jachten mit blinkenden Positionslichtern, schwere Schaluppen, schmucke, pfeilschnelle kleine Starboote, Plattbodenboote, verwitterte, kaum mehr schwimmtüchtige Dingis.

Ein Wagen fuhr langsam an ihr vorbei und kam wenige Meter vor ihr zum Stehen. Lewis stieg aus und stemmte die Schultern gegen den Wind. Sie hätte ihn beinah gar nicht erkannt. Er trug Hut und Mantel und hatte sich einen Schal um den Hals gewickelt.

Schweigend gingen sie auf den Leuchtturm am Molenkopf zu.

»Ich wußte nicht einmal, daß du einen Hut hast«, sagte sie schließlich.

»Jetzt weißt du es.«

»Es ist ... eine richtige Verkleidung, nicht?«

»Meinen falschen Schnurrbart habe ich verlegt, da muß es der Hut tun.«

»Ach Lewis ...«

Sie waren allein auf der Mole, Licht kam nur von einem dreiviertelvollen Mond und dem grünen Blinkfeuer an der Spitze des Leuchtturms.

Sie klammerte sich an ihn und legte ihr Gesicht an seinen Ärmel. »Lewis ...«

»Was ist denn, Liebling? Komm, setz dich.«

Er zog sie auf eine der steinernen Bänke, die feucht war von der Gischt der allmählich zurückflutenden See. Sie merkten beide nichts von der Nässe.

»Heraus damit.« Er strich ihr mit der Hand das Haar zurück. »Was ist los, Charley?«

»Ich stecke in der Klemme.«

»Das tut mir leid.«

»Und – und du auch.«

»Das ist nichts Neues.« Er lächelte gequält. »Ich stecke in der Klemme, seit ich dich kennengelernt habe.«

»Diesmal ist es schlimmer.«

»Komm, sag schon.«

»Ich weiß nicht, wie ich anfangen soll.«

»Am besten beginnst du mit dem Anfang und machst weiter bis zum Schluß.«

Ihr Lächeln war matt und traurig. »Das ist aus *Alice im Wunderland*, nicht?«

»Ja.«

»Ich wünschte, ich wäre Alice.«

»Warum?«

»Dann würde ich irgendwann aufwachen und merken, daß alles ein böser Traum war, daß ich in Wahrheit nie –« Sie verstummte und horchte den Wellen nach, die mit unbarmherziger Kraft die Felsen unter ihnen bearbeiteten. »Ich werde erpreßt.«

»Warum?«

»Jemand weiß über dich und mich Bescheid.«

»Soso«, sagte er ruhig. »Wer ist es?«

»Es sind zwei Männer.«

»Fremde?«

»Nicht ganz. Den einen kannte ich schon. Ich habe ihn gestern nacht kennengelernt.«

»Bei deinem angeblichen Krankenbesuch?«

»Ja. Gewissermaßen.«

»Es war gar kein Krankenbesuch, nicht? Nein, schau nicht weg. Antworte mir, Charley.«

»Ich wollte zu der Frau, die das Kind erwartet, du erinnerst dich ...«

Nun mußte sie ihm natürlich alles erzählen, von Voss und dem alten Tiddles, von Violet und Eddie, von der Handtasche und der häßlichen Szene auf ihrer Veranda, als ihr Voss das Geld für Violets Beerdigung abverlangt hatte.

Als sie fertig war, fragte Lewis: »Die Frau hat Selbstmord begangen?«

»Davon geht die Polizei zur Zeit aus.«

»Wissen sie es denn nicht genau?«

»Der Obduktionsbefund liegt noch nicht vor, man hat sie erst heute früh gefunden.«

»Aha.« Er nahm sein Feuerzeug aus der Tasche und spielte abwesend damit herum, knipste es unwillkürlich im Takt des Leuchtturm-Blinklichts an und aus. »Unerfreuliche Typen, mit denen du dich da eingelassen hast.«

»Mag sein, aber – «

»Ich habe dich immer wieder davor gewarnt, so leichtsinnig in der Wahl deiner Bekannten zu sein.« Er seufzte. »Aber jetzt ist es wohl zu spät für weise Lehren. Was wirst du tun?«

»Das weiß ich nicht.«

»Wer Erpressungsgelder zahlt, macht sich strafbar.«

»Ich weiß. Ich ... im Grunde würde ich ihnen wohl am liebsten das Geld geben, um es hinter mich zu bringen. Mit dreihundert Dollar wäre mir mein Seelenfrieden nicht zu hoch bezahlt. Wenn ich nur sicher sein könnte, daß damit Schluß ist ...«

»Du redest dummes Zeug, Charley.« Er sah halb ratlos, halb ärgerlich auf sie herunter. »Du hast Angst vor diesem Mann, stimmt's?«

»Ein bißchen.«

»Warum?«

»Ich weiß nicht recht.« Ihre gewohnte Offenheit ließ sie im Stich, sie brachte es nicht fertig, sich auszusprechen, ihre Zweifel in Worte zu kleiden. Die bewegte See, die sie sonst so liebte, empfand sie jetzt als Bedrohung, und der betonierte Damm unter ihr schien zu schwanken.

Sie spürte Lewis' Hand auf ihrer Schulter, stark und ruhig, aber es war keine Stärke, auf die sie sich stützten, eher eine Stärke, die sich gegen sie wenden konnte.

»Jetzt hör mal genau zu«, sagte er streng. »Wenn du bereit bist, jedem, der uns auf die Schliche kommt, dreihundert Dollar zu zahlen, endest du am Bettelstab. Inzwischen wissen mindestens schon zehn, zwölf Leute Bescheid. Es ist kein Verbrechen –«

»Du hast heute abend einen Hut auf und einen Schal um.«

»Es ist windig und kalt.«

»So kalt nun auch wieder nicht.«

Sie wandte den Blick ab. Die Steine unten am Damm waren glitschig vom Tang, den die ablaufende Flut freigegeben hatte. In der Dunkelheit konnte sie ihn nicht sehen, aber riechen. Der Geruch gemahnte sie an Violets Handtasche und an den Tod.

»Du hast mir noch nicht alles gesagt«, meinte Lewis. »Was hat Voss sonst noch gegen dich in der Hand?«

»Nichts Konkretes.«

»Aber er hat etwas angedeutet?«

»Ja.«

»Heraus damit.«

»Er...« Sie sah ihn an, sein Gesicht war weiß und verschwommen. »Ein hübsches kleines Trio hat er uns genannt. Dich und mich und ... und Violet. Das solle ich mir mal überlegen, hat er gesagt.«

»Ein Trio?« Seine Überraschung war nicht gespielt. »Was um Himmels willen hat er denn damit gemeint?«

»Das weiß ich nicht. Ich dachte, vielleicht wollte er andeuten, daß du ... daß du Violet irgendwie kanntest.«

»Ich habe vor jenem Abend, als du mir von der Frau erzählt hast, noch nie von ihr gehört.«

Das war die Wahrheit, sie spürte es und schwebte plötzlich wie auf Wolken. Es war, als sei ihr buchstäblich eine schwere Last von der Seele genommen worden. »Ich wollte ganz sicher sein, Lewis. Bitte sei mir nicht böse.«

»Das sagst du so ... Dieser Voss ist ein gefährlicher Irrer, dem das Handwerk gelegt werden muß.« Er stand auf und schlug den Mantelkragen hoch. »Wo wohnt er?«

»Olive Street 916. Was willst du tun?«

»Zu ihm fahren. Mit ihm reden. Er wird dich nicht noch einmal belästigen, das lasse ich mir nicht bieten. Der wird sich noch umsehen!«

»Es wird doch keinen Ärger geben?«

Er sah mit grimmigem Gesicht auf sie herunter. »Natürlich wird es Ärger geben, was hast du denn gedacht? Der Mann erpreßt dich, und das muß aufhören.«

Sie rang nach Luft. »Daß du dich mit ihm prügelst, kommt nicht in Frage. Dann zahle ich lieber.«

»Seit wann bist du so weichherzig?« Sein Lächeln war beängstigender als eine finstere Miene. »Aber so ist das mit dir: Du läßt dich mit Leuten wie Voss und O'Gorman ein, und dann weißt du nicht, wie du mit ihnen umzugehen hast. Du kannst dich nicht verteidigen, weil sie nicht mit deinen Waffen kämpfen.«

Trotz des kräftigen Seewindes war er ins Schwitzen geraten. In breiten Bahnen lief ihm der Schweiß übers Gesicht, und als Charlotte nach seiner Hand griff, um sich hochziehen zu lassen, merkte sie, daß seine Handfläche feucht war. Sie spürte seine Nervosität, vielleicht sogar Angst. In seiner Anwaltskanzlei hatte er nichts mit Verbrechen oder Verbrechern zu schaffen, seine Tätigkeit beschränkte sich auf Testamente und Stiftungen und Nachlässe und hin und wieder eine diskrete und sehr teure Scheidung. Sie begriff, wie schwer ihm der Entschluß gefallen sein mußte, selbst zu Voss zu gehen.

»Ich komme mit«, entschied sie.

»Wozu?«

»Weil ich es will. Weil –«

»Steckst du nicht schon tief genug drin? Hör mal, solchen üblen Burschen bist du nicht gewachsen. Du bist sensibel, du bist eine Frau. Du schreibst diesen Leuten Gefühle und Gedanken und Moralbegriffe zu, die sie nicht besitzen. Du bist unter die Räuber gefallen, Charley, und du bist trotz allem eben doch nur ein liebes, anständiges Mädchen.«

»Ich komme mit«, wiederholte sie.

»Dickköpfig?«

»In diesem Fall bleibt mir nichts anderes übrig.«

»Warum willst du unbedingt mit? Traust du mir nicht?«

Sie zögerte einen Augenblick. »Ich traue deinem Temperament, deiner Stimmung nicht.«

»Aha! Du meinst, die Situation erfordere einen besänftigenden fraulichen Einfluß?«

»Vielleicht. Warum macht dich das so wütend?«

»Ich bin nicht wütend.«

»Doch. Hattest du Streit mit Gwen?«

»Gwen streitet nicht«, sagte er mit schwerer Stimme. »Sie sitzt da und macht ein gequältes Gesicht.«

»Ich war heute nachmittag bei ihr.«

»Das hat sie mir erzählt.«

»Ich kann sie nicht weiter behandeln«, sagte Charlotte. »Hilf mir da raus, Lewis.«

»Wie denn?«

»Sag ihr, du hättest gehört, daß ich trinke oder so. Sag ihr irgendwas ...«

»Das ist doch albern. Kommt überhaupt nicht in Frage.«

Gedrückt und schweigend gingen sie zu dem Café zurück, Charlotte ein Stück vor ihm, mit festen, eigensinnigen Schritten.

Er half ihr in ihren Wagen. »Es hat wohl keinen Sinn mehr, dir gut zuzureden. Du willst mit?«

»Ja. Verstehst du nicht, vielleicht kann ich helfen, vielleicht – «

»Vielleicht, vielleicht, vielleicht. Meinetwegen, ich mag nicht mit dir streiten.« Er schlug die Wagentür zu. »In zwanzig Minuten treffen wir uns dort.«

»So lange wirst du kaum zur Olive Street brauchen.«

»Ich muß nochmal im Büro vorbei, ich habe dort was zu erledigen.«

»Um diese Zeit?«

»Ja. Vern hatte mich darum gebeten, es war mir entfallen.« Vern Johnson war sein Sozius. »Ich sollte noch Futter ins Aquarium tun.«

»Ach so.« Sie wußte, daß er log. Nie im Leben würde es Vern einfallen, seine geliebten Fische von fremden Leuten füttern zu lassen.

»Also dann in zwanzig Minuten dort.«

»Ist gut.«

»Und du parkst am besten in der Junipero Street«, sagte er. »Wir brauchen unseren Besuch ja nicht noch an die große Glocke zu hängen.«

Einen Augenblick sah er mit gebeugtem Kopf durchs offene Fenster zu ihr herunter. Sie dachte, er würde sie küssen. Sie wünschte es sich. Doch dann machte er unvermittelt kehrt und ging zu seinem Wagen.

10

In der Olive Street drängten sich die halbwüchsigen Vosse und Eddies vor Kneipen und Billardbuden wie die Schafe, strichen allein durch die Gassen wie hungrige Kater, schmiegten sich auf der Suche nach Liebe oder Wärme zwischen dunklen Schuppenwänden aneinander wie die Karnickel.

Dennoch waren die Bewohner der Olive Street keine Tiere, wie Lewis zu denken schien. Charlotte hatte hier tagsüber und nachts ihre Besuche gemacht und kannte sie. Es sind Menschen wie ich, dachte sie, nur haben sie es nicht so gut, und deshalb schulde ich ihnen etwas. Ich schulde ihnen Toleranz, Verständnis, ja, Vertrauen. Vertrauen zu Voss und seiner Frau, zu Eddie? Nein, die waren so kaputt, daß jede Behandlung zu spät kam. Der Schaden war nicht mehr rückgängig zu machen, die Muskeln waren geschwunden, die Nerven degeneriert.

Sie bog in die Junipero Street ein und parkte vor einem braunen Holzhaus. Die Fenster hatten keine Jalousien, sie konnte die Menschen hinter der Scheibe erkennen: eine verschrumpelte kleine Mexikanerin beim Bügeln und ein junges Paar, das ohne Musik tanzte und sich dabei nicht um die Frau am Bügelbrett kümmerte, das Mädchen schlank und geschmeidig, der Junge mit langem, in der Mitte bis zum Nacken gescheiteltem Haar.

Hinter ihr hielt Lewis' blauer Cadillac, der in dieser Gegend so fehl am Platz wirkte, wie es die Mexikanerin mit ihrem Bügelbrett in der Oper gewesen wäre. Charlotte stieg aus, und sie gingen über den löcherigen Gehsteig aufeinander zu.

»Hast du ... die Fische gefüttert?«

»Die Fische? Nein.« Er wich ihrem Blick aus. »Vern war da, weil er nach seiner Black Molly sehen wollte, er meint, daß sie schwanger ist.«

Lachblasen stiegen ihr jäh in der Kehle hoch und trieben ihr Tränen in die Augen. Sie klammerte sich an seinen Arm und drückte ihr Gesicht an seinen Mantelärmel.

»Was ist so komisch, Charlotte?«

»Ich weiß nicht. Alles. Vern mit seinem Getue um einen schwangeren Fisch ... Entschuldige. Entschuldige, daß ich gelacht habe.«

»Hier.« Er gab ihr ein Taschentuch. »Wisch dir die Augen. Du hast nicht gelacht.«

»Doch. Natürlich habe ich gelacht.«

»Das glaube ich nicht.« Sie sprachen im Flüsterton, als läge Voss hinter einem Baum auf der Lauer oder habe sich im Kofferraum eines geparkten Wagens versteckt, um sie zu belauschen. »Bist du so weit?«

»Ja.«

»Dann komm.«

Er nahm ihren Arm, und sie überquerten die Straße.

Abgesehen von einem flackernd-hellen Rechteck unter dem Dach war das Haus von Voss dunkel, ein verderbtes Monster mit einem verlöschenden Auge. Die Veranda roch nach nassem Holz, und dort, wo die verzogenen Bretter sich zur Mitte hin senkten, stand eine kleine Pfütze. In der letzten Stunde hatte jemand die Veranda abgespritzt, sie war noch nicht abgetrocknet. Charlotte beugte sich über das Geländer. Der Schlauch lag angeschlossen in einem Feuerdornbusch, noch immer tropfte Wasser zwischen den stachligen Zweigen hindurch. Jemand (Voss?) hatte es eilig gehabt, die Veranda abzuwaschen, und hatte sich dann davongemacht oder sich im Dunkel des Hauses verschanzt.

Niemand rührte sich, als Lewis klopfte. Er versuchte es noch einmal und wartete, mit den Händen nervös in den Taschen herumwühlend.

»Lewis . . .«

»Ja?«

»Du hast einen Revolver in der Tasche.«

»Wundert dich das?«

»Ja«, flüsterte sie. »Das wundert mich sogar sehr.«

»Ich habe ihn zur Hebung meiner Kampfmoral mitgenommen.« Er klopfte erneut. »Das hat sie nämlich manchmal nötig.«

»Du darfst diese Leute nicht bedrohen, Lewis, damit erreichst du gar nichts. Voss ist ein Psychopath, er wird gefährlich, wenn man ihn in die Ecke treibt, ihm Angst macht oder ihm mit Arroganz kommt.«

»Na gut, dann sage ich ihm, was für ein toller Typ er ist und überreiche ihm anschließend als kleines Zeichen meiner Wertschätzung dreihundert Dollar.«

»Ich hasse Schußwaffen«, stieß sie erregt hervor. »Ich hasse Gewalt.«

Er wandte sich mit einem leichten Schulterzucken ab. »Das bleibt dir unbenommen. Tu aber bitte nicht so, als gäbe es so etwas nicht.«

Ein langer, magerer grauer Kater kam aus der Dunkelheit und stolzierte mit verächtlich wedelndem Schwanz über das gesplitterte Geländer der Veranda. Charlotte streckte die Hand aus, um ihn zu streicheln. Er fauchte sie an, sprang vom Geländer und verschwand in einem Pelargoniengestrüpp.

»Wir vertrödeln nur unsere Zeit«, sagte Lewis. »Niemand zu Hause.«

»Wir könnten es an der Hintertür versuchen.«

»Wozu – wenn niemand da ist?«

»Unter dem Dach ist Licht, und außer Voss und Eddie wohnen noch andere Leute hier. Unter anderem der alte Italiener, von dem ich dir erzählt habe. Angeblich ist es ja eine Pension.«

»Gott im Himmel«, sagte Lewis.

Charlottes Augen hatten sich an die Dunkelheit gewöhnt, sie fand sich sehr gut zurecht, als sie die Verandastufen herunterstieg und am Haus entlangging. Hier mußte der Gestank von verrottendem Müll gegen den Duft von Jasmin ankämpfen, konnte sich aber mühelos behaupten.

Der Weg zum Garten war unkrautüberwuchert und mit Abfällen bedeckt. Man hatte den Eindruck, als hätten die Bewohner des Hauses – Untermieter, Pächter und Eigentümer – ihre Abfälle stets aufs Geratewohl aus Türen und Fenstern geworfen. Stöße von Zeitungen lagen herum, leere Flaschen, verrostete Dosen, aus denen üble Gerüche aufstiegen, und ein Stuhl ohne Beine, zwei geschwärzte Bilderrahmen ruhten auf dem verrosteten Sprungfederboden eines Bettes, daneben lagen ein Autoscheinwerfer mit zerbrochenem Glas und ein herrenloser Kleiderschrank mit ausgebeulter Rückwand aus Pappe. Auch daß hier einmal Kinder gelebt hatten, verriet der Trödelhaufen: Charlotte erkannte den Rahmen eines Kastendrachens, eine Puppe – die Glasaugen tief in den Kopf gesunken, als hätten neugierig forschende Finger sie nach innen gedrückt – und einen

Babykorbwagen, dem die Vorderräder fehlten, so daß er aussah, als läge er betend auf den Knien.

»Gott im Himmel«, wiederholte Lewis. »Hast du genug?«

»Ich ... ja, doch.«

»Dann sollten wir schleunigst hier verschwinden.«

»Einverstanden.«

Sie machte kehrt und sah dabei zu dem Fenster unter dem Dach hoch, in dem das Licht flackerte. Das Gesicht einer Frau hatte sich an die Scheibe gepreßt – verzerrt, unheimlich weiß und leuchtend wie ein Fisch in den blauschwarzen Tiefen des Meeres.

Plötzlich hörte man das Scheppern von Glas, gefolgt von dem silbrigen Klirren, mit dem die Splitter auf das Verandadach schlugen.

Die Frau begann zu schreien. »Hilfe, Hilfe! Laßt mich raus hier, laßt mich raus!«

»Wir kommen«, rief Charlotte zurück. »Es ist schon gut, Mrs. Voss, hören Sie auf zu schreien.«

»Laßt mich raus! Laßt mich raus! Laßt mich raus! Laßt mich raus!«

Zwei Halbwüchsige, die unten vorbeikamen, wandten nur kurz den Kopf und gingen dann weiter. Kreischende Frauen gehörten in der Olive Street zum Alltag, die beiden Jungen mischten sich nicht ein, beeilten sich zu verschwinden, ehe die Polizei kam. Falls sie kam.

Die Hintertür stand halb offen. Lewis ging voran, er tastete sich an der Wand entlang, bis er den Schalter gefunden und Licht gemacht hatte. Auf dem Küchentisch sah man Spuren eines Saufgelages – drei leere Flaschen Muskateller und vier verschmierte Gläser, eine halbe Tüte Kartoffelchips. Auch auf dem Boden lagen Kartoffelchips, als habe sich jemand im Rausch einen Spaß gemacht, sie zu verstreuen wie Konfetti. Auf dem Tisch und dem Abtropfbrett wuselte eine silbrige Schar von Küchenschaben.

Die Schreie von Mrs. Voss dauerten fort, abgedämpft durch die dicken alten Mauern.

Sie mußten vier Treppen bis zum Dachboden hochsteigen, der irgendwann einmal zu einer zusätzlichen Wohnung ausgebaut worden war. Mrs. Voss war in dem winzigen Gelaß eingeschlossen, das früher die Küche gewesen war. Der Schlüssel steckte und war halb herumgedreht, so daß Mrs. Voss ihn nicht mit einer Haarnadel herausstoßen und sich durch den Spalt unter der Tür angeln konnte.

Charlotte machte auf. Mrs. Voss verstummte mitten in einem Schrei, mit weit aufgerissenem Mund, beide Hände am Hals. Sie saß mit gespreizten Beinen auf dem Boden. Ihr Rock war bis zur Hüfte aufgeschlitzt, so heftig hatte sie in ihrer Verzweiflung daran herumgezerrt. Eine kurze rote Weihnachtskerze brannte in einer Ecke, die Birne der Deckenbeleuchtung war seit Monaten oder Jahren verschwunden, und kleine Hausspinnen lebten herrlich und in Freuden in der leeren Fassung.

»Ich hab nichts damit zu tun gehabt«, kreischte Mrs. Voss. »Ich hab mit allem nichts zu tun gehabt, ich hab nichts gehört, rein gar nichts. Ehrlich.«

»Natürlich nicht«, sagte Charlotte. »Ich –«

»Sie wollten mich nicht dabeihaben, sie wollten mich nicht mitnehmen, sie haben mich hier eingesperrt, damit ich sterbe.«

Sie trommelte mit den Fäusten auf den Boden und wiegte den Kopf hin und her. Die Kerzenflamme flackerte und wich wie erschrocken zurück. »Ich red zuviel, haben sie gesagt, ich kann den Mund nicht halten. Andauernd werd ich hysterisch, haben sie gesagt. Ich und hysterisch!« Ein tiefer, zitternder Atemzug. »Sie wollten mich nicht mitnehmen.«

»Ich kann Sie nicht verstehen, wenn Sie so schreien«, sagte Charlotte sanft. »Niemand tut Ihnen etwas. Ganz ruhig jetzt.«

»Daß ich andauernd hysterisch werd, haben sie gesagt. Ist gar nicht wahr, ehrlich nicht, noch nie ist das passiert.«

»Beruhigen Sie sich bitte.« Sie wandte sich an Lewis, der vor der Tür stehengeblieben war. »Ich habe Kognak im Wagen. Holst du ihn mal?«

»Ich soll dich hier alleinlassen mit dieser –«

»Mrs. Voss weiß, daß ich es gut mit ihr meine. Daß ich ihr helfen will.«

»Ja«, schluchzte Mrs. Voss. »Ja, ja! Sie meinen's gut mit mir, Sie sind meine Freundin.«

Tränen schossen ihr aus den Augen, als sei jählings etwas in ihr zerbrochen. Charlotte kniete nieder und legte einen Arm um die Schulter der Frau. Sie hörte Lewis die Treppe hinuntergehen, er ging sehr rasch, hörbar erleichtert.

»Ich hab nichts damit zu tun gehabt, ehrlich nicht.« Sie tupfte sich mit dem Saum des zerrissenen Rocks die Augen. Trotz all ihres Schreiens und Weinens war das Gesicht noch immer sehr blaß. »Sie können mich nicht in den Knast schicken. Ich würd sterben, wenn ich in den Knast käm. Und überhaupt ... ich bin krank. Krank bin ich.«

»Ich weiß.«

»Das sehen Sie mir doch an, daß ich krank bin. Vielleicht muß ich sowieso sterben.«

»Unsinn. Sie brauchen gute, stärkende Kost und ein bißchen Ruhe im Krankenhaus.«

»Nein, nein, vor Krankenhäusern hab ich Angst, ich bin nie in einem drin gewesen.«

»Eben, deshalb haben Sie ja Angst davor ... Kommen Sie, halten Sie sich an mir fest, wir gehen nach unten.«

Mrs. Voss atmete noch immer schwer und schnell, aber sie war nicht mehr hysterisch. Sie erinnerte sogar Charlotte daran, die Kerze auszublasen, ehe sie den Raum verließen.

In dem großen kahlen Wohnzimmer legte Mrs. Voss sich auf die Couch, und Charlotte zog ihren Mantel aus und wickelte ihn der Frau um die Beine.

»Was ist denn passiert, womit Sie nichts zu tun hatten?« fragte sie.

»Ich weiß überhaupt nichts.«

»Doch, Sie wissen etwas. Wenn Sie mir nichts sagen, kann ich Ihnen nicht helfen.«

»Sie haben gestritten, unten in der Küche haben sie sich gestritten, als ich oben war.«

»Wer?«

»Eddie und Clarence und der Alte.«

»Tiddles?«

»Ja, Tiddles.«

»Worum haben sie denn gestritten?«

»Um eine Handtasche. Irgendwas wegen einer Handtasche.«

Lewis kam mit dem Kognak zurück, und Charlotte gab einen tüchtigen Schuß in ein halbes Glas Wasser. Sie wußte nicht genau, wie er auf Mrs. Voss wirken würde. Zu viel in unverdünntem Zustand konnte der Hysterie wieder Auftrieb geben.

»Sie haben sich gestritten«, sagte Charlotte. »Und dann?«

Mrs. Voss fing wieder an zu weinen, leise und erschöpft. »Kann ich nicht sagen. Weiß ich nicht.«

»Dann ist etwas passiert.«

»Ich glaube ... ich glaube, Tiddles ... Tiddles ist gestorben.«

»Soll das heißen, daß sie ihn umgebracht haben?«

»Nein ... das heißt, ich weiß nicht. Ich hab's ja nicht gesehen. Ich weiß nur, daß Blut da war, eine Menge Blut. Ich hab gehört, wie Eddie auf der Veranda davon geredet hat, er hat Angst vor Blut. Wir müssen es abwaschen, hat er gesagt. Ich wollte runtergehen, ich wollte ja wissen, was passiert war, und da hat Clarence mich gesehen, sie haben mich auf den Boden gebracht und eingeschlossen. Sie wollten mich nicht mitnehmen, ich quatsche zuviel, haben sie gesagt. ›Lebwohl, mein Schatz‹, sagt Clarence, ›lebwohl, mein Schatz, es war so mies mit dir...‹« Sie wühlte das Gesicht in das braune Mohairpolster, um ihre Scham und Demütigung zu verbergen.

Lewis hatte sich wieder in die Diele zurückgezogen. Charlotte hörte ihn auf den knarrenden Dielenbrettern herumgehen, pausenlos, wie einen Häftling, der in einer Zelle die Möglichkeiten zur Flucht erkundet.

»Wie kommen Sie darauf, daß Tiddles tot ist?« fragte Charlotte.

»Die Stille. Sie haben sich alle drei gestritten, erst in der Küche, danach auf der Veranda. Und plötzlich war es still, ganz lange, totenstill, und dann fing Eddie von dem Blut an und daß man es mit einem Schlauch abspritzen muß. Und dann bin ich runtergekommen, und Clarence hat mich gehört. ›Es hat sich was ergeben‹, sagt er. ›Eddie und ich machen mal 'ne kleine Spritztour.‹ «

»Wohin wollten sie wohl, was meinen Sie?«

»Sie haben Eddies Wagen genommen, aber wohin sie sind, das weiß ich nicht. Vielleicht haben sie den Alten weggebracht.«

»Vielleicht.«

»Ich bin müde. Ich bin so schrecklich müde.«

»Ich weiß. Mal sehen, was sich tun läßt.«

Sie fand das Telefon im Eßzimmer und rief das County Hospital an. Als sie ihr Gespräch beendet hatte, ging sie in die Diele. Lewis saß auf der untersten Treppenstufe und rollte eine nicht angezündete Zigarette zwischen den Fingern. Der Gedanke, daß es ihn, Lewis Ballard, hierher verschlagen hatte, schien ihm ein grimmiges Lächeln abzunötigen.

»Und jetzt?« fragte er.

»Ich dachte, du fährst vielleicht Mrs. Voss ins County General. Sie erwarten dich dort...«

»Ich? Warum?«

»Ich muß zur Polizei. Ich glaube, hier ist ein Mord geschehen, und es ist besser, wenn du dich da raushältst.«

Das Lächeln erlosch, jetzt hatte er nur noch Angst. »Gott im Himmel«, sagte er und fuhr sich mit dem Handrücken über die Stirn.

»Ich kann dich ganz aus dem Spiel lassen«, sagte Charlotte leise, damit Mrs. Voss sie nicht hörte. »Ich werde sagen, daß ich allein hergekommen bin, daß ich Mrs. Voss hier als Gefangene und völlig hysterisch vorgefunden und einen Bekannten angerufen habe, der sie ins Krankenhaus gefahren hat.«

»Das stimmt nicht mit dem überein, was sie aussagen wird.«

»Sie ist verwirrt. Vielleicht weiß sie gar nicht mehr, daß wir zusammen gekommen sind.«

»Hoffentlich.«

»Fahr sie zum Hintereingang, da ist eine Tür mit der Aufschrift ›Notaufnahme‹. Der diensthabende Arzt ist ein

Bekannter von mir und weiß Bescheid. Liefere sie dort nur ab und fahr dann so schnell wie möglich nach Hause.«

»Gott im Himmel.«

Sie ging wieder ins Wohnzimmer und sagte Mrs. Voss, daß jemand sie ins Krankenhaus fahren würde.

»Ich will aber nicht«, jammerte Mrs. Voss. »Ich hab Angst.«

»Dazu besteht überhaupt kein Grund. Sie werden heute nacht gut schlafen, und morgen früh komme ich Sie besuchen. Wir werden Sie schon wieder auf die Beine bringen.«

Lewis fuhr seinen Wagen vor die Haustür und setzte mit Charlottes Hilfe Mrs. Voss auf die Rückbank.

Mrs. Voss weinte wieder, die Hände vors Gesicht geschlagen. Leb wohl, mein Schatz, es war so mies mit dir...

11

Als der Wagen nicht mehr zu sehen war, ging sie wieder ins Haus und rief bei Easter an. Er meldete sich erst nach acht oder neun Anschlägen.

»Mr. Easter?«

»Ja.«

»Hier ist Charlotte Keating. Ich weiß nicht, ob Sie sich erinnern – «

»Ich erinnere mich.«

»Ich bin in der Olive Street 916. Es ist etwas Schlimmes passiert, ich weiß allerdings nicht genau was. Könnten Sie herkommen und sich mal umsehen?«

»Ich liege im Bett.«

»Sie könnten aufstehen.«

»Wenn ich einen Grund dazu hätte.«

»Ein Grund wäre, daß ich Sie darum bitte.«

Zehn Minuten später war er da. Sie hatte es nicht über sich gebracht, allein im Haus zu bleiben, und erwartete ihn auf der Veranda.

Er ging langsam und bedächtig durch den Vorgarten, sah zu den Fenstern hoch, registrierte die Glasscherben auf dem Verandadach. Im Halbdunkel wirkten seine Augen seltsam durchdringend, als könnten sie mehr sehen, als Augen von Rechts wegen sehen dürften.

»Was geht hier vor?«

»Ich weiß es nicht genau, aber ich glaube, der alte Tiddles ist ermordet worden.«

»Warum haben Sie nicht die Zentrale angerufen?«

»Das ... ich konnte mich nicht dazu aufraffen.«

»Warum nicht?«

»Ich ... Die Stimme des Diensthabenden hat mir nicht gefallen.«

»Dann haben Sie also doch angerufen?«

»Nein ... das heißt, ich hatte vorher schon mal angerufen. Wegen einer anderen Sache.«

Easter lehnte sich an einen Pfosten. Seine Haltung war lässig, aber die Augen verrieten ihn. »Was war das für eine Sache?«

»Es hat nichts mit ... mit dem hier zu tun. Warum stehen Sie hier herum und stellen mir so alberne Fragen?«

»Weil ich so alberne Antworten bekomme.« Er warf einen flüchtigen Blick auf die Haustür mit der großen hölzernen Haustürnummer 916. »In diesem Haus hat Violet O'Gorman gewohnt. Was haben Sie hier zu suchen?«

Sie zögerte nur den Bruchteil einer Sekunde lang, aber er hatte es gemerkt und zog halb belustigt, halb zweifelnd eine Augenbraue hoch.

»Ich wollte mich erkundigen, ob ich etwas für Violets Angehörige tun kann«, sagte Charlotte.

»Es ist nach elf. Bekommen Sie Ihre wohltätigen Anwandlungen immer zu so ausgefallenen Zeiten?«

»Ich bekomme zu allen möglichen Tages- und Nachtzeiten alle möglichen Anwandlungen.«

»Hört sich lästig an.«

»Ich habe Sie nicht hergebeten, um meine Anwandlungen zu erörtern. Inzwischen tut es mir schon leid, daß ich Sie überhaupt angerufen habe.«

»Ach ja?«

»Allerdings. Ich habe nicht erwartet, daß Sie mir den harten Cop vorspielen. Schließlich stehe ich hier nicht vor Gericht.«

»Wozu dann die Lügen?« fragte Easter ernst.

»Lügen?«

»Sie haben im Laufe des Abends bei der Polizei angerufen, aber wegen einer anderen Sache. Sie haben aufgelegt, weil Ihnen die Stimme meines Kollegen nicht schön genug war. Dann sind Sie hergekommen, um zu fragen, ob Sie was für Violets Angehörige tun könnten. Ich kenne Violets Angehörige, O'Gorman und Voss und seine Frau, und was man für die tun könnte, wäre allenfalls, eine beschleunigte Beförderung ins Jenseits zu veranlassen. Nehmen Sie Vernunft an, Miss Keating. Noch weiß ich nicht, was hier gespielt wird, aber Sie stecken mit drin, unschuldig oder vielleicht auch nicht ganz so unschuldig. Ich kenne Sie ja kaum. Als ich heute nachmittag zu Ihnen in die Praxis kam, haben Sie mir imponiert. Eine beachtliche Frau, habe ich gedacht. Vielleicht kam das aber auch nur daher, daß Sie wie meine kleine Schwester aussehen.«

»Sie nehmen kein Blatt vor den Mund.«

»Ich bin immer dafür, meinen Mitmenschen mit gutem Beispiel voranzugehen.«

»Ich weiß nicht, ob ich Ihnen trauen kann.«

»Sie könnten es versuchen. Ich habe noch niemanden kennengelernt, dem ich hundertprozentig hätte trauen können, aber vielleicht haben Sie mehr Glück.«

»Ich bin gekommen, weil ... weil Voss Geld von mir verlangt hat.«

»Weshalb?«

»Er weiß etwas, was ich nicht an die große Glocke hängen möchte.«

»Ein Mann.«

»Ja.«

»Verheiratet.«

»Ja.«

»Wie ernsthaft? Nicht, wie ernsthaft er verheiratet ist. Wie ernsthaft war diese Geldforderung?«

»Er hat dreihundert Dollar verlangt.«

»Das ist ja noch preiswert.«

»Ich hatte nicht die Absicht, ihm das Geld zu geben. Und meine Beziehung zu diesem Mann ist nicht so, wie Sie denken, Mr. Easter.«

»Sie ist rein wie frisch gefallener Schnee.«

»Jawohl!«

»Gut.« Er lächelte plötzlich, es war ein sehr herzliches, freundschaftliches Lächeln. »Soll ich Ihnen mal was sagen? Ich glaube Ihnen. Das Lügen fällt Ihnen nicht leicht. Sie haben eine Menge Mumm.«

Das Lob war so unerwartet und so aufrichtig, daß sie spürte, wie sie rot wurde. Sie wandte sich ab, böse auf sich und böse auch auf Easter, weil er das, was er wissen wollte, so leicht aus ihr herausgelockt hatte. Aber es half nichts, irgend jemand mußte die Wahrheit erfahren. Besser Easter als ein weniger intelligenter, weniger redlicher Polizeibeamter.

»Weiter im Text«, sagte er. »Sie wollten zu Voss. Und dann?«

»Niemand hat aufgemacht. Mrs. Voss war auf dem Boden eingesperrt und hat mit ihrem Schuh die Scheibe eingeschlagen, um uns auf sich aufmerksam zu machen.«

»Uns?«

»Mich.«

»Leitartikelplural, wie?«

Sie antwortete nicht.

Er lächelte. »Haben Sie als Kind jemals fünfzigmal an die Tafel schreiben müssen: *Charlotte Keating hat geschwindelt?*«

»Nein.«

Der magere graue Kater war wieder da. Aus einem kaum einen Meter entfernten Hibiskusbusch hatte er die leuchtenden grünen Augen auf Charlotte gerichtet. Er begann sich mit großer Sorgfalt zu putzen, als wolle er seine Verachtung für den Schmutz dartun, in dem er zu leben genötigt war. Seine beiden Vorderpfoten waren schwarz von Blut.

»Der Kater«, sagte Charlotte.

»Wo?«

»Unter dem Busch. Er hat Blut am Fell.«

»Eine Ratte vielleicht.«

»Eine Ratte und so viel Blut?«

Easter holte eine Taschenlampe aus dem Wagen. Eine Spur blutiger Pfotenabdrücke führte am Haus entlang, verschwand in einem Haufen zerbrochener Flaschen und tauchte auf dem herrenlosen Schrank mit der gewölbten Papprückwand wieder auf.

Jetzt erst sah sie hinter dem Kleiderschrank, halb unter Unkraut verborgen, einen Männerfuß, ein Stück Männerbein. Der Schuh war schwarz und frisch geputzt, aber am Spann aufgeplatzt, die Socke war gelbgestreift, das Hosenbein grün mit roten Tupfen: Fröhliche Weihnachtsfarben.

Sie dachte an Tiddles in seinem geliehenen Sonntagsstaat, der so großen Wert darauf gelegt hatte, der Polizei zu beweisen, daß er kein Penner, sondern ein solider, anständiger Bürger war. Jetzt war Tiddles tot. Was er im Leben gewesen war, was die Leute von ihm dachten, brauchte ihn nicht mehr zu kümmern – ebensowenig wie der stinkende Unrathaufen, in dem er lag, der Kater, der durch sein Blut gelaufen war.

Charlotte kämpfte sich vorsichtig durch die Abfälle und beugte sich vor. Tiddles. Er lag auf dem Rücken und sah zum Himmel auf. Die Augen waren in einem Ausdruck des Schreckens erstarrt; längst hatte er nun alle Schrecken überstanden. Der alte Italiener war blutüberströmt, es war so viel Blut, daß man auf den ersten Blick nicht sagen konnte, wo oder welcher Art die Wunde war. Es war aus seiner Nase gespritzt und aus dem offenen Mund gequollen und roch säuerlich nach Erbrochenem.

Easter hob eine Hand des Alten an. Die Finger waren kalt und wurden schon steif. »Wird schwer werden, die Todeszeit genau zu bestimmen.«

»Mrs. Voss weiß sie. Sie hat den Streit gehört, den Tiddles mit den anderen beiden hatte – und dann eine plötzliche Stille.«

»Einen Streit? Worüber?«

»Es ging um eine Handtasche.«

»Wo ist Mrs. Voss jetzt?«

»Ich habe sie ins County General geschickt. Sie ist krank. Möglicherweise sehr krank.«

»Und wo ist Ihr Freund abgeblieben?«

»Er hat sie hingefahren. Ich möchte nicht, daß er –«

»Und Voss und O'Gorman?«

»Sind in O'Gormans Wagen auf und davon.«

Easter richtete die Taschenlampe wieder auf den Alten. »Keine Kopfwunden, Kleidung unberührt. Das Blut scheint nur aus Nase und Mund gekommen zu sein. Ist Ihnen der Geruch aufgefallen?«

»Ja.«

»Sehr sonderbar.« Der Strahl der Taschenlampe streifte ruhelos über die Leiche, über den Kleiderschrank mit den blutigen Pfotenabdrücken und die angelaufenen Bilderrahmen auf dem kaputten Sprungfederrahmen. Unter den Sprungfedern, etwa dreißig Zentimeter von Tiddles linker Hand entfernt, lag eine braune Eidechstasche mit Goldschließe.

Charlotte machte einen Schritt darauf zu, aber Easter hatte die Tasche ebenfalls gesehen und Charlottes Absicht erkannt. Er hielt sie zurück. »Nicht anfassen! Fassen Sie hier bitte nichts an. Ich verständige die Zentrale.« Er zögerte. »Sie werden noch eine Weile hierbleiben müssen, das ist Ihnen wohl klar.«

»Ja.«

»Und was Ihren Freund betrifft... ich werde mich bemühen, ihn da rauszuhalten. Ihnen zuliebe.«

»Danke.«

»Wenn's nur um ihn ginge«, setzte er leise hinzu, »würde ich ihm am liebsten die Fresse einschlagen.«

12

Als sie nach ihren Visiten mittags in die Praxis zurückkam, fand sie dort Easter in angeregtem Gespräch mit Miss Schiller vor. Easter wirkte mit der Reißverschlußmappe unter dem Arm wie ein smarter junger Vertreter, Miss Schiller war rosig angehaucht und betrachtete ihn mit jungmädchenhaft schwärmerischem Blick.

»Ach, Frau Dr. Keating, Lieutenant Easter erzählt gerade so faszinierende Sachen über Fingerabdrücke. Wußten Sie, daß meine Fingerabdrücke sich von allen anderen Fingerabdrücken auf der Welt unterscheiden?«

»Nein, das wußte ich nicht. Tatsächlich?«

»Sie sind total anders, völlig einzigartig. Da sieht man sich plötzlich in einem ganz neuen Licht. Und ich habe immer gedacht, daß ich so bin wie alle anderen.«

»Ja, so macht man sich manchmal völlig überflüssige Sorgen«, sagte Charlotte.

Im Sprechzimmer läutete das Telefon. Miss Schiller schnalzte mißbilligend mit der Zunge und ging hin.

»Haben Sie schon gegessen?« fragte Easter.

»Nein.«

»Heute vormittag waren die beiden Obduktionen. Wir könnten beim Essen die Befunde besprechen.«

»Es ist das erstemal, daß ich zum Mittagessen eingeladen werde, um über Obduktionsbefunde zu sprechen.«

»Ich lege größten Wert darauf, total anders und völlig einzigartig zu sein. Wie Miss Schillers Fingerabdrücke.«

»Ja, dann ...«

»Sie kommen mit? Wie schön!«

»Wohin gehen wir? Ich muß Miss Schiller eine Telefonnummer hinterlassen.«

»In die *Grüne Zwiebel.*«

»Einverstanden.«

Die *Grüne Zwiebel* war, ihrem Namen zum Trotz, ein gutes französisches Restaurant im Herzen der Stadt. Sie setzten sich in eine der hinteren Nischen, und Charlotte bestellte ein Omelette und grünen Salat bei einer Bedienung, die mit aufgesetztem französischen Akzent sprach und sie Madame nannte.

Easter wollte Schnitzel haben.

Die Bedienung ließ die unmöglichen schwarzen Augenbrauen hochschnellen. »Schnit-säl? Was für Schnit-säl, Monsieur?«

»Lamm, Schwein, Kalb. Spielt keine Rolle.«

»Also wirklich ...« Die Bedienung entfernte sich mit indigniertem Hüftschwung. (So komisch hatten sich die Leute zu Hause in Buffington Falls, Iowa, nie benommen.)

»Haben Sie letzte Nacht schlafen können?«

»Es hat gereicht.«

»Tut mir leid, daß der Polizeikram so lange gedauert hat.«

»Sie konnten ja nichts dafür.« Ihre letzte Erinnerung an den Polizeikram war ein uniformierter Polizist, der eine wasserdichte Plane über die Stelle breitete, an der Tiddles gelegen hatte, eine Plane, die alles zudeckte, – den Kleiderschrank und die Sprungfedern, das wuchernde Unkraut und die rostigen Dosen.

Easter legte die Aktenmappe auf den Tisch und holte mehrere getippte Bogen und eine Handvoll vergrößerte Photos hervor.

»Warum machen Sie sich die Mühe, mich über den Obduktionsbefund zu unterrichten?« fragte Charlotte.

Er hob rasch den Kopf. »Ich dachte, es würde Sie interessieren.«

»Ist das alles?«

»Alles? Wie meinen Sie das?«

»Ich dachte ... ich hatte mir vorgestellt, daß Sie vielleicht noch ein anderes Motiv haben.«

»Aber nein ...«

Sein Lächeln wollte ihr nicht recht gefallen. Sie hatte das Gefühl, daß er dabei war, ihr eine Falle zu stellen, die sie nicht würde umgehen können, weil sie nicht wußte, warum er sie aufstellte oder wo sie stand.

»Violet ist zuerst obduziert worden«, sagte Easter, »deshalb will ich mit ihr anfangen. Es ist ein ziemlich klarer Fall von Selbstmord.«

»Warum?«

»Ich werde Ihnen die wichtigsten Belege zeigen. Auf dem ersten Bild sehen Sie Violet so, wie man sie gefunden hat.«

Charlotte betrachtete das Photo. Eindeutig Violet, aber nicht die Violet, die sie vor zwei Tagen gesehen hatte, und auch nicht das hübsche, lächelnde Mädchen, dessen Photo die Morgenzeitungen gebracht hatten. Die Violet auf diesem Bild war kaum zu erkennen, denn die untere Gesichtshälfte war mit etwas Weißflockigem bedeckt, was aussah wie Seifenschaum.

Easter ließ sie nicht aus den Augen. »Ich weiß, daß Sie Ärztin sind, aber wieviele persönliche Erfahrungen Sie mit gewaltsamen Todesfällen haben, das weiß ich nicht.«

»Sehr wenig. Ich bin nicht beleidigt, wenn Sie etwas weiter ausholen – falls Sie darauf hinauswollten.«

»Gut. Der Schaum ist typisch für den Tod durch Ertrinken. Er entsteht, wenn sich Schleim aus Hals und Luftröhre mit Seewasser mischt. Wäre sie tot oder bewußtlos gewesen, als sie ins Wasser geriet, gäbe es diesen Schaum nicht. Er deutet darauf hin, daß sie heftig nach Luft geschnappt und dabei Seewasser geschluckt hat, die gereizten Schleimhäute produzierten Schleim, der sich mit dem Wasser mischte und durch die Atemversuche zu Schaum verwirbelt wurde. Der offenstehende Mund ist übrigens auch typisch für Wasserleichen.«

Die Bedienung brachte das Bestellte. Charlotte senkte die Gabel in ihr Omelette. Es war leicht und sehr luftig, wie feiner Schaum. Sie schob es zur Seite.

Easter hatte das undefinierbare Schnitzel, das vor ihm stand, noch nicht einmal bemerkt. »Das nächste Bild ist eine Nahaufnahme von Violets linker Hand. Die rechte, wie gesagt, fehlt. Möglich, daß ein Hai sie sich geschnappt oder eine Schiffsschraube sie abgetrennt hat. Da es ganz offensichtlich eine Verletzung war, die nach dem Tod entstand, haben wir uns um die Ursache nicht weiter gekümmert.«

Violet hatte die Hand zur Faust geballt, ein langer Faden Seegras hatte sich zwischen ihrem Zeige- und Mittelfinger verfangen. Sie trug ihren Ehering.

»Als wir die Faust öffneten«, fügte Easter hinzu, »fanden wir ein Teerkügelchen aus einem der Offshore-Bohrlöcher sowie tiefe Einkerbungen, die ihre Fingernägel auf der Handfläche hinterlassen hatten. Ein Ertrinkender greift nach allem. Auf dem nächsten Bild –«

»Danke, aber ich glaube, im Augenblick habe ich genug von den Photos.«

»Pardon.« Er steckte die Bilder wieder in die Mappe. »Ich wollte Ihnen nicht den Appetit verderben. Verschieben wir das Thema Violet auf später.« Er lächelte auf diese seltsam herzliche, unerwartete Weise, die sie stets überrumpelte und versöhnte, wenn sie gerade wieder besonders feindselig gestimmt war. »Komisch, wir unterhalten uns ständig nur über den Tod. Ich weiß nicht, ob Sie ins Kino gehen oder was für Bücher Sie gern lesen oder ob Sie sich die Zähne vor oder nach dem Frühstück putzen oder wie Sie Ihre Eier gern mögen.«

»Es geht ja hier auch nicht um eine persönliche Beziehung.«

»Wirklich nicht? Da bin ich doch etwas anderer Meinung.« Er hob die Gabel zum Mund, zögerte. »Wie ist es ... gehen Sie ins Kino?«

»Wenn ich Zeit dazu habe.«

»Würden Sie mit mir gehen?«

»Ich weiß nicht«, sagte sie ehrlich.

»Warum nicht?«

»Ich dürfte es wohl eigentlich nicht.«

Er brach ein Brötchen in der Mitte durch und bestrich es mit Butter. Er hatte sehr große Hände und geschickte, zielsichere Bewegungen. »Sie haben also die feste Absicht, Ballard treu zu bleiben.«

»Bal –« Sie machte den Mund auf, machte ihn wieder zu. Ein Puls klopfte schnell und heftig in ihrer Schläfe. »Woher ... woher wissen Sie das?«

»Meine Geheimdienste arbeiten rund um die Uhr. Außerdem sollten Sie beim Vernichten seiner Briefe gründlicher vorgehen.«

»Briefe?«

Er zog einen Umschlag aus der Jackentasche und warf ihn

mit einer verächtlichen oder zornigen Bewegung auf den Tisch. »Der steckte gestern abend in der braunen Eidechstasche. Ich habe ihn herausgenommen, ehe ihn sonst jemand sehen konnte. Hier ist er. Mit meinen besten Empfehlungen.«

Es war der Brief – der einzige Brief –, den Lewis ihr von seiner Angeltour in den Sierras geschrieben hatte. Sie hatte ihn bei sich gehabt, um ihn lesen zu können, wenn sie Sehnsucht bekam. Daß man ihr die Handtasche stehlen würde, hatte sie nicht ahnen können, und daß der Brief auf einem Bogen mit der Adresse von Lewis' Kanzlei geschrieben war, hatte sie nicht bedacht.

Easter zitierte wörtlich, mit leiser, unvermittelt gehässiger Stimme: »Liebste Charley, es ist elend langweilig ohne dich. Alles ist düster und leer...«

Sie riß den Brief in kleine Fetzen. »Lesen Sie immer anderer Leute Post?«

»Wenn ich Grund dazu habe.«

»Sie sind ein Schwindler und Betrüger.«

»Das wohl kaum«, sagte er ruhig. »Ich bin ein Mensch und leide an einer sehr verbreiteten menschlichen Schwäche. Der Eifersucht.« Als sie nichts sagte, setzte er hinzu: »Ganz schön schäbig, Charlotte, sich mit dem Mann einer anderen Frau zu vergnügen.«

»Das ist meine Sache.«

»Ich möchte zu gern wissen, wie Ballard es geschafft hat. Vielleicht kann ich noch was von ihm lernen.«

»Lernen?«

»Wie er Sie dazu gebracht hat, sich derart in ihn zu verknallen. Das würde ich nämlich auch gern versuchen.«

»Sie werden ausfallend.«

»Lag nicht in meiner Absicht. Ich bewundere Sie. Sie sind

eine starke Frau. Man braucht viel Kraft, um mit Ihnen zu leben. Die habe ich. Sie würden sich nie auf mich stützen, aber das brauche ich zur Bestätigung meiner Überlegenheit auch nicht. Überlegen fühle ich mich so und so.«

»Das glaube ich Ihnen aufs Wort«, sagte sie erbittert. »Bei diesem ausgeprägten Ego ...«

Er machte ein ernstes Gesicht. »Es wäre nicht sehr gescheit, sich an einen Menschen ohne Ego zu hängen, so einer stellt zu viele Ansprüche.«

»Ich ... darüber möchte ich nicht sprechen.«

»Na gut. Aber so eine kurze unterschwellige Erwägung wäre die Sache hin und wieder vielleicht doch wert. Mehr verlange ich im Moment gar nicht.«

Die Bedienung brachte den Kaffee. Easter wechselte das Thema, Stimme und Blick hatten sich von einer Minute auf die andere versachlicht. Wie auf Knopfdruck, dachte Charlotte. »In Ihrer Handtasche fand sich auch eine Geldbörse, ohne Geld natürlich. Damit hätten wir dann also die Erklärung für das Gelage in der Küche. Vier Gläser, vier fröhliche Zecher, wir können davon ausgehen, daß es Voss und Frau sowie O'Gorman und der alte Tidolliani waren.«

Voss und Tiddles konnten sich nicht ausstehen. *Uns verbindet ein inniger Haß*, hatte Tiddles bei ihrer ersten Begegnung gesagt.

»Ich vermute«, sagte Easter, »daß Tidolliani herumschnüffelte, die anderen ihn dabei erwischten und beschlossen, beim Zechen auf Freundschaft zu mimen. Vermutlich haben sie den Alten betrunken gemacht, aber auch sie waren wohl nicht mehr ganz nüchtern. Und dann begann der Streit um die Handtasche. Höchstwahrscheinlich hatte Tidolliani das Versteck aufgespürt, in dem Voss oder O'Gorman die Tasche verborgen hatten. Ich war heute vormittag bei Mrs. Voss.«

»Ich auch.«

»Spielt sie uns was vor?«

»Nein«, sagte Charlotte. »An die letzte Nacht hat sie keine Erinnerung. Eine leichte Desorientierung. Sie bildet sich ein, daß ihr die Mandeln herausgenommen werden sollen und Voss jeden Augenblick an ihr Krankenbett treten kann.« Sie trank in kleinen Schlucken ihren Kaffee und dachte an Mrs. Voss, die entspannt und ganz zufrieden, aber mit diesem eigenartig leeren Blick im Bett gelegen hatte: Nicht Voss hatte sie verlassen, nein, ganz im Gegenteil. Sie hatte ihn verlassen, war wie eine richtige Dame ins Krankenhaus gegangen, um sich die Mandeln herausnehmen zu lassen, und wenn Besuchszeit war, würde Voss zu ihr kommen. »Ich hab schlimme Mandeln«, hatte sie zu der Schwester gesagt.

»Warum aber hatte Voss es ausgerechnet auf meine Handtasche abgesehen?« fragte Charlotte. »Ich wohne weit draußen, im Mountain Drive, es muß hundert Handtaschen geben, die leichter zu schnappen waren als meine.«

»Die beiden waren nicht hinter Ihrer Handtasche her«, sagte Easter, war aber zu keiner näheren Erklärung zu bewegen.

Charlotte ließ nicht locker. »Hatte es etwas mit Violet zu tun?«

»Ja.«

»Aber ich denke, Sie sind der Meinung, daß Violet sich umgebracht hat, daß sie nicht ermordet worden ist?«

Easter zuckte die Schultern. »Die Beweislage läßt darauf schließen. Neben den äußeren Anzeichen weist auch im Körper selbst einiges darauf hin: Schaum in der Luftröhre und den Bronchien, Wasser in Magen, Lungen und Zwölffingerdarm. In dem Wasser konnten Algen und andere winzige Spuren kleinster Meeresfauna nachgewiesen werden. Lungendehnung, einseitige Herzerweiterung.«

»All das«, wandte Charlotte ein, »beweist nicht, daß sie Selbstmord begangen hat, sondern nur, daß sie im Wasser gestorben ist.«

»Sie sind schwer zu überzeugen.«

»Das mag sein.«

»Der letzte Punkt taugt nur als Indizienbeweis: Violets Verzweiflung wegen der Schwangerschaft. Sie hat dieses Kind nicht gewollt.« Er sah die Frage in ihren Augen. »Es war ein Junge.«

Ein Junge. Sie dachte an die unvorstellbare Kunstfertigkeit, mit der dieser Junge, der jetzt nicht mehr lebte, erschaffen worden war, an den feinen, klaren Aufbau der Zellen, das Geflecht von Nerven und Venen, das Zusammenspiel der Drüsen, das allmähliche, präzis vorausberechnete Wachstum, alles aufs Wunderbarste ausgeglichen und aus einer einzigen Eizelle, einem einzigen Spermatozoon entstanden.

Easters Frage kam unerwartet wie ein Schlag. »Wer war der Mann, der sich mit Violet eingelassen hat?«

»Das weiß ich nicht. Warum fragen Sie mich danach?«

»Es wäre ja denkbar, daß sie Ihnen etwas gesagt hat.«

»Nur, daß er verheiratet ist, daß er nicht zu Hause war, als sie ihn aufsuchte, aber am gleichen Abend noch zurückerwartet wurde. Sie wollte mit ihm sprechen.«

»Irgendwann«, sagte Easter erbittert, »werde ich auch mit ihm sprechen.«

»Wenn Sie ihn finden.« (Der Vater von Violets Baby, dachte sie. Die wichtigste Figur in diesem Fall, weil es ohne ihn den Fall gar nicht gegeben hätte, und dennoch diejenige, die am tiefsten im Dunkel lag, unbekannt und unwirklich, vielleicht sogar völlig unschuldig an der Abfolge der Ereignisse, die er in Gang gesetzt hatte.)

Sie wiederholte laut, was sie gedacht hatte, aber Easter meinte: »Unschuld ist ebensowenig eine Entschuldigung wie Dummheit oder Unwissenheit.«

»Sie akzeptieren demnach grundsätzlich keine Entschuldigungsgründe?«

»Manchmal schon. Aber es genügt ja nicht, zu entschuldigen, zu erklären. Eine Neurose heilt man auch nicht, indem man sie mit Stumpf und Stiel beseitigt, man muß einen akzeptablen Ersatz bieten. Der positive Ansatz: Hier ist ein Gummibärchen, mein Junge, jetzt laß die Finger von den Vorspeisen.«

Sie zog die Brauen hoch. »Ich wußte gar nicht, daß Sie Philosoph sind.«

»Philosophie ist etwas für Poeten«, sagte er brüsk. »Ich habe es mit Menschen zu tun, mit toten oder anderen.« Er schob die Kaffeetasse beiseite, und die dunkle Flüssigkeit schwappte über wie ein Brecher, der über die Mole schlägt. »Ich denke, Sie glauben in Wirklichkeit nur deshalb nicht an Violets Selbstmord, weil Sie fürchten, es könnte eine Narbe auf Ihrem Gewissen geben.«

»Daraus ist ja unser Gewissen gemacht. Aus Narbengewebe«, sagte Charlotte. Reue in schmalen Streifen, kleinen Stücken, Jahr für Jahr aneinandergenäht, bis sich ein charakteristisches Muster bildet, ein Lebensplan.

»Wenn Violet ermordet worden ist, dann von einem Menschen, dem sie vertraute. Nicht von Voss, der kein Motiv hatte, nicht von O'Gorman, den sie fürchtete. O'Gorman hatte wohl ein Mordmotiv, aber seine Waffen sind die

Fäuste, Spitzfindigkeiten und Winkelzüge sind nicht seine Sache. Nein, Violets Mörder müßte ein Mensch gewesen sein, den sie mochte oder dem sie zumindest so weit vertraute, daß sie bereit war, mit ihm zum Kai zu gehen, bis zu der Stelle, an der ihre Handtasche gefunden wurde. Ein Mensch wie Sie beispielsweise.«

»Sie hat mich weder gemocht noch mir vertraut. Und Sie wollen doch nicht im Ernst andeuten, ich hätte – «

»Mir läßt das Kärtchen mit Ihrem Namen und Ihrer Adresse keine Ruhe, das Violet bei sich hatte.«

»Dazu kann ich Ihnen nur sagen, daß sie diese Karte nicht von mir hatte.«

»Das wird sich schon noch klären. Dürfte aufschlußreich sein.« Eine Fliege umrundete den Tisch und setzte sich auf seine Knöchel. Er scheuchte sie nicht weg, sondern sah zu, wie sie den Berg des einen Knöchels erkundete und vorsichtig in das Tal zwischen zwei Fingern hinunterkrabbelte. »Sind Sie schon mal spätabends zu Fuß am Kai gewesen?«

»Hin und wieder.«

»Ich war am letzten Freitag da, nach Mitternacht, auf der Suche nach einem Fischer, der in einer Kneipe einen Mann erstochen hatte. Keine Seele zu sehen, kein Licht auf den Booten. Aber laut war es. Das Meer war laut, und der Wind war laut, und ein loser Balken schrammte bei jedem Wellenschlag gegen die Bretter und kreischte wie eine Möwe. Sehr günstiger Platz für einen Mord. Ein Stoß, ein Sturz in fünf Meter Tiefe, vielleicht ein Schrei. Aber, wie gesagt, die Natur ist dort laut genug, um einen Schrei zu überdecken, so wie die Nacht den Mord überdecken würde.« Er hatte, während er die Szene schilderte, angespannt auf der Stuhlkante gesessen. Jetzt lehnte er sich locker zurück. »So könnte es gewesen sein. Und so war es vermutlich nicht.«

Die Fliege hatte die Kaffeetasse entdeckt und lief vorsichtig auf dem Tassenrand herum wie ein Forscher, der einen Kratersaum untersucht.

»Bei dem Alten jedenfalls«, sagte Easter, »können wir einen Mord eindeutig ausschließen.«

»Eindeutig ausschließen?«

»Er ist eines natürlichen Todes gestorben. Keine Anzeichen von Schlägen oder Verletzungen. Er starb an einem akuten peptischen Ulkus, der durchbrach und eine tödliche Blutung hervorrief. Wahrscheinlich hat sein Streit mit Voss und O'Gorman die Blutung beschleunigt, aber beweisen läßt sich das nicht. Voss und O'Gorman sind technisch gesehen blütenweiße Unschuldslämmer.«

Sie sah ihn einigermaßen fassungslos an. »Wollen Sie damit sagen, daß Sie nicht einmal den Versuch machen werden, nach den beiden zu suchen?«

»Nein, nein, der Haftbefehl läuft. Aber nicht im Zusammenhang mit Violets Tod oder dem Tod des Alten, da haben wir nichts in der Hand. Für einen Erpressungsversuch haben wir keinerlei Beweise, wir können nicht einmal beweisen, daß sie Mrs. Voss auf dem Dachboden eingeschlossen haben. Wir können sie uns nur wegen des Verdachts auf einen Raubüberfall schnappen – im Hinblick auf die Ihnen gestohlene Handtasche nämlich. Jammerschade, wie?«

»Ja.«

»Es gibt keine Gerechtigkeit. Los, sagen Sie's schon.«

»Es gibt keine Gerechtigkeit«, wiederholte sie. »Leider.«

»Eben«, bestätigte er ironisch. »Es sollte ein Gesetz geben. Sagen Sie's: Es sollte ein Gesetz geben.«

»Jawohl, das sollte es!« bestätigte sie so laut und zornig,

daß der Mann in der Nachbarnische sich umdrehte und sie halb besorgt, halb erwartungsvoll anglotzte. Er hätte offenbar nichts gegen einen handfesten Krach gehabt, vorausgesetzt, es ging dabei nicht allzu ruppig zu.

»Suchen Sie jemand?« fragte Easter.

»Ich?« Der Mann hüstelte. »Nein, nein. Keine Spur.«

Er zog den Kopf ein wie eine Schildkröte.

»Anständige Mädchen werden in der Öffentlichkeit nicht laut«, sagte Easter. »Und sie lassen sich auch nicht mit Erpressern ein. Natürlich wäre es denkbar, daß Sie gar kein anständiges Mädchen sind, daß ich mich von Ihnen habe blenden lassen. Das bin ich nämlich. Total geblendet. Ganz komische Sache. Interessiert Sie das?«

»Nein.«

»Wenn es Sie nicht interessiert, brauchen Sie auch nicht rot zu werden.«

»Wenn ich rot werde, dann deshalb, weil mir Ihre Unverfrorenheit peinlich ist.«

Er lächelte. »So oder so, Sie sehen bezaubernd aus. Wo war ich stehengeblieben? Richtig, bei meiner Verblendung. Ja, mehr ist dazu eigentlich nicht zu sagen. Da haben Sie's in einem Wort.«

»Was soll ich darauf antworten?«

»Gar nichts. Es genügt, wenn Sie hin und wieder rot werden, das gibt mir neuen Mut.«

»Sie sind ... Sie sind unerträglich.«

»Nur auf den ersten Blick«, sagte Easter geduldig. »Beim zweiten und dritten Blick entdeckt man meine weniger offenkundigen gediegenen Eigenschaften.«

»Auf diese Entdeckung lege ich nicht den geringsten Wert.«

»Abwarten. Ich melde mich wieder.«

Sie sah bemüht kühl und gleichgültig auf die Uhr. »Ich muß wieder in die Praxis.«

»Wie schade.«

»Sie brauchen mich nicht hinzubringen, ich gehe zu Fuß.« Sie stand auf. »Vielen Dank für die Einladung zum Mittagessen.«

»Dem, wie ich hoffe, weitere folgen werden.«

»Das ist unwahrscheinlich.«

»Ich hoffe auf die nächste Obduktion«, sagte Easter. »Übrigens, eins hatte ich noch vergessen ...«

»Nämlich?«

»Wenn Sie und Ballard mal einen Anstandswauwau brauchen, dürfen Sie mich gern anrufen.«

13

Um fünf traf Miss Schiller erste Vorbereitungen für den Feierabend. Seit der Mittagspause, als sie in der Zeitung von Violets Tod gelesen hatte, beglückte sie alle Patienten mit diesem Thema, wobei sie hin und wieder die Wahrheit ein wenig ausschmückte. ›Da stand sie in der Tür und sah so *lebendig* aus, wenn Sie wissen, was ich meine… Und trotzdem wußte ich, sah ich es ihr an, daß irgendwas nicht stimmte…‹ ›Ein Schandfleck für diese Stadt, aber zum Glück war sie ja nicht von hier. Sie stammt aus einer Kleinstadt in Oregon, steht in der Zeitung.‹

Ein ergiebiger, erfüllter, hochbefriedigender Nachmittag, nur hin und wieder getrübt durch Charlottes mißbilligenden Blick und die Tatsache, daß manche Patienten, selbstsüchtig wie sie waren, lieber von ihren Symptomen redeten.

Miss Schiller kämmte sich und stülpte das Haarnetz wieder über, so daß man denken konnte, sie habe keine Haare auf dem Kopf, sondern eine puschelige graue Mütze, unter der sie eine spiegelnde Glatze verbarg.

Die Zeitung, die sie in der Mittagspause gelesen hatte, lag auf ihrem Schreibtisch, sie war so gefaltet, daß Miss Schiller jederzeit, wenn sie merkte, daß ihre Erregung sich zu legen drohte, einen Blick auf Violets Photo werfen konnte. *Mrs. Violet O'Gorman aus Ashley, Oregon, deren Leiche heute früh an der West Beach gefunden wurde. Vermutlich handelt es sich um einen Selbstmord ...*

Miss Schiller hatte sich gerade noch einmal in den Artikel vertieft, atemlos gefesselt, als läse sie etwas über ihre eigene Person, als Charlotte in Straßenkleidung, die Arzttasche in der Hand, aus dem Sprechzimmer kam.

Miss Schiller drehte schleunigst das Blatt um und fragte diensteifrig: »Ja, Dr. Keating?«

»Wieviele Hausbesuche habe ich?«

»Nur drei. Hier, bitte.«

»O Gott.« Charlotte lehnte sich einen Moment an den Schreibtisch und schloß die Augen. Die Vorstellung, auch nur drei Hausbesuche machen zu müssen, hatte etwas Erschreckendes.

»Es geht mich ja nichts an, Frau Doktor, aber ich muß sagen, daß Sie seit ein paar Tagen gar nicht gut aussehen.«

»Nein?«

»Elend sehen Sie aus, richtig elend.«

»Besten Dank.«

»Erst neulich hab ich gelesen, daß Ärzte früher sterben als die Leute in allen anderen Berufen. Ich könnte Ihnen meinen neuen Kräutertrank ... wirklich sehr belebend ...«

»Vermutlich besteht das Zeug hauptsächlich aus Alkohol. Kein Wunder, daß es Sie aufmöbelt.«

»Alkohol?« Miss Schiller erbleichte. »O nein! Das wäre ja geradezu –«

»Keine Bange, sterben werden Sie schon nicht daran«, sagte Charlotte.

»Aber ich trinke nicht! Ich habe mit Alkohol nichts im Sinn!«

»Vielleicht bekehrt der Trank Sie dazu.«

Das Telefon läutete, aber Miss Schiller war zu verstört,

um abzuheben. In ihrer Vorstellung war sie bereits Alkoholikerin, verdammt zu einem Säufergrab, und das ganz ohne eigene Schuld. In dieser Minute floß das sündige Zeug durch ihre Adern, unterminierte ihren Willen, zerstörte ihren Charakter. Das mit dem unterminierten Willen, hatte man ihr erklärt, als sie feierlich dem Alkohol abgeschworen hatte, merkt man immer erst, wenn es zu spät ist. O Gott. Ihr war ganz schwindlig.

»Charley? Hier Bill Blake.«

»Hallo, Bill.«

»Ich muß Anfang nächster Woche ein paar Tage verreisen. Wenn es dir recht ist, tauschen wir mal wieder.«

»Ja, gern.«

»Wenn bei dir nichts Kritisches anliegt, könnte ich für den Rest der Woche deine Praxis übernehmen, und du nimmst am nächsten Montag, Dienstag und Mittwoch meine.«

»Das würde mir sogar sehr gut passen.«

»Bestens«, sagte Blake. »Darf ich hoffen, daß Miss Schiller dich verlassen hat und in ein Nonnenkloster eingetreten ist?«

»Leider nein.«

»Dann hilft nur noch Chloroform. Also dann bis bald, Charley, und schönen Dank auch.«

»Wiederhören.« Sie legte auf und wandte sich an Miss Schiller. »Dr. Blake läßt Sie herzlich grüßen.«

»Wirklich?« Miss Schiller hüpfte frohgemut aus ihrem Säufergrab. »Wie nett von ihm. Dr. Blake ist ein so *reizender* Mensch.«

»Ja. Er wird in den nächsten Tagen gelegentlich vorbeikommen und nach dem Rechten sehen. Anrufer verweisen Sie bitte an seine Praxis. Und morgen früh rufen Sie die

Patienten an, die feste Termine haben, und schicken sie zu Dr. Blake oder machen etwas Neues mit ihnen aus. Die Krankenblätter sind in Ordnung?«

»Natürlich«, erwiderte Miss Schiller gekränkt. »Ich muß schon sagen ... Schließlich bin ich schon so lange im Geschäft, daß –«

»War nicht böse gemeint.« Charlotte griff nach der Arzttasche, die sie beim Läuten des Telefons auf dem Schreibtisch abgestellt hatte. Sie kam ihr schwerer als gewöhnlich vor. Zum ersten Mal seit Jahren war sie todmüde. Ihre Bewegungen waren langsam, als sei – wie bei Spastikern – ein Teil der Gehirnmasse zerstört, als müsse sie sich jede Bewegung vorher zurechtlegen und die Muskeln zum Gehorsam zwingen.

»Was für ein netter Zufall, daß Dr. Blake angerufen hat«, sagte Miss Schiller. »Jetzt können Sie sich ein paar Tage Ruhe gönnen. Fahren Sie an den Strand und legen Sie sich in die Sonne.«

»Mal sehen.« Etwas verwunderlich fand sie diesen »netten Zufall« schon, aber sobald sie in ihrem Wagen saß, dachte sie nicht mehr daran.

Es war fast sieben, und die ersten Sterne standen am Himmel, als sie heimkam. Noch ehe sie in die Zufahrt einbog, hörte sie das Läuten des Telefons, einen schrill steigenden und fallenden Laut, wie Baumfrösche ihn ausstoßen. Das Telefon verstummte, als sie aufschloß, und Sekunden später begann das Schrillen erneut.

Das könnte Lewis sein, dachte sie und versuchte, sich ihre Müdigkeit nicht anmerken zu lassen, als sie sich meldete. Lewis konnte es nicht leiden, wenn ihre Stimme müde klang, sie mußte sich dann regelmäßig anhören, daß sie zu viel arbeitete.

»Hallo?«

»Sie haben offenbar Überstunden gemacht«, sagte Easter.

»Können Sie nicht endlich aufhören, mich zu belästigen?«

»Davon kann keine Rede sein. Ich habe eine neue Spur im Fall Violet und wollte Ihnen davon erzählen.«

»Meinetwegen ...«

»Ich habe gerade erfahren, daß Violet eine ältere Schwester in Ashley hat, eine Kriegerwitwe namens Myrtle Reyerling. Möglich, daß Violet ihr etwas über den Mann erzählt hat, hinter dem wir her sind. Nennen wir ihn Mr. B.«

»Warum ... warum Mr. B.?«

»Kein besonderer Grund. Ich fahre morgen nach Ashley, ganz inoffiziell, um mit Mrs. Reyerling zu sprechen. Wollen Sie mitkommen?«

»Nein, danke.«

»Lassen Sie sich's mal durch den Kopf gehen.«

»Schon geschehen.«

»Die Fahrt wird Ihnen gut tun«, sagte Easter. »Frische Luft und so weiter.«

»Frische Luft gibt es hier auch.«

»Aber die frische Luft in Oregon ist angeblich besonders gut für nervöse Frauen. Ersetzt jede einschlägige Patentmedizin.«

Es klingelte an der Haustür. »Nervosität ist für mich ein Fremdwort, und bei mir hat jemand geklingelt.«

»Das habe ich gehört.«

»Wenn Sie mich entschuldigen wollen ...«

»Ungern.«

»Besten Dank für die Einladung.«

»Überlegen Sie es sich in aller Ruhe«, sagte Easter und

legte auf. Während sie zur Tür ging, schoß ihr der Gedanke durch den Kopf, daß Easters Einladung merkwürdig zeitgleich mit Dr. Blakes Angebot gekommen war, ein paar Tage ihre Praxis zu übernehmen. Natürlich gab es da keinen Zusammenhang, aber etwas eigenartig war es doch. War Easter tatsächlich drauf und dran, sich in sie zu verlieben, wie er vorgab, oder hatte er vielleicht nur den Verdacht, sie wisse mehr über den Fall, als sie ihm verraten hatte?

Ehe sie aufmachte, sah sie durch das kleine Oberlichtfenster. Ihr Besucher war Lewis.

Einen Augenblick kam er Charlotte vor wie ein Mensch, den sie einmal gut gekannt, aber seit vielen Jahren nicht mehr gesehen hatte. Sein Gesicht war verbissen, sein Mund ein schmaler, bitterer Strich. Unter den Augen hatte er dunkle Schatten, die wie Rußflecken aussahen.

»Hallo, Charley.«

»Lewis ... Fehlt dir etwas?«

»Nein.« Er küßte sie auf die Wange, sein Atem roch nach Schnaps.

Sie entzog sich seiner Umarmung und hielt ihn auf Armeslänge von sich ab, um ihn besser betrachten zu können. »Oder ... oder hast du ein bißchen viel getrunken?«

»Ich bin weder krank noch betrunken.« Lewis ließ sich erschöpft in den roten Ledersessel fallen. Er trug Hut und Mantel wie gestern abend auf der Mole. Als er sich zurücklehnte, rutschte ihm der Hut vom Kopf und rollte zu Boden. Er schien es nicht zu merken. »Getrunken habe ich nur als Medizin, als Bremse gewissermaßen. Weil ich sonst meine Frau erwürgt hätte.«

Sie zuckte zusammen. »So etwas sagt man nicht!«

»Wenn ich es nicht sage, könnte es gut sein, daß ich es eines Tages tue. Hast du die heutige Zeitung gelesen?«

»Ja.«

»Und es ist das Mädel, das bei dir war?«

»Ja.«

»Es tut mir leid«, sagte er. »Um das Mädchen. Und daß du hineingezogen worden bist.« Gwen hatte beim Essen von nichts anderem gesprochen: *»Das arme Kind, wie einsam sie gewesen sein muß. Ich weiß so gut, wie Einsamkeit tut. Manchmal, wenn du nicht da bist, Lewis, wenn du abends stundenlang wegbleibst, könnte ... könnte ich mich fast umbringen.«* Da saß sie ihm gegenüber am Tisch, ein lebendes Püppchen, das die großen Hunde, um Aufmerksamkeit und Fleischbrocken bettelnd, mit feuchter Schnauze anstupsten. Ein mörderischer Zorn war in ihm aufgestiegen, ein wahnwitziger Wunsch, diesen weißen, flatternden Händen, dieser sanften Stimme Einhalt zu gebieten: *»Das arme, arme Mädchen, denk nur, wie dem Mann zumute sein muß, der ihr das angetan hat.«*

Er legte die Hände über die Augen.

Charlotte setzte sich auf das Kissen zu seinen Füßen. »Ich habe heute nachmittag versucht, dich in der Kanzlei zu erreichen.«

»Ich war nicht da.«

»Ich weiß.«

»Ich war im Kino.«

»Ich denke, du gehst nie ins Kino«, sagte sie nur halb im Scherz.

»Tu ich auch nicht. Ich war müde. Ich dachte, ich würde vor Langeweile einschlafen, aber das hat nicht funktioniert. Ich brauche Schlaftabletten, Charley.«

»Ich kann dir ein paar Nembutal geben.«

»Danke. Sehr lieb von dir.«

Sie holte die Kapseln aus der Hausapotheke im Badezimmer. »Nimm sie nicht zu früh, erst zwanzig Minuten bevor du dich hinlegst.«

»Ja, gut.«

»Lewis, ist irgendwas?«

»Nein. Was soll sein?«

»Um so besser, Mr. B.«

Er war sehr überrascht und freute sich sichtlich. »So hast du mich schon lange nicht mehr genannt. Weißt du noch...?«

»O ja...«

»Ich liebe Sie, Miss K.«

»Liebling, wie schön, dich wieder lächeln zu sehen!«

»Ich bin aus der Übung.«

»Ich weiß. Aber warte nur, irgendwann wird es für uns auch besser.« Sie gab ihm eine Zigarette und zündete sie ihm an, sie war glücklich, daß sie ihm helfen konnte, wenn er müde war. Ihre eigene Müdigkeit war fast verflogen. »Ich nehme den Rest der Woche frei, Lewis.«

Seine Hand krampfte sich um ihren Arm. »Ein bißchen plötzlich, wie?«

»Es ergab sich gerade so. Vielleicht fahre ich ein bißchen weg.«

»Weg? Wohin?«

»Egal wohin. Du weißt ja, wie gern ich neue Orte kennenlerne.«

»Neue Orte? Was für welche?«

»Zum Beispiel kenne ich Oregon so gut wie gar nicht. Im Sommer soll es dort sehr schön sein.«

»Wer sagt das?«

»Ich dachte, vielleicht –«

»Hör auf mit deinem ›vielleicht‹. Du hast dich längst entschlossen, ich kenne dich doch. Wohin in Oregon?«

»Ashley.«

»Wo die Frau gewohnt hat?«

»Ja.«

»Hast du nicht schon genug Ärger am Hals?«

»Bitte, Liebling.«

»Fahr nicht«, sagte er. »Fahr nicht, Charley.«

»Aber ich möchte es gern. Es ist meine Pflicht, finde ich.«

»Aber warum denn nur? Es geht dich doch nichts an.«

»Die Polizei wird hinfahren.«

»Die Polizei?«

»Ich möchte ihnen zuvorkommen. Dieser Easter, der die Ermittlungen leitet, gefällt mir nicht.«

»Ich kenne ihn«, sagte Lewis. »Ein lästiger Schnüffler.«

»Er hat mich heute abend angerufen und gefragt, ob ich mit ihm nach Ashley fahren will, um mit Violets Schwester zu sprechen. Ich habe nein gesagt. Ich glaube, er wollte mir eine Falle stellen. Ich weiß, daß ich nichts verbrochen habe, aber irgendwie habe ich das Gefühl, daß er den Verdacht hat, ich hätte eine ganze Menge mit Violets Tod zu tun.«

»Fahr nicht, Charley«, wiederholte er.

»Aber ich möchte es gern. Ich habe keine Angst vor Easter. Ich bin einfach neugierig.«

»Neugierig! Gott im Himmel.«

»Außerdem ist Fahren für mich eine Erholung, die kleine Reise wird mir guttun.«

»Sie könnte uns beiden guttun. Sehr gut.«

Er stand auf und bückte sich leicht schwankend nach seinem Hut. Ob er mehr getrunken hatte, als er zugeben mochte? Oder war er einfach todmüde?

An der Tür küßte er sie, es war ein langer, traurig-bitterer Kuß, fand Charlotte. Plötzlich war sie den Tränen nahe.

»Leb wohl, Charley. Leb wohl, mein Liebling.«

»Du wirst gut auf dich achtgeben, Lewis?«

»Natürlich. Viel Spaß.«

»Warte. Lewis. Wenn du nicht möchtest, daß ich fahre, wenn du einen Grund hast...«

»Grund?« wiederholte er. »Nein, keinen Grund. Nur, daß du mir fehlen wirst.«

»Das will ich sehr hoffen.«

»Leb wohl, Charley.« Das klang seltsam endgültig, wie ein Abschied für immer.

Die Tür schlug zu.

14

Am nächsten Morgen fuhr sie lange vor Sonnenaufgang los. Die ersten hundertfünfzig Kilometer ging es an der Küste entlang, wo die Straße in Schlangenlinien, wie ein aus Beton gegossener Fluß, den Kurven der nackten, kahlen, nebelverhüllten Klippen folgte. Die höhersteigende Sonne schluckte den Nebel und ließ nur ein paar unverdaute Fetzen in den Mulden und Senken der Straße zurück.

Unvermittelt führte der Weg landeinwärts, weg von der See, und die Hitze lag lastend über dem fruchtbaren Tal. Die kahlen Klippen schienen plötzlich sehr fern, Charlotte konnte sich kaum vorstellen, daß sie nur wenige Kilometer von diesem jähen üppigen Wachstum entfernt war: viele Morgen goldgrüner Salat, Orangenhaine mit unwirklich riesigen Früchten, über lange Kilometer reifende Tomaten an den hohen Büschen.

Dann aber war – mit der gleichen Endgültigkeit wie die Klippen – auch das Tal zu Ende. Die Straße stieg an, und das Redwoodgebiet begann, mit Bäumen, deren Höhe und Alter die Vorstellungskraft überforderten. Sie kam an eine Lichtung. Hier hatte man die alten Bäume skrupellos geschlagen und abtransportiert, dadurch war der Blick frei geworden auf zwei Berge, die Gipfel mit ewigem Schnee bedeckt, den kein menschlicher Fuß je betreten hatte. Es war, als habe die Natur – und das Straßenbauamt – dem Touristen auf nur ein paar hundert Kilometern die ganze Bandbreite Kaliforniens vor Augen führen wollen.

Als sie die Grenze nach Oregon überquert hatte, mußte sie Gas wegnehmen, denn die Mittagssonne, die durch die riesigen Bäume drängte, schien derart grell auf die Fahrbahn, daß man nur eine kurze Strecke überblicken konnte, und es kaum möglich war, Wirkliches und Schatten voneinander zu unterscheiden. Hin und wieder hörte sie einen Gebirgsbach rauschen, wild und gewalttätig, als könne nichts seinen rasenden Lauf in den Pazifik bremsen.

Kurz vor zwei hatte sie Ashley erreicht, die »freundlichste Kleinstadt des Westens«, wie ein Schild an der Ortseinfahrt verkündete, »9394 Einwohner, wir sehen Sie gern kommen und ungern wieder ziehen!«

Sie hielt an dem ersten Hotel mit dem AAA-Zeichen. Es stand auf einer kleinen Lichtung, zweihundert Meter von der Straße entfernt, und war so neu, daß es noch nach frisch geschnittenem Holz roch.

Ein dicker Mann in Hemdsärmeln saß auf einem Küchenstuhl vor einer Tür mit der Aufschrift »Büro« und wedelte sich mit einem Comic-Heft Kühlung zu. Rund um seinen Stuhl waren weitere Comic-Hefte verstreut, die Hälfte ohne Einband, andere nagelneu, *Wahre Liebe*, *Teenager-Schicksale*, *Enttäuschte Träume*, *Liebe im Westen* und *Romanzen*. Das Gesicht des Dicken war so harmlos und gedankenleer wie ein Marshmallow. In der Schule haben sie ihn sicher ausgelacht und Fettsack genannt, dachte Charlotte. Dafür rächt er sich jetzt, er ist der Held aller Heftchen, der Liebhaber, der die Träume enttäuscht, der Cowboy, der rücksichtslos Frauenherzen bricht. Armer Mann, armer Junge.

»Haben Sie was frei?« fragte sie.

»Ja, Ma'am. Da drüben, Nummer vier. Bad und Dusche, Gesundheitsmatratze, sechs Dollar die Nacht.«

»Einverstanden.«

Sie stellte ihren Wagen vor Nummer vier ab und trug im Büro Namen, Adresse, Typ und Zulassungsnummer ihres Wagens ein. Das Schild auf dem Schreibtisch wies den Dikken als Mr. Roy H. Coombs, Geschäftsführer, La Siesta Motel, aus.

»Sie sind Ärztin«, stellte Mr. Coombs fest. »Hab ich an Ihrem Wagen gesehen.«

»Ja.«

»'ne Ärztin hab ich noch nie so aus der Nähe erlebt. Nur im Kino. Ingrid Bergman hat mal 'ne Ärztin gespielt, sie hat sich in Gregory Peck verliebt, bloß der war –«

»Ja, ich weiß. *Ich kämpfe um Dich*.«

»Genau. *Ich kämpfe um Dich*. Weiß gar nicht, was sie an Gregory Peck gefunden hat. Dünn wie 'ne Bohnenstange, und außerdem nicht alle Tassen im Schrank. In dem Film, meine ich.«

»Haben Sie ein Telefonbuch?«

Die Frage überrumpelte ihn. Er brauchte einen Augenblick, um von Kinoromanzen auf Telefonbücher umzuschalten. »Klar, haben wir.«

»Ich möchte nur eine Adresse nachsehen.«

»Aber sicher.« Er kramte auf dem Schreibtisch und unter der Theke herum, aber das Telefonbuch fand sich nicht. Keuchend vor Anstrengung stand er auf und wischte sich mit dem rosafarbenen Hemdsärmel die Stirn. »Muß mir jemand geklaut haben. Gemein, Telefonbücher zu klauen.« (In seinen Augen aber stand ein träumerischer Blick: Der dicke Junge war der Rächer Dick Tracy, dem Schurken auf der Spur, der das Telefonbuch hatte mitgehen lassen, am schlanken Handgelenk ein Funkgerät, im Kopf ein photographisches Gedächtnis.)

»Vielleicht können Sie mir auch weiterhelfen, ich suche jemanden«, sagte Charlotte ein wenig ungeduldig, und Mr. Coombs' Blick kehrte schleunigst in die Wirklichkeit zurück.

»Na sicher! Hab schließlich mein ganzes Leben hier verbracht.«

»Kennen Sie Mrs. Myrtle Reyerling?«

»Und ob ich die kenne! Sergeant Reyerling ist einer von unseren Kriegshelden, sein Name steht auf einer Gedenktafel in der First National Bank, Ecke Third Street. Myrtle wohnt in dem Haus, wo Woolworth ist, gar nicht zu verfehlen. Wenn Sie immer geradeaus in die Stadt reinfahren, stoßen Sie direkt darauf.«

»Danke.«

Das Kaufhaus Woolworth hatte eine schöne neue Fassade, aber der Aufgang zu den Wohnungen darüber war dunkel und stickig, er roch nach dem Fett vom vergangenen Monat und dem Kohl von letzter Woche.

Charlotte blieb vor einer Tür stehen. Auf dem zerschlissenen Zettel stand mit Bleistift: M. Reyerling. Das Oberlicht war offen, man hörte zwei Frauenstimmen in lautem Gespräch – nicht im Streit, sondern in eifriger Übereinstimmung im Hinblick auf eine nicht anwesende Dritte.

»Ich hab's ihr gesagt. Immer wieder hab ich's ihr gesagt.«

»Klar, weiß ich doch.«

»Aber nein, das hast du einfach nicht in sie reingekriegt. Ständig kam sie dir mit ihrem Glauben an das Gute im Menschen. Das Gute! Daß ich nicht lache ... Manche Leute sind vielleicht ein bißchen besser als andere, aber damit hat sich's auch schon.«

»Du hast ja so recht, Myrtle. Aber laß dich nicht unterkriegen.«

Myrtle Reyerling machte Charlotte die Tür auf, eine große, dünne Frau Ende zwanzig mit einem hochtoupierten Haarturm, der leichte Schlagseite hatte wie ein Schiff im Sturm. Sie hatte einen schmalen Mund und ein ausgeprägtes Kinn, aber in ihren Augen stand ein Ausdruck, der einen unwillkürlich rührte, etwas Fragendes, Ratloses.

»Mrs. Reyerling?«

»Ja.«

»Ich bin Charlotte Keating, eine Bekannte von Violet.«

Die Frau wandte sich ab, schluckte einmal und noch einmal. »Dann wissen Sie ja Bescheid.«

»Ja, ich weiß Bescheid.«

»Na, dann kommen Sie meinetwegen rein. Das ist meine Freundin, Sally Morris.«

Eine dunkelhaarige junge Frau mit drahtiger Figur und dicken, kräftigen Beinen nickte Charlotte zu.

»Die ganze Stadt redet drüber«, sagte Mrs. Reyerling. »Überall hecheln sie, daß Violet was Kleines erwartet hat, und zwar nicht von Eddie. Ich glaub das nicht. Violet war ein braves Mädchen. Meine kleine Schwester war ein braves Mädchen, lassen Sie sich da nichts erzählen.«

»Reg dich nicht auf, Myrt.«

»Sie war ein *braves Mädchen*.«

Sally winkte ungeduldig ab. »Herrgott, brave Mädchen machen manchmal genau dasselbe wie schlimme Mädchen. Ich hab's dir doch gerade gesagt, mit eigenen Augen hab ich sie gesehen. Im Bett hat sie gelegen und geschlafen, und man hat gesehen, daß ... Du weißt, was ich meine.«

»Nein!«

»Du kennst mich, Myrt, ich bin keine Klatschbase, aber

bescheuert bin ich auch nicht. Ich arbeite lange genug da, um zu sehen, was läuft.«

»Und was läuft da?« fragte Charlotte.

»Na, Sie wissen schon.« Eine verlegene Pause trat ein, dann brach es wieder aus Sally heraus: »Zunächst mal möchte ich wissen, was sie da gemacht hat. Liegt morgens um neun im Bett und schläft. Im Zimmer von einem Kerl. Der war schon weg, den Schlüssel hatte er draußen stekkenlassen, wie's die Vorschrift ist, wenn ein Gast abreist. Ich seh den Schlüssel und sag mir, dann kannst du ja gleich das Zimmer machen, und geh rein, und da liegt Violet und schläft. Friedlich wie ein Baby. Ich hab nichts gesagt, ging mich schließlich nichts an. Ich bin wieder raus und hab ganz laut geklopft, damit sie aufwacht. Dann hab ich mich verzogen. Nicht mal zu Myrtle hab ich bis heute was gesagt. Sie hat sich immer so aufgeregt, wenn Violet mal Mist gebaut hat. Die brauchte bloß mal was zu trinken oder 'ne Zigarette zu rauchen, und schon war der Teufel los.«

»Ich hab's doch nicht böse gemeint«, flüsterte Mrs. Reyerling. »Ehrlich. Ich mußte doch auf sie aufpassen, sie war meine kleine Schwester. Sie sollte doch 'ne feine Dame werden.«

»Ich weiß ja, Myrt, und ich mache dir auch keinen Vorwurf. So ist eben das Leben, es gibt uns allen mal eins auf die Nase.«

»Und wie oft muß ich mir eins auf die Nase geben lassen? Was meinst du denn, wieviel Nasen ich hab?«

»Jetzt beruhige dich erst mal, Myrt.« Sally wandte sich an Charlotte. »Ich arbeite in einem Motel, im Rose Court, am anderen Ende der Stadt. Und da hab ich sie in dem Zimmer von dem Typ gesehen.«

»Können Sie sich an den Mann erinnern?« fragte Charlotte.

»Gesehen hab ich ihn nicht. Aber als ich hinterher im Zimmer gewesen bin, hab ich einen Schlips gefunden, den hat er im Bad liegenlassen. So was hab ich mein Lebtag noch nicht gesehen. Blau mit grauen Münzen drauf und kleinen Würfeln mit roten Augen. Zuerst hab ich gedacht, den schnappst du dir und schenkst ihn deinem Alten, vielleicht bringt er ihm Glück im Spiel. Aber dann hab ich kalte Füße gekriegt und ihn bei meinem Chef, dem Rawls, abgegeben, weil ich mir gesagt hab, das ist ein ehrlicher Kerl. Aber dann hat er den Schlips selber getragen, statt ihn dem Gast zu schicken, der ihn hat liegenlassen.« Sie zögerte einen Augenblick. »Nichts gegen Rawls, verstehen Sie mich nicht falsch. Eine Brieftasche hätt er wahrscheinlich bei der Polizei abgegeben, bis auf ein paar Dollar für seine Mühe. Aber dieser Schlips ... da konnte er einfach nicht widerstehen. In der Stadt nennen sie ihn Adolphe Menjou.«

Mrs. Reyerling war ans Fenster getreten und sah mit übereinandergeschlagenen Armen auf die Straße herunter.

»Ich stell mir das so vor«, sagte Sally. »Wenn's einmal passiert ist, kann's auch öfter passiert sein, vielleicht hatte der Mann, der den Schlips hat liegenlassen, gar nichts damit zu tun, daß Violet in anderen Umständen war.«

»Es ist überhaupt nichts passiert.« Mrs. Reyerling drehte sich nicht um. Sie sprach zu der Fensterscheibe wie zu einem Unparteiischen. »Es war Eddies Kind. Er hat nur behauptet, daß es nicht seins ist, weil er Violet satt hatte. Er hatte eine andere und wollte Violet loswerden.«

Sally widersprach nicht. Sie schnitt Charlotte ein Gesicht, um anzudeuten, daß mit Myrtle eben nicht zu reden sei.

»Vielleicht könnte ich mal mit Mr. Rawls sprechen«, sagte Charlotte. »Es wäre ja möglich, daß ihm einfällt –«

»Moment, Moment. Denken Sie etwa, der würde das zugeben? Da sind Sie aber schiefgewickelt. Stein und Bein würde der schwören, daß es diesen Mann nie gegeben hat und auch keinen Schlips, sein eigenes Motel würde der verleugnen, wenn's sein muß. Wenn er das mit dem Schlips zugibt, heißt das doch, daß er ein krummes Ding gedreht hat. Am Ende wird er dann noch seine AAA-Empfehlung los. Die Leute vom Automobilclub sind da sehr pingelig. Die kommen sowieso schon dauernd an und schnüffeln rum, ob ich die Badvorleger und die Duschvorhänge ausgewechselt und unter den Betten gefegt habe.« Sie machte eine kleine Pause. »Der Rawls läßt nichts raus. Und außerdem habe ich keine Lust, meinen Job zu verlieren.«

»Ja, das leuchtet mir ein.«

»Sie gehen also nicht zu Rawls?«

»Nein.«

»Ich hätt überhaupt den Mund halten sollen«, sagte Sally mit einiger Bitterkeit. »Weiß auch nicht, wieso ich so viel gequatscht habe. Ich bin bloß wegen Myrt rübergekommen. Wollte sie 'n bißchen aufmuntern.«

Mrs. Reyerling sah sie aus trüben Augen an. »Ich hör immer aufmuntern … Lügengeschichten über meine eigene Schwester hast du mir aufgetischt.«

»Komm, Myrtle, jetzt hack nicht auf mir rum!«

»Ganz üble Lügengeschichten.«

Sally wurde langsam wütend, die Röte stieg an ihrem Hals hoch wie die Quecksilbersäule in einem Thermometer. »Dann faß dir aber auch mal an die eigene Nase. Wer hat denn dafür gesorgt, daß Violet überhaupt mit dem Eddie gegangen ist? Wer hat denn andauernd gesagt: ›Der Eddie ist ein anständiger, zuverlässiger Typ, der wird mal ein guter Ehemann.‹ Und wer hat gesagt: ›Aussehen ist nicht alles.‹ Nee, Aussehen ist nicht alles, er mag aussehen wie 'n Affe, der die Pocken gehabt hat, aber du wirst dich schon an ihn gewöhnen, Violet. Wenn du erst eine verheiratete Frau bist...«

»Das ist nicht wahr«, fuhr Mrs. Reyerling auf. »Ich hab sie nicht gezwungen, ihn zu heiraten, nicht mal gebeten hab ich sie. Violet mochte ihn.«

»Sie hatte ihn gefälligst zu mögen.« Scharf und grausam äffte Sally die Freundin nach: »›Sei du man erst mit dem Eddie verheiratet, die Liebe kommt später von selber, vielleicht legt er dann sogar seine kleinen Angewohnheiten ab, daß er den Fliegen die Flügel ausreißt und so.‹«

»Hör auf, hör auf!« Mrs. Reyerling legte die Hände über die Ohren und flüchtete ins Schlafzimmer.

Mit dumpfem Laut warf sie sich aufs Bett. Sie weinte nicht, aber man hörte schwere, qualvolle Atemzüge, es klang wie das stöhnende Lufthole n eines verwundeten Tieres.

Sallys Kampflust war erloschen. Sie kratzte sich am Hals und machte ein betretenes Gesicht. »Da ist mir wohl eben die Sicherung durchgebrannt...«

»Passiert uns allen hin und wieder.«

»Was ich gesagt habe, war die Wahrheit, aber nicht die ganze Wahrheit. Die ganze Wahrheit, das, was hinter den Dingen steht, kriegt man nur schwer raus. Myrt wird ihre Gründe dafür gehabt haben, daß sie Violet schnell unter die Haube bringen wollte. Daß sie sich in Eddie geirrt hat, dafür kann sie nichts.«

»Es ist wohl besser, wenn ich jetzt gehe«, sagte Charlotte. »Für den Fall, daß ich Mrs. Reyerling noch irgendwie helfen kann – ich wohne im Siesta Motel.«

»Kenn ich. Hat gerade aufgemacht. Bei uns gibt's inzwischen so viele Motels, daß keins mehr richtig auf seine Kosten kommt.«

»Kann ich Sie zur Arbeit fahren?«

»Nein, danke, für heute bin ich durch. Ich mach Myrtle noch einen Tee. Die wird schon wieder. Ich hab mich an dem Tag um sie gekümmert, als sie das Telegramm gekriegt hat, daß Tom gefallen ist.« Sie seufzte. »Wir sind wirklich befreundet, auch wenn man uns das manchmal nicht abnimmt.«

Charlotte verließ die kleine Wohnung. Sie nahm Sally ihre letzten Worte ohne weiteres ab. Die Freundschaft zwischen den beiden Frauen war so festgegründet, daß ihr die kleinen und großen Tragödien des Alltags kaum etwas anhaben konnten.

Auf der Straße schoß die Spätnachmittagssonne ihre Strahlen durch die Spiegelglasscheiben der Geschäfte. An den Gehsteigen und den weißen Stuckmauern der Häuser prallten sie ab wie Querschläger. Die Hitze war fast mit Händen zu greifen, eine gallertartige Masse, durch die langsam die Autos rollten und sich mit trägen Bewegungen die Fußgänger schoben.

Nur die Kinder hatten noch Schwung, die Jungen schlängelten sich auf ihren Fahrrädern unbekümmert durch den Verkehr, die Mädchen bewegten sich mit zielstrebiger Ungeduld der nächsten Minute, der nächsten Woche, dem nächsten Jahr entgegen.

Charlotte schloß ihren Wagen auf. Sie stellte sich Violet vor, wie sie diese Straße entlanggegangen war, weicher und sanfter als die anderen Mädchen, nicht ganz so forsch, nicht ganz so zielstrebig. (Vielleicht hatte Mrs. Reyerling das gewußt; sie hatte versucht, Violet einen Halt zu verschaffen und hatte einen Fehlgriff getan.)

Charlotte war enttäuscht und unzufrieden. Je weiter sie in Violets Leben vordrang, desto diffuser, unübersichtlicher wurde es. Sie kam sich vor wie beim Tauchen in einem unbekannten Gewässer, wenn man plötzlich merkt, daß unten kein fester Grund ist, sondern nur trügerisch dahinziehender Treibsand. Man konnte versuchen, sich im Treibsand festzukrallen, wie Violet es in den letzten Sekunden ihres Lebens getan hatte, doch wenn man die Faust öffnete, waren nur ein paar Sandkörner darin und die Kerben von Fingernägeln im eigenen Fleisch.

15

Sie wendete und fuhr zurück zum Motel. Ob Easter schon angekommen war? Was mochte er vorhaben? Vielleicht würde diese Sally in ihrer Angst, die Stellung zu verlieren, Easter gar nichts von dem Schlips sagen, den Rawls für sich behalten hatte. Vielleicht würde er Sally auch gar nicht zu Gesicht bekommen. Möglicherweise war sie schon fort, wenn er bei Mrs. Reyerling eintraf, und die würde Easter wohl kaum von Sallys Besuch erzählen, so daß er keinen Grund hatte, sie aufzusuchen.

Charlotte war froh, daß Easter vielleicht nie von der Episode in dem Motelzimmer erfahren würde, und konnte sich dieses Gefühl selbst nicht erklären. Die Sache ging sie im Grunde gar nichts an, sondern betraf nur den namenlosen, gesichtslosen Gast, der seinen Schlips in einem Hotelbadezimmer und seinen Samen in Violets Leib zurückgelassen hatte. Und dann begriff sie, daß sie Angst vor Easter hatte. Er konnte ihr nicht schaden, er konnte ihr überhaupt nichts anhaben, und doch wurde die Angst, so dumm das auch war, ständig größer. Was hatte er gestern abend am Telefon gesagt? Er käme »ganz inoffiziell« her. Das konnte bedeuten – und plötzlich wünschte sie sich brennend, es möge so sein –, daß offiziell der Fall abgeschlossen war. Unter Dach und Fach, wie es so schön hieß. Auf immer und ewig in irgendeinem Aktenschrank begraben.

Sie aß früh, in einem Drive-in auf der Hauptstraße. Als sie zurückkam, legte sich die Sonne gerade in einem Polster rosafarbener Wolken zur Ruhe, und ein rotes Leuchtschild vor dem Motel verkündete »Zimmer frei«. Mr. Coombs saß noch immer auf dem Küchenstuhl, er wirkte fast zwergenhaft vor den hohen Bäumen. Seine Lektüre hatte er einstweilen beendet, die Heftchen waren ordentlich auf der Holzstufe gestapelt und mit einem Stein beschwert, damit ihm seine Träume nicht davonflogen. Sie zappelten und flatterten in dem stärker werdenden Wind.

Mr. Coombs nickte und rückte an einem unsichtbaren Hut. »'n Abend.«

»Guten Abend.«

»'ne Idee hat sich's abgekühlt, aber im Haus ist es immer noch warm. Wenn Sie sich 'n Augenblick draußen hinsetzen wollen, bring ich Ihnen einen Stuhl.«

»Nein, danke, machen Sie sich keine Mühe.«

Mr. Coombs schlug nach einer Mücke auf seinem Arm. »Haben Sie Myrtle Reyerling gefunden?«

»Ja.«

»Hat ihre kleine Schwester verloren. Schlimme Sache.«

»Ja, ich habe davon gehört.«

»O'Gorman hat sie geheißen, die Schwester. Ich kenn ihren Mann, wir sind zusammen zur Schule gegangen. Er hat in 'ner Kneipe gearbeitet, nur ein paar hundert Meter von hier, aber angeblich hat er da aufgehört.«

»Welche Kneipe?«

»*Sullivan*. Der Sullivan ist schon zehn Jahre tot, aber sie nennen's noch so.« Er hielt inne und zog ein etwas verlegenes Gesicht. »Wenn Sie was trinken wollen, gibt's bei uns bessere Pinten. Ich meine ... sehr vornehm geht's da nicht zu, so mein ich das.«

Ein Wagen mit einem Ruderboot auf dem Dach rollte in die Einfahrt, und Mr. Coombs ging ihm watschelnd entgegen.

Das Schild, *Sullivans Blockhütte*, hing zwischen zwei Pfosten an der Straße, aber das Haus selbst stand etwa hundert Meter davon entfernt zwischen hohen Redwoodbäumen. Links von dem Schild waren Parkplätze. Charlotte stellte den Wagen ab und ging über den Fußweg auf das Haus zu. Früher hatte den Weg offenbar eine Lichterkette gesäumt, aber die Birnen waren ausgebrannt oder kaputt, geblieben waren nur der Draht, die leeren Fassungen und Glasscherben, die unter Charlottes Sohlen knirschten.

Obgleich ein frischer Wind wehte, hing ein säuerlicher Geruch in der Luft. Charlotte sah sie förmlich vor sich, die Betrunkenen, die diesen Weg entlanggetorkelt waren, die hin und wieder stehenblieben, um sich zu übergeben und dann weiterzogen. Im Osten hing ein voller Mond, aber sein blasser Schein schimmerte nicht durch die Bäume, sie mußte sich mühsam vorwärtstasten.

Plötzlich blieb sie stehen und sah über die Schulter. Es war eine ganz instinktive Bewegung, sie hatte nichts gehört, aber der Drang, sich umzudrehen, war unwiderstehlich.

Ein Mann trat hinter einem Baum hervor, ein hochgewachsener Mann mit breiten Schultern, die der Gestalt etwas Bedrohliches verliehen.

»Hallo, Charlotte.«

»Ich ... Sie haben mich erschreckt.«

»Hoffentlich«, sagte Easter bissig. »Das war ein ziemlich mieser Streich, mir hier zuvorzukommen.«

»Ich wollte Ihnen keinen Streich spielen. Ich bin nur hergekommen, um –«

»– frische Luft zu schnappen, ich weiß. Da uns nun das Schicksal und die gemeinsame Freude an frischer Luft zusammengeführt hat, darf ich Sie wohl zu einem Drink einladen.«

»Nein, danke.«

»Wollten Sie nicht gerade zu *Sullivan*?«

»Nein.«

»Sie machen nur einen kleinen Spaziergang, ja?«

»Sehr richtig.«

»Nicht fauchen, Charlotte, das steht Ihnen nicht.« Er nahm ihren Arm. »Und jetzt kommen Sie, wir haben miteinander zu reden.«

»Worüber?«

»Über dies und das«, sagte er unbestimmt.

Der feste Griff, mit dem er ihren Arm umfaßt hatte, war tröstlich. Dieser seltsam-düstere Ort war ihr unheimlich, und die Angst vor Easter wich der unmittelbaren Angst, allein über den dunklen Weg gehen zu müssen.

Er paßte sich ihrem Schritt an. »Ich habe mit Mrs. Reyerling gesprochen. Sie hat mir von der netten Dame erzählt, die angeblich eine Bekannte von Violet ist.«

»So?«

»Zusätzlich habe ich über Violet eigentlich nur noch erfahren, daß sie nicht schwimmen konnte. Übrigens hatte Mrs. Reyerling Besuch von einer Freundin, einer Miss Morgan. Sie war sehr schweigsam und wirkte ziemlich nervös.«

»Ich bin weder an ihrer Schweigsamkeit noch an ihrer Nervosität schuld, falls Sie darauf hinauswollten.«

»Wollte ich zwar nicht, aber Sie bringen mich da auf einen guten Gedanken. Vielleicht sind Sie doch daran schuld.«

»Wie meinen Sie das?«

»Das möchte ich ja gerade von Ihnen wissen.«

»Raten Sie mal. Darauf verstehen Sie sich doch so gut.«

»Wenn ich raten soll, würde ich sagen, daß Sie etwas von Miss Morgan erfahren und sie gebeten haben, mir nichts davon zu erzählen. Sie sind ganz schön raffiniert, Charlotte. Sollte man gar nicht annehmen bei diesem treuherzigen Gesicht und diesem Ausdruck von Legen-wir-doch-mal-alle-Karten-auf-den-Tisch.«

»Sie sind ein furchtbar streitsüchtiger Mensch.«

»Finde ich nicht. Normalerweise komme ich mit meinen Mitmenschen gut aus.«

»Ich auch. Im übrigen schätze ich plötzliche Überfälle aus dem Wald heraus nicht sehr. Es mag spaßig und jungenhaft sein und so weiter, aber es nervt mich.«

Seine Zähne blitzten weiß in der Dunkelheit. »Dann muß ich Sie wohl weiter nerven. Auf anderes sprechen Sie offenbar nicht an.«

Die Pinte von Sullivan war ein langgestreckter Flachbau im Blockhausstil. Quer über dem vorderen Fenster stand in Leuchtbuchstaben: *Acme-Bier vom Faß.* Im Gastraum spielte ein älterer Mann an zwei Flipperautomaten gleichzeitig, er wechselte so schnell und präzise von einem zum anderen, daß es nicht wie eine vergnügliche Tätigkeit aussah, sondern wie harte Fron in einer Fabrik. An der Theke hatten sich zwei Gäste in ein Wettformular vertieft, hakten mit einem Bleistift Punkte ab, berieten sich flüsternd, arbeiteten sich weiter vor. Bei Sullivan ging es buchstäblich todernst zu.

Der Mann hinter der Theke war jung und sichtlich angeödet.

»Für mich ein Bier, bitte«, sagte Charlotte.

»Zwei Bier.« Easter warf eine Münze auf die Theke. »Ruhig heute, was?«

»Ist es um diese Zeit immer. Noch zu früh. Die Besoffenen vom Nachmittag sind noch nicht wieder nüchtern, die kommen erst später.«

Easter nahm einen Schluck Bier, es hatte einen metallischen Geschmack. »Wie ich sehe, ist O'Gorman nicht mehr da.«

»Hat letzte Woche aufgehört. Sind Sie mit ihm befreundet?«

»Wir haben einiges gemeinsam.«

»Hab gerade heute gehört, daß er wieder in der Stadt ist.«

»Freut mich. Würde gern mal wieder ein Wort mit ihm reden.«

»Vielleicht ist es aber auch nur ein Gerücht. Der Typ, der's mir erzählt hat, sagt, O'Gorman wäre mit einem neuen Ford-Cabrio da. Früher hatte er einen alten Plymouth, der bergab nicht mal mehr sechzig geschafft hat. Mit Bierzapfen wird man nicht reich, das kann ich Ihnen flüstern.«

»Komisch, daß er mich nicht angerufen hat. Schade eigentlich.«

Der Mann hinter der Theke sah ihn etwas erstaunt an. »Schade finden Sie das? Geschmackssache ...«

»Wenn er sich bei Ihnen sehen läßt, richten Sie ihm doch bitte aus, daß Easter ihn sprechen möchte, Jim Easter.«

»Hier läßt der sich bestimmt nicht mehr sehen. Er hat mir 'n ungedeckten Scheck über zehn Dollar angedreht. Das mit dem Kabrio kapier ich nicht. Höchstens, wenn der Schlitten heiß ist.«

»Könnte ja sein.«

»Sie sind 'n Bulle, stimmt's?«

»Ja.«

»Ich will hier keinen Ärger.«

»Sie kriegen keinen Ärger.«

»Will ich stark hoffen.« Er ging zum anderen Ende der Theke und fing ein Gespräch mit den beiden Gästen an, die noch immer in ihre Wettlisten vertieft waren.

»Das ist also Ihr wahrer Grund«, sagte Charlotte. »Nicht, daß Sie mit Violets Schwester sprechen wollten. Sie sind hinter O'Gorman und Voss her.«

»Beides. Es bestand eine kleine Chance, daß O'Gorman dumm genug sein würde, sich wieder in der alten Heimat sehen zu lassen. Vielleicht weiß er nicht einmal, daß er und Voss gesucht werden. Meine letzte Information war, daß die beiden nach Norden fuhren. Seinen 38er Plymouth hat er in Crescent City für hundertfünfzig Dollar verkauft, das sind ungefähr fünfzig Dollar unter Listenpreis. Als das Geschäft perfekt war, wurde dem Besitzer offenbar mulmig zumute, er hat sein Polizeirevier verständigt, und die haben uns Bescheid gesagt.« Er leerte sein Glas. »Das mit dem Ford-Kabrio höre ich allerdings zum ersten Mal. Demnach ist er mit ziemlicher Sicherheit hier in der Gegend, wahrscheinlich nicht auf Dauer, aber er möchte wohl gern bei seinen Leuten den großen Max markieren.«

»Wie ist er an den neuen Wagen gekommen? Er hatte kein Geld.«

»Jetzt hat er welches. Woher wohl? Was meinen Sie?«

»Keine Ahnung.«

»Bestimmt nicht?«

»Natürlich nicht.«

»Auch keine leise Ahnung?«

»Nein. Worauf wollen Sie hinaus? Ich ... Sie verwirren mich richtig. Glauben Sie etwa, *ich* hätte O'Gorman das

Geld gegeben? Das können Sie sich aus dem Kopf schlagen. Als ich hinkam, waren er und Voss schon weg.«

»Beruht auf Gegenseitigkeit«, sagte Easter leichthin. »Das mit der Verwirrung, meine ich. Wissen Sie, daß ich mir eine Menge Arbeit gemacht habe für den Vorzug, Sie auf ein Bier einzuladen?«

»Arbeit?«

»Daß es so ausgehen würde, habe ich natürlich nicht gewußt. Ich bin ein unheilbarer Optimist. Sie wird mit mir herfahren, habe ich mir gedacht, und mir eine Möglichkeit geben, mit meinem Witz und Charme und so weiter zu glänzen, und wenn wir dann wieder zurückfahren, hat sie verliebt gerötete Wangen und ich – na ja, bei mir war das ja gewissermaßen vorher schon so. Daraus ist nun leider nichts geworden.«

»So langsam geht mir ein Licht auf.«

»Ja? Was für eins?«

»Sagt Ihnen der Name Bill Blake etwas? Ein Kollege von mir...«

»Blake? Kommt mir irgendwie bekannt vor.« Er lächelte. »Wir waren zusammen im College, ich habe ihm die Frau schmackhaft gemacht, die er dann geheiratet hat.«

»Sie haben ihm auch die Idee schmackhaft gemacht, mich anzurufen und mir anzubieten –«

»Bitte seien Sie nicht sauer!«

»Ich bin nicht sauer, ich bin stinkwütend.«

»Statt daß Sie sich freuen ...«

»Sie haben das alles haarklein geplant.«

»Nicht alles«, widersprach er trocken. »Ich habe Ihre Sturheit unterschätzt – oder eben die Eigenschaft, die es einer Frau wie Ihnen unmöglich macht zu erkennen, was gut für sie ist.«

»Sie sind gut für mich, ja?«

»Ich schon. Ballard nicht.«

»Bitte lassen Sie ihn aus dem Spiel.«

»Wie könnte ich? Sie bilden sich ein, in den Mann verliebt zu sein.«

»Das bilde ich mir nicht nur ein.«

»Sie wollen ihn heiraten.«

»Wenn es eines Tages möglich wäre ... ja, natürlich würde ich ihn dann heiraten.«

»Mir wird ganz übel bei der Vorstellung.« Er bestellte noch ein Bier, aber als es dann vor ihm stand, rührte er es nicht an. Er malte mit dem Zeigefinger unentwegt einen Buchstaben auf das beschlagene Glas, immer denselben. B, B, noch ein B. »Ich habe mir eine interessante Theorie über Sie zurechtgelegt, Charlotte.«

»So?«

»Ich denke mir, daß Sie sich Ballard ausgesucht haben, weil Sie unbewußt einer Ehe aus dem Weg gehen wollen. Indem Sie sich in einen Mann verliebten, der Sie ohnehin nicht heiraten konnte, ist das Problem für Sie – zumindest zeitweilig – gelöst. Bis seine Frau stirbt. Oder so.«

»Oder so? Was meinen Sie damit?«

»Genau das, was ich sage. Oder so.« Er wischte mit einer Handbewegung die Bs von seinem Glas. »Es kommt hin und wieder vor, daß jemand stirbt. Wie Violet.«

Sie sah ihn feindselig an. »Wenn Sie damit andeuten wollen, Gwen Ballard könnte sich eines Tages umbringen, kann ich Ihnen versichern, daß Sie im Irrtum sind. Sie ist nicht der Typ.«

»Sie kennen Mrs. Ballard?«

»Sie ist seit einem Jahr meine Patientin.«

»Schau, schau. Wirklich hochinteressant. Sie waren aber noch nie versucht, ihr ein bißchen Blausäure in den Hustensaft zu schütten?«

Charlotte verzog keine Miene. »Nein. In dieser Versuchung war ich noch nie. Und ich finde Ihre Bemerkung unglaublich flegelhaft.«

Er war unvermittelt ernst geworden. »Ich bin froh, daß es mir gelungen ist, Sie zu schockieren. Falls Mrs. Ballard einmal etwas zustößt, werden Sie viele Bemerkungen dieser Art hören. Das ist naheliegend, Charlotte. Sie sind nicht nur Mrs. Ballards Ärztin, Sie sind die Geliebte ihres Mannes. Das war auch flegelhaft, wie?« Als sie sich wortlos abwandte, fügte er hinzu: »Ich würde Ihnen sehr ernsthaft raten, Mrs. Ballard an einen Kollegen abzugeben.«

Sie war zu stolz, um ihm zu sagen, daß sie das bereits vergeblich versucht hatte. »Besten Dank für den Rat.«

»Sie haben sehr viel zu verlieren, Charlotte. Warum wollen Sie denn unbedingt immer mit dem Kopf durch die Wand? Jetzt sind Sie wohl wieder sauer.«

»Ich habe überhaupt noch nicht aufgehört, sauer zu sein. Sie sind einfach ... einfach unmöglich.«

»Das ist eine törichte Bemerkung«, sagte Easter nachsichtig. »Ich bin der bestmögliche Mann, den Sie kennen.«

»Ich möchte gehen.«

»Die Tür ist nicht abgeschlossen.« Er merkte, daß sie zögerte. »Was ist? Angst vor der Dunkelheit?«

»Nein.«

»Dann gehen Sie doch.«

»Besten Dank für die freundliche Erlaubnis.«

»Übrigens, falls Sie mich sprechen wollen, ich wohne im

Rose Court Motel. Miss Morris arbeitet dort, deshalb habe ich mich da einquartiert. Sie ist ein sehr interessanter Mensch.«

Charlotte ging zur Tür. Sie spürte Easters Blick im Rücken und überlegte, ob ihre Strumpfnähte gerade saßen.

16

In Coombs' Büro brannte Licht, aber die Tür war geschlossen, die Rolläden waren heruntergelassen. Das Radio lief. Ein Krimi, dachte Charlotte, als sie im Vorbeifahren die lauten, erregten Stimmen und die gruselig orgelnde Hintergrundmusik hörte.

Charley parkte den Buick auf dem Einstellplatz neben Nummer vier. Sie atmete noch immer schnell und zornig, als sie die Tür des Bungalows aufschloß und nach dem Lichtschalter an der Wand tastete. Noch ehe sie ihn gefunden hatte, flammte plötzlich, erschreckend wie ein Blitz, das Licht auf.

»Das ist 'ne Überraschung, was?« Voss lachte leise und zufrieden in sich hinein. »Guck mal, Eddie, wie sie staunt.«

»Und wie.« Eddie griente verlegen und strich sich über den Aufschlag seines grünbraunkarierten Sakkos. Beide waren fast identisch angezogen: nagelneue karierte Anzüge mit Weste, braune Wildlederhalbschuhe, auf dem Schlips, handgemalt, eine halbnackte Frau.

Blitzschnell kam Voss einer Reaktion Charlottes zuvor, griff hinter sie und verriegelte die Tür.

Sie machte keinen Versuch, an den Riegel heranzukommen, sondern blieb regungslos stehen.

»Da staunen Sie, was?« wiederholte Voss. »Hab ich mir gedacht.«

»Verlassen Sie mein Zimmer«, sagte sie. »Oder ich hole den Geschäftsführer.«

Voss ging einmal halb um sie herum, dann setzte er sich auf den Kofferständer am Fuß des Bettes. »Den Geschäftsführer? Ich lach mich tot! Der Coombs ist doch ein alter Schulfreund von Eddie. Darum sind wir überhaupt hergekommen. Weil Eddie sich bei Coombs verabschieden und mit seiner neuen Garderobe angeben wollte.«

»Angeben?« maulte Eddie. »Sag das nochmal. Haste angeben gesagt?«

»Jetzt versteh doch mal 'n Spaß und unterbrich mich nicht dauernd. Ja, also wie gesagt, kleiner Höflichkeitsbesuch bei Coombs. Weil wir gerade da sind, werf ich so ganz nebenbei einen Blick ins Anmeldebuch, das er in seinem Büro liegen hat, und seh Ihren Namen. Wartest du mal auf die Lady, hab ich mir gesagt, und fragst, was für 'n Dreh sie vorhat.« Er sah sich um. »Gar nicht übel, was, Eddie? Aber wo wir mal wohnen, da sieht's noch ganz anders aus, wirst schon sehen.« Sein Blick kehrte zu Charlotte zurück und blieb dort. »Wir setzen uns ins Ausland ab, Eddie und ich.«

»Das höre ich gern.«

»Wir sind nur hergekommen, um uns von unseren Leuten zu verabschieden, und dann geht's ab in den sonnigen Süden, wie's so schön heißt.« Er hielt inne und runzelte die Stirn. »Hey, Eddie, nimm den Hut ab. Hast du keine Manieren? Und biete der Dame einen Stuhl an, sie sieht aus, als ob sie ihn gebrauchen könnte.«

Eddie nahm den Hut ab. Er hatte sich die Haare zu einer Entenschwanzfrisur schneiden lassen, wie sie bei den Jugendlichen der Olive Street große Mode war.

»Danke, ich stehe lieber«, sagte sie. »Und Eddie sieht mit Hut entschieden besser aus.«

»Riskieren Sie bloß keine Lippe, Sie! Denken Sie dran: Wir wissen noch was über Sie, und das könnte, wie man's auch dreht und wendet, ganz schön peinlich für Sie werden.« Aber es war keine Drohung. Er lächelte, und aus dem Lächeln wurde ein herzhaftes Lachen wie über einen heimlichen, überaus gelungenen Witz. »Wie man's auch dreht und wendet. Das ist gut. Hahaha, das ist wirklich gut.«

Auch Eddie lachte jetzt, es klang matt und etwas ratlos, offenbar hatte er den Witz nicht verstanden, mochte aber kein Spielverderber sein.

»Ja, ja«, sagte Voss, »uns zieht's in den sonnigen Süden, Eddie und mich.«

»Woher haben Sie das Geld?«

»Verdient. Ist doch gut, was, Eddie? Verdient haben wir's uns.«

Und wieder brachen die beiden in ausgelassenes Gelächter aus, wie zwei kleine Jungen, die Vater oder Mutter an der Nase herumgeführt haben.

»Will gar nicht behaupten, daß ich die Weisheit mit Löffeln gefressen hab«, sagte Voss endlich und wischte sich die Augen. »Diesmal war's einfach Dusel. Ausnahmsweise war ich mal zur richtigen Zeit am richtigen Platz und hab die richtigen Antworten gekriegt.«

»Antworten worauf?«

»Das will ich Ihnen sagen. Ich erzähl Ihnen jetzt mal genau, wie's war. Eddie und ich, wir gehen so vor uns hin, und plötzlich fängt der Typ vor uns an, Tausend-Dollar-Scheine in die Luft zu schmeißen, Eddie und ich brauchten sie bloß aufzuheben. Wie finden Sie das?«

»Sehr erfreulich«, sagte Charlotte. »Ich an Ihrer Stelle würde mich allerdings noch nicht allzusehr auf den sonnigen Süden einstellen.«

»Ach nee! Und warum nicht?«

»Sie werden per Haftbefehl gesucht. Easter ist hinter Ihnen her.«

»Easter? Der Bulle?«

»Ja.«

Voss verzog das Gesicht zu einem Ausdruck ungläubig-empörter Unschuld. »Wir haben nichts gemacht. Wieso sucht der uns denn? Wir sind unschuldig.«

»Vielleicht geht's um den alten Itaker«, sagte Eddie. »Vielleicht ist er abgekratzt.«

»Den haben wir nicht angerührt«, sagte Voss. »Wir sitzen auf der Veranda und diskutieren ganz freundschaftlich miteinander, da fängt er mit einemmal an zu kotzen, und plötzlich ist überall Blut.« Er runzelte die Stirn. »Mir ist richtig schlecht geworden. Der Alte ist also abgekratzt?«

»Ja.«

»Na, mir können die nichts anhängen. Einen miesen kleinen Taschendieb wie Tiddles abzumurksen, dazu wär ich mir zu schade. Mord ist ein schmutziges Geschäft.«

»Raub aber auch. Sie haben meine Handtasche gestohlen.«

»Handtasche?«

»Eigentlich wollten Sie mir nur einen Denkzettel verpassen. Als ich an dem bewußten Abend in die Olive Street kam und nach Violet fragte, dachten Sie, ich hätte es mir vielleicht anders überlegt und sei doch bereit, Violet so zu helfen, wie sie es sich vorgestellt hatte. Das hätte nicht in Ihr Konzept gepaßt. Das Kind war für Sie sehr wertvoll. Solange Violet schwanger war, konnte sie Ihnen zu Geld verhelfen. Sie wimmelten mich ab, und während ich mit Tiddles sprach, machten sie sich auf den Weg und erwarteten mich vor meinem Haus. Eigentlich wollten Sie mir nur einen Schrecken einjagen, aber als Sie meine Handtasche sahen, konnten Sie nicht widerstehen, stimmt's?«

»*Ich* hab keine Handtasche gestohlen«, sagte Voss mit einem Seitenblick auf Eddie.

Die Zigarette zwischen Eddies Lippen zuckte nervös. »Ich auch nicht. Ehrlich nicht.«

»Wer hat denn das behauptet?«

»Du hast mich angesehen.«

»Klar hab ich dich angesehen, ich seh alle Leute an, schließlich hab ich ja Augen im Kopf.«

»Damit brauchst du mich aber nicht so komisch anzugucken.«

»Okay, okay, tut mir leid, daß ich komische Augen hab. Bist du jetzt zufrieden?«

»Nein, bin ich nicht. Du hast mich angesehn, als ob ich die dämliche Handtasche geklaut hab, und das paßt mir nicht.«

»Jetzt hör auf zu quasseln. Darauf wartet die doch bloß, kapierst du das nicht? Sie will, daß du dich in eine Falle reinredest.«

Eddie sah Charlotte finster an. »Falle?«

»Ich habe Ihnen keine Falle gestellt«, sagte Charlotte. »Daß die Polizei nach Ihnen sucht, ist eine Tatsache. Seien Sie vernünftig und stellen Sie sich freiwillig, dann haben Sie die Möglichkeit, Ihre Unschuld zu beweisen.«

»Wie kann ich meine Unschuld –«

»Halt's Maul«, fuhr Voss ihn an. »Halt's Maul, Mann!«

»Schon gut. Aber wie kann –«

»Los, weg hier.« Voss trat aufgeregt von einem Bein aufs andere. »Komm endlich in die Gänge, Mann!«

»Ja, ja, krieg dich wieder ein.«

»Sie machen einen Fehler«, sagte Charlotte. »Aber Sie

haben schon so viele gemacht, daß es auf einen mehr oder weniger wohl nicht mehr ankommt.«

»Ach ja?« Voss schob den Riegel zurück. »Kümmere du dich mal um deine eigenen Fehler, Mädchen. Tempo, Eddie, schlafen kannst du woanders.«

»Wohin –«

»Halt's Maul!«

Voss schlug schleunigst die Tür zu, als habe er Angst, Charlotte könne, Zeter und Mordio schreiend, hinter ihnen herlaufen. Zehn Sekunden später hörte sie den Wagen mit knirschenden Gängen vorbeifahren. Sie trat vor die Tür, vielleicht konnte sie wenigstens die Zulassungsnummer erkennen. Aber Voss hatte die Scheinwerfer ausgeschaltet, sie sah nicht einmal, in welche Richtung er fuhr.

Mr. Coombs kam gähnend aus dem Büro. »Mir war, als ob ich einen Wagen gehört hätte.«

»Mir auch.«

»Vor 'ner Weile waren zwei Bekannte von Ihnen da. Haben die Sie erreicht?«

»Ja, danke.«

»Zwei Jungs von hier, die's geschafft haben, so wie sie aussehen. Komisch, soviel Grips hätte ich dem Eddie nie zugetraut. Da sieht man's mal ... Na ja, dann mache ich hier mal dicht und kümmere mich um meinen Schönheitsschlaf, haha.«

»Darf ich vorher nochmal telefonieren?«

»Privatgespräch?«

»Ja.«

»Dann bleib ich solange draußen. Ich horche nicht gern. Ist eine schlechte Sache, das Horchen. Und schlecht fürs Geschäft.«

Sie rief in Sullivans Pinte an, aber Easter war schon weg,

und im Rose Court Motel erfuhr sie, daß Mr. Easter, Nummer einundzwanzig, noch nicht zurück war.

Nun gut, dann würde sie eben warten. Charlotte setzte sich an Mr. Coombs' Schreibtisch und griff nach der neuesten Ausgabe von *Geschichten, die das Leben schrieb*. Am liebsten hätte sie geweint. Um die Unschuldigen wie Mr. Coombs und Violet und Gwen. Um die Kaputten und Verlorenen wie Voss, um die hilflos Zornigen wie Eddie O'Gorman.

17

Am nächsten Morgen fuhr sie bei Sonnenaufgang los und war um acht an der kalifornischen Grenze. Die drei Durchfahrten in der brückenähnlichen Konstruktion waren mit uniformierten Aufsichtsbeamten besetzt.

Die mittlere Spur war frei. Charlotte ordnete sich ein und hielt an. Neben ihr standen eine Frau, vier Kinder und ein Hund neben einem alten Kombi, der in New Jersey zugelassen war. Alle, auch der Hund, schlangen Kirschen aus einer Schachtel in sich hinein, als hinge ihr Leben davon ab.

Kauend beschwerte sich die Frau. »Aus Wyoming darfst du Kirschen nach Idaho mitbringen. Von Idaho darfst du Kirschen nach Oregon mitbringen. Aber aus Oregon nach Kalifornien darfst du keine Kirschen mitbringen, in Kalifornien nehmen sie dir die Kirschen einfach weg.«

»Das hatten wir doch alles vorhin schon mal«, sagte der Aufsichtsbeamte. »Wir haben Ihnen Ihre Kirschen nicht weggenommen, wir haben Ihnen die Möglichkeit gegeben, sie hier an der Grenze zu essen.«

»Ich hab die Kirschen bezahlt und seh nicht ein, warum ich sie nicht mitnehmen soll. Wir leben in einem freien Land. Was denkt der Präsident Truman sich dabei eigentlich? Nimmt mir einfach meine Kirschen weg oder zwingt meine Kinder, sie so schnell runterzuschlingen, daß sie am Ende noch 'ne Kolik kriegen.«

»Dafür kann Präsident Truman nichts. Es ist wegen der Fruchtfliege. Die Schaubilder hier an der Wand veranschaulichen die Entwicklungsphasen der Fruchtfliege –«

»Fruchtfliege! Das wird ja immer schöner! Beeilt euch, Tommy, Janet. Keiner geht hier weg, bis die Kirschen alle sind. Fruchtfliege! Nächstens sehen Sie noch nach, ob mein Hund Flöhe hat. Womöglich haben die Hunde in Kalifornien keine Flöhe im Fell, die haben vielleicht Schmetterlinge, goldene Schmetterlinge. Los, mach schon, Tommy.«

Der kleine Junge warf dem Aufsichtsbeamten einen durchtriebenen Blick zu, dann steckte er sich rasch eine Handvoll Kirschen vorn ins Hemd. Als er merkte, daß Charlotte ihn beobachtet hatte, machte er sogleich ein unangreifbar tugendhaftes Gesicht.

Charlotte wandte sich ab, sie mußte sich ein Lächeln verkneifen. Jetzt erst bemerkte sie den Wagen, der an dem dritten Tor angehalten hatte. Es war Easters Wagen, aber Easter saß nicht darin, sondern stand an einem Plakat und beobachtete sie. Charlotte sah ihn nicht an. Sie betrachtete das Plakat, auf dem dargestellt war, wieviele Millionen Dollar Schaden ein einziges Fruchtfliegenpaar anrichten kann.

»Gerissener Lauser, dieser Tommy«, sagte er.

»Haben Sie mich verfolgt?«

Easter schüttelte den Kopf. »Typisch Charlotte! Es gibt nur diese eine große Straße von Norden nach Süden, und Sie glauben, daß jeder, der hinter Ihnen ist, Sie verfolgt.«

»Von jedem glaube ich das nicht. Nur von Ihnen.«

»Verehrte Charlotte, auch mich zieht es zurück in die Heimat. Ich hatte gehofft, daß die Bundesstraße 101 groß genug für uns beide wäre.«

Ein Aufsichtsbeamter trat an ihren Wagen heran und öffnete die hintere Tür. »Führen Sie Zitrusfrüchte mit, Zitronen, Orangen, Limetten ...?«

»Gar kein Obst.«

»Und was ist mit der Schachtel Kirschen, die Sie auf dem Grant-Paß gekauft haben?« fragte Easter. »In Kirschen wimmelt es nur so von Fruchtfliegen.«

»Ich habe keine Kirschen gekauft«, sagte Charlotte. »Dieser Mann will mich nur aufhalten.«

»Nachsehen muß ich sowieso«, sagte der Aufsichtsbeamte. »Den Kofferraumschlüssel bitte.«

Sie reichte ihm die Schlüssel, und er ging nach hinten und klappte den Kofferraumdeckel auf.

»Bis später.« Easter setzte sich in seinen Wagen. Im Vorbeifahren hupte er und winkte ihr zu.

Über die nächsten hundertfünfzig Kilometer hielt sie den Tacho auf 120, holte aber Easter nicht ein. Sie hätte nicht sagen können, weshalb sie es versucht hatte. Wollte sie ihm beweisen, daß sie genauso gut und genauso sicher fuhr wie ein Mann?

In Eureka gab sie das Spiel auf. Sie tankte und machte eine Mittagspause am Hamburgerstand. Sie schüttelte den Kopf über ihren Versuch, Easter zu überholen. Auch über all die anderen kindischen Dinge, die sie gesagt und getan hatte, seit sie ihn kannte, konnte sie nur den Kopf schütteln. Um ihre Haltung, ihre über Jahre mühsam eingeübte Selbstbeherrschung war es geschehen, sobald sie mit Easter zusammen war. Dann benahm sie sich plötzlich linkisch wie ein Schulmädchen, errötete leicht, geriet rasch in Wut, war schnell beleidigt.

Wenn ich ihn nicht einholen kann, dachte Charlotte, trödele ich einfach herum, dann fragt er sich wahrscheinlich, wo ich abgeblieben bin. Nein, das ist albern, so was darf ich nicht mal denken. Ich muß mir selbst treu bleiben, darf mich nicht in ein halb aggressives, halb kokettes Weibchen verwandeln. Ich werde in normalem Tempo heimfahren, als gäbe es überhaupt keinen Easter. Gegen fünf müßte ich zu Hause sein.

Es war fast acht, als sie in ihre Zufahrt einbog.

Die Scheinwerfer erfaßten eine glatte weiße Fläche, das Tor der Doppelgarage. Es war geschlossen. Beim Wegfahren hatte sie das Tor offen stehenlassen. Die Angst machte sie hellwach, kurbelte ihre Phantasie an. Der Nachtwind, den sie eben noch als erfrischend auf der Haut empfunden hatte, war plötzlich verräterisch milde geworden. Eine Lachmöwe saß auf einem Telefondraht und keckerte höhnisch.

Sie hatte das Garagentor offengelassen. Jetzt war es zu. Das war eigenartig, aber nicht besorgniserregend. Sie sprach sich Mut zu. Wer weiß, wer das Tor zugemacht hatte: Lewis vielleicht oder Miss Schiller, der Briefträger, ein spielendes Kind aus der Nachbarschaft, womöglich auch Easter in der Absicht, ihr einen Schrecken einzujagen, wie auf dem Weg zu Sullivans Pinte, als er unvermutet hinter einem Baum hervorgetreten war. Ihr Verstand aber wußte es besser. Easter war keiner, der boshafte Streiche spielte, und weder Lewis noch Miss Schiller hatten einen Grund herzukommen, beide wußten ja, daß sie verreist war. Das Kind, der Briefträger... sie waren ihr nur deshalb eingefallen, weil sie so gern glauben wollte, daß das geschlossene Tor nichts zu bedeuten hatte, keine Geheimnisse verbarg.

Sie ließ die Scheinwerfer an. Als sie zur Garage ging, mußte sie an das Photo von Violet denken, das Easter ihr gezeigt hatte, an das mit Todesschaum bedeckte Gesicht. Aber das Meer ist weit weg, dachte sie, an so einem Abend kann man es von hier aus nicht mal sehen, und ich kann schwimmen. Kilometerweit, wenn es sein muß.

Zum ersten Mal, seit sie in den Fall verwickelt worden war, hatte sie Angst, physische Gewalt könne sich auch gegen sie richten. Ihre unbestimmten Ängste (vor Easter, vor dem alten Haus in der Olive Street) hatten sich verdichtet. Sie waren klein genug, um auf eine Nadelspitze zu passen, kompakt genug, ihr das Rückgrat zu brechen.

Das Garagentor war nicht verriegelt, es war, wie sie jetzt sah, nicht ganz geschlossen. Unten war ein etwa acht Zentimeter breiter Spalt, als habe es jemand sehr eilig gehabt, das Tor zuzuziehen, das dann ein Stück hochgefedert und in dieser Stellung stehengeblieben war.

Schwer atmend mühte sie sich mit dem Schwingtor, ihr ganzer Körper war verspannt, jederzeit auf einen Überfall gefaßt. Doch der Überfall blieb aus. In der Garage war kein Mensch. Aber ein Wagen stand da, auf der rechten Seite, wo Lewis immer sein Auto abstellte, ein kleines Kabrio mit geschlossenem Dach.

Sie schaltete das Deckenlicht an und besah sich den Wagen aus der Nähe. Ein blauer Ford, wie man ihn häufig auf den Straßen sah, aber keiner ihrer Bekannten fuhr dieses Modell, und sie konnte sich beim besten Willen nicht erklären, weshalb der Wagen in ihrer Garage stand. Er war mit hoher Geschwindigkeit gefahren worden. Windschutzscheibe und Scheinwerfer waren mit den grauen und gelben Sprenkeln toter Insekten übersät, und ein toter kleiner Vogel hatte sich im Chromgitter des Kühlers verfangen. Sie legte die Handfläche auf die Motorhaube. Sie war kalt. Der Wagen stand schon geraume Zeit hier.

Eddie, so hieß es, habe ein Ford-Kabrio gekauft. Aber Voss und Eddie waren inzwischen über alle Berge. *»Uns zieht's in den sonnigen Süden, Eddie und mich.«*

Sie setzte sich ans Steuer und schaltete die Innenbeleuchtung ein. Der Zündschlüssel fehlte, und damit war der Wagen Dauergast in ihrer Garage. Es gab keine Möglichkeit, ihn loszuwerden, wenn sie ihn nicht selbst auf die Straße schieben wollte, was wegen der Steigung unmöglich war. Sie würde einen Abschleppwagen verständigen müssen.

Als sie sich zur Seite drehte, um auszusteigen, sah sie auf der Rückbank etwas metallisch Glänzendes liegen. Sie beugte sich über die Sitzlehne. Voss und Eddie waren nicht in den sonnigen Süden gefahren, sondern hatten eine andere Reise angetreten.

Sie lagen ineinander verklammert, wie ein Liebespaar in tödlicher Umarmung, auf dem Wagenboden. Voss hatte den Kopf an Eddies Brust gelegt. Wie er gestorben war, ließ sich nicht erkennen. Eddies Gesicht aber war nach oben gerichtet, und in seine Stirn waren zwei saubere dunkle Löcher gestanzt. Der Tod war ihm gnädiger gewesen als Violet. Wäre nicht das zusätzliche Augenpaar auf der Stirn gewesen, hätte man denken können, daß er friedlich schlief.

Auf dem Sitz lag ein gewöhnliches Taschenmesser, die große Klinge war ausgeklappt. So ein Messer hatte Eddie gestern abend in der Hand gehabt. Er hatte es aus der Westentasche geholt, aufgeklappt und sich, während Voss das große Wort führte, die Fingernägel saubergemacht. Jetzt lag das Messer auf der Rückbank, eine kindisch-hilflose Geste angesichts der grausamen Gewißheit der Kugel. Eddie hatte das Messer nicht mehr einsetzen können. Die Klinge war unbefleckt und blinkte heiter im Licht der Garage.

Charlotte stolperte aus dem Wagen, halb gelähmt, nicht durch den Schreck, den ihr der Anblick zweier Leichen eingejagt hatte, sondern durch die Erkenntnis, daß es jetzt keine Möglichkeit mehr gab, den Wagen und die Toten loszuwerden. Sie gehörten ihr, hingen ihr am Hals wie der Albatros dem alten Seemann in dem berühmten Coleridge-Gedicht. Ein Schrei steckte in ihrer Kehle.

Der Vogel auf dem Telefondraht lachte sie immer noch aus.

18

Draußen kam ein Wagen vorbei, er raste nicht, wie es die Autos sonst bei Nacht auf der Mountain Drive zu tun pflegten, sondern fuhr eher tastend, als suche der Fahrer nach einem bestimmten Haus, einer bestimmten Person. Der Wagen blieb stehen, fuhr ein Stück zurück und bremste vor Charlottes Grundstück.

Sie verließ schleunigst die Garage und zog das Schwingtor herunter; im gleichen Moment kam Easter durch die Gartenpforte. Zuerst sah er sie nur schweigend an und ließ seinen Blick zu dem Buick mit den gleißenden Scheinwerfern und zu dem geschlossenen Garagentor gehen.

»Ich mache Ihnen die Garage auf«, sagte er dann.

»Nein.« Ihr ganzer Körper versteifte sich in einer krampfhaften Abwehrbewegung. »Nein, danke.«

»Also schön, machen Sie's selber.« Halblaut fügte er etwas hinzu, was ganz nach »verdammte Emanzen« klang.

»Es ... ich lasse den Wagen lieber draußen.« Ihre Stimme klang unnatürlich hoch und gepreßt, als quetschten ihr Hände die Kehle zusammen. »Falls ich plötzlich zu einem Patienten gerufen werde ...«

»Ihre Krankenbesuche erledigt Blake.«

»Streiten Sie nicht schon wieder. Ich ... ich bin müde. Nehmen Sie's mir nicht übel, aber Sie gehen mir auf die Nerven.«

»Die alte Leier! Das ist kein schöner Zug von Ihnen, Charlotte. Easter, Easter, mach dich fort, geh an einen anderen Ort...«

»Bitte! Ich bin wirklich müde.«

»Schon gut. Ich halte Sie auch gar nicht lange auf. Wollte nur kurz fragen, ob Sie gut nach Hause gekommen sind.«

»Ja, danke. Das sehen Sie doch.«

»Ich sehe noch mehr«, sagte er langsam. »Sie sind das reinste Nervenbündel, Charlotte. Was ist los?«

»Nichts. Sie... Sie sind gar nicht gekommen, um zu fragen, ob ich gut nach Hause gekommen bin. Sie spionieren mir nach.«

»Weshalb sollte ich?«

»Weil Sie glauben, daß ich in all diese schrecklichen Sachen verwickelt bin.«

»Es gibt Schrecklicheres. Ein Selbstmord, ein natürlicher Tod. Kein Mord.« Er wiederholte: »Kein Mord...« Es klang fragend, als rechne er mit Widerspruch. Charlotte sagte nichts.

Er ging zu ihrem Wagen, schaltete die Scheinwerfer aus, zog den Zündschlüssel ab und warf ihn Charlotte zu. Er landete im Gras zu ihren Füßen. Sie sah in stumpfer Benommenheit hin, als wüßte sie nicht, wie man reagiert, wenn einem etwas zugeworfen wird.

»Ihre Schlüssel«, sagte Easter.

»Schlüssel? Ja. Ja, natürlich.«

Sie gingen gleichzeitig in die Hocke, um nach dem Schlüsselring zu greifen, und ihre Arme berührten sich. Charlotte zuckte zurück wie vor einem Schlag.

Er war schneller gewesen und hob die Schlüssel auf. »Ich bin Gift für Sie, was?«

»Nein, kein Gift.« Ein Taschenmesser. Eine Schußwaffe. Schaum.

»Heute abend machen Sie ja doch keine Krankenbesuche mehr. Ich stelle Ihren Wagen weg und bringe Ihnen das Gepäck ins Haus.«

»Nein, ich möchte nicht –«

»Was haben Sie denn? Ist im Haus etwas, was ich nicht sehen soll?«

»Nein.«

»Ballard vielleicht?«

»Gar nichts ist im Haus«, sagte sie verächtlich. »Schauen Sie nach, wenn Sie wollen, schnüffeln Sie nur nach Herzenslust herum.«

»Einer so charmanten Einladung kann ich nicht widerstehen.«

Er holte ihren Wochenendkoffer aus dem Wagen, während sie aufschloß.

Sie machte im Wohnzimmer alle Lampen an. »Hier, bitte. Sehen Sie etwas?«

»Nein.«

»Keine Schießprügel, keine L-leichen.«

Er musterte sie spöttisch. »Ich hatte eigentlich weder Schießprügel noch Leichen erwartet. Nur Ballard.«

»Weshalb sind Sie so hinter Ballard her?«

»Unter anderem deshalb, weil seine Frau ihn heute vormittag als vermißt gemeldet hat.«

»Vermißt? Lewis?«

»Aber das ist nur ein Punkt. Es gibt noch anderes, was ... Wo ist er?«

»Ich weiß es nicht. Und wenn Lewis sich entschließt wegzufahren, ist das nicht meine und ganz gewiß nicht Ihre Sache, Mr. Easter.«

»So? Meinen Sie?«

»Sie haben nichts gegen Lewis in der Hand – bis auf die Tatsache, daß ich ihn liebe.«

»Wenn ich denke, wie ich für Sie empfinde, ist das mehr als genug. Selbst wenn es alles wäre.«

Seine Heftigkeit machte ihr Angst. Sie wußte nicht, was sie sagen oder tun sollte. Sie war an der Tür stehengeblieben, den Hut noch auf dem Kopf und ohne die Handschuhe auszuziehen, die Handtasche unter dem Arm. Schließlich sagte sie: »Nehmen Sie Platz, ich schau mal nach, was ich zu trinken habe.«

»Danke, ich stehe lieber. Im Stehen komme ich mir mehr wie ein Cop vor, nicht so sehr wie ein Mann, der die Frau besucht, die er liebt. Ich bin beides. Aber im Moment stehe ich. Wo ist Ballard?«

»Das weiß ich nicht. Ich habe ihn vorgestern abend zum letzten Mal gesehen. Da habe ich ihm erzählt, daß ich nach Oregon fahren wollte.«

»Haben Sie ihm gesagt warum?«

»Ja.«

»Und er wollte nicht, daß Sie hinfahren.«

»Es machte ihm nichts aus.«

»Das ist gelogen.«

»Es machte ihm nicht viel aus.«

»Und ob es ihm was ausmachte!«

»Jetzt hören sie endlich auf, um den heißen Brei herumzureden«, fuhr sie ihn an. »Ausgemacht hat es ihm allenfalls deshalb etwas, weil wir uns dann ein paar Tage nicht sehen würden. Weshalb sollte er etwas dagegen haben, daß ich nach Ashley fahre?«

»Ich könnte da mit etlichen Erklärungen aufwarten.«

»Ja, Sie! Sie sind mit Erklärungen schnell bei der Hand,

wenn Sie nur Lewis damit schaden können. Er hat ganz recht, Sie sind wirklich ein lästiger Schnüffler.«

»Wie wahr.« Er zündete sich eine Zigarette an. Die Luft im Zimmer war unbewegt, der Rauch stieg steil zur Decke hoch. »Übrigens habe ich Ihnen Neues über Voss und Eddie zu berichten.«

Charlotte spürte, wie alles Blut aus ihrem Gesicht wich. Sie wandte sich um, setzte den Hut ab, zog die Handschuhe aus, machte sich an ihrer Handtasche zu schaffen ... jede schnelle Bewegung war recht, um seinen Blick von ihrer jähen Blässe abzulenken.

»Die beiden sind verschwunden. Wie weggeblasen. Schade, daß sie mir durch die Lappen gegangen sind. Ich hätte mich gern bei Eddie erkundigt, woher er das Geld für seinen Wagen hat.«

Fragen können Sie ihn immer noch. Aber er wird nicht antworten.

Das Telefon läutete. Sie machte ein Gesicht, als habe sie noch nie ein Telefon läuten hören und sei überrascht, daß der seltsame schwarze Gegenstand solche Geräusche von sich geben konnte.

»Gehen Sie hin«, sagte Easter. »Oder wenn Sie wollen, nehme ich ab.«

»Nein, nein, ich gehe schon.« Sie meldete sich. »Hallo?«

»Frau Dr. Keating? Ich bin's, Gwen Ballard. Den ganzen Tag versuche ich, Sie zu erreichen. Miss Schiller sagt immer wieder, ich soll Dr. Blake anrufen, aber das will ich nicht. Nein, habe ich gesagt, Frau Dr. Keating ist meine Ärztin, in eine andere Praxis gehe ich einfach nicht.«

Charlotte warf einen Blick über die Schulter. Easter hatte sich nicht gerührt, aber seine Haltung war angespannt, als versuche er mit allen Fasern seines Körpers zu erfassen, was am anderen Ende der Leitung gesagt wurde. Sie legte die Hand über die Muschel. »Ein vertrauliches Patientengespräch, das Sie nicht interessieren dürfte.«

Er sagte nichts, sondern sah sie nur unverwandt an.

Sie nahm die Hand wieder weg. »Ist Ihnen nicht gut?«

»Ich habe wieder einen Anfall gehabt.« Gwen atmete mühsam, ihre Stimme war matt und zittrig. »Ich bin allein. Ich habe Angst.«

»Sie brauchen sich keine Sorgen zu machen. Wenn Sie ganz ruhig bleiben –«

»Ich muß Sie sprechen. Bitte, Frau Dr. Keating... Charlotte... ich muß mit einem befreundeten Menschen sprechen.«

Ein befreundeter Mensch. Gwen, allein und angsterfüllt, hatte von allen Bewohnern dieser Stadt ausgerechnet sie zu einem befreundeten Menschen erkoren. Übelkeit stieg in ihr auf und ätzte ihre Kehle. »Ist etwas passiert?«

»Er hat versucht, mich umzubringen. Jawohl, mich umzubringen. Er haßt mich, sagt er, hat mich immer gehaßt.«

Gwens Stimme war höher und lauter geworden. Charlotte sah, daß Easter möglicherweise nicht die Worte, wohl aber den Unterton der Hysterie erfaßt hatte. Sie mußte Gwen zum Schweigen bringen, ehe er Verdacht schöpfen konnte. »Ich komme gleich. In zehn Minuten bin ich bei Ihnen«, sagte sie.

»Ich bin Ihnen ja so dankbar, Dr. Keating. Vielen, vielen Dank.«

Charlotte legte auf. »Ich muß einen Krankenbesuch machen.«

»Das hörte ich.«

»Wenn Sie mich jetzt entschuldigen wollen...« Sie sah vielsagend zur Tür.

Easter zog eine Augenbraue hoch. »Sie möchten, daß ich gehe?«

»Das ist wohl so üblich.«

»Aber mir gefällt es bei Ihnen. Es ist warm und gemütlich, und früher oder später wird Ballard wohl hier aufkreuzen.«

Auf diese Reaktion war sie nicht gefaßt. Sie hatte gedacht, er würde mit ihr zusammen das Haus verlassen, so daß sie sich später in aller Ruhe überlegen konnte, was sie wegen Voss und O'Gorman unternehmen sollte. Zum Gehen zwingen konnte sie ihn nicht, es sei denn – Gipfel der Ironie! –, sie verständigte die Polizei.

Schweigend griff sie nach Hut und Handtasche und ging zur Tür. Sie blickte nicht zurück, und Easter sagte nichts weiter.

Als sie rückwärts über die Zufahrt zur Straße rollte, sah sie, daß sie einen verhängnisvollen Fehler begangen hatte.

In ihrer Eile, das Garagentor zu schließen, hatte sie vergessen, das Licht auszuschalten. Heiter leuchtete es aus dem kleinen Seitenfenster. Wie eine Einladung an jedermann, sich nach Belieben in der Garage umzusehen.

19

Neun Uhr. Ein scharfer Wind wehte, die Palmen duckten sich und schlugen in verzweifelter Abwehr mit den Armen.

Das Haus der Ballards war von der Straße aus nicht zu sehen. Es tauchte unvermittelt an einer Kurve der zypressengesäumten Allee auf, ein schönes Haus aus geöltem Redwoodholz in einem symmetrisch angelegten Garten. Charlotte hatte dieser Garten von Anfang an mißfallen. Die abgezirkelten Blumenbeete hatten nichts Natürliches mehr. Sie waren ein Teil von Gwen und nicht ein Stück Erde. Auch der Rasen war so makellos, daß man sich beim besten Willen keine lebendigen Menschen darauf vorstellen konnte.

Und zum Herumlaufen für lebendige Menschen war der Rasen auch nicht gedacht, man hatte ihn gefälligst vom Eßerker aus zu bewundern oder durch das große Panoramafenster im Wohnzimmer. Selbst die Collies, denen Gwens ganze Liebe galt, durften nicht auf das Gras. Sie hatten ihren eigenen Garten hinter dem Haus mit einem eingezäunten Auslauf, kleinen Häusern und einer Art Brutglocke für die Hundemütter mit neugeborenen Welpen.

Die ganze Nacht blieb das Licht für sie brennen. Mehrere Hunde beobachteten Charlotte durch den Maschendraht hindurch, den Schweif auf halbmast gestellt, als wüßten sie noch nicht recht, ob sie in freundlicher Absicht gekommen war.

Sie sprach leise mit den Tieren. Ein Schweif bewegte sich langsam und würdevoll wie ein gefiederter Fächer in der Hand einer herablassenden Herzogin.

Gwens drei Lieblinge waren oben im Schlafzimmer und lagerten wie eine Leibwache vor ihrem Bett. Auf Gwens Befehl hatten sie sich hingelegt, aber ihre Augen folgten unruhig Charlottes Bewegungen und richteten sich dann wieder wie trostsuchend auf Gwen, und hin und wieder wimmerte der goldbraune Rüde wie ein Kind.

»Ich bekomme keine Luft, Frau Doktor.«

»Sie verkrampfen sich zu sehr beim Atmen. Lockern Sie sich.«

»Lockern. Ja, wenn Sie meinen... Ich werde doch nicht... ersticken?«

»Nein. Der Anfall ist fast vorbei. Überzeugen Sie sich selbst. Legen Sie die Finger an Ihr Handgelenk. Fühlen Sie den Puls?«

»Ja, doch...«

»Er schlägt nicht viel schneller als meiner.«

»Wirklich nicht?«

»Nein, wirklich nicht.«

Gwens Atemzüge waren ruhiger geworden, sobald sie sich nicht mehr auf das Luftholen konzentrierte. Charlotte hatte das oft bei Kindern erlebt, die nicht einschlafen mochten, weil sie Angst hatten, im Schlaf könne ihnen der Atem stehenbleiben.

Gwens Kopf sank wieder in die spitzenbesetzten Kissen. Jetzt bemerkte Charlotte den Bluterguß an ihrem Hals, ein noch frisches blaues Mal, etwa daumennagelgroß.

Gwen sah ihren Blick und berührte die Stelle leicht mit

einem Finger. »Er hat versucht, mich umzubringen. Irgendwann, hat er immer gesagt, würde er es tun, und jetzt hat er es versucht. Aber dann hat er es mit der Angst zu tun bekommen, vielleicht haben ihm die Hunde mit ihrem Knurren einen Schrecken eingejagt. Plötzlich hat er mich losgelassen und ist auf sein Zimmer gegangen, und seither habe ich ihn nicht mehr gesehen. Das war vorgestern, etwa um diese Zeit.«

»Der Bluterguß ist nichts Ernstes.« Nicht so ernst wie die Einschußstellen in Eddies Stirn, das würgende Salzwasser, das Violet geschluckt hatte, während sie verzweifelt nach Luft rang. Nein, der Bluterguß war nichts Ernstes, wohl aber die Absicht, die dahinterstand. Was hatte Lewis an jenem letzten Abend gesagt? *»Getrunken habe ich nur als Medizin, als Bremse gewissermaßen. Weil ich sonst meine Frau erwürgt hätte.«* Sie hätte gern irgendeine Bemerkung gemacht, um sich selbst und Gwen zu beruhigen. »Im Zorn bringt der Mensch die sonderbarsten Dinge fertig«, sagte sie, etwas anderes fiel ihr nicht ein.

»Er war nicht zornig. Ich habe nichts gemacht, worüber er sich hätte ärgern müssen. Er kam nach Hause, und ich fragte: ›Hallo, Liebling, wo warst du denn?‹ Und er sagte: ›In der Hölle.‹ Ich war fassungslos. Lewis sagt mir nämlich sonst immer, wo er gewesen ist.«

Das tut er nicht. Du Gans, du armes Gänschen ... Bald hast du mich so weit, daß ich mich selbst verabscheue, daß ich Abscheu vor Lewis, vor dem Leben selbst empfinde.

Gwen sagte leise: »Sie kennen meinen Mann.«

»Ja.«

»Sie kennen ihn so, wie er sich bei Ihnen gibt, aber nicht so, wie er wirklich ist. Er ist grausam. Er hat keine Gefühle. Andere Menschen sind für ihn wie Steine, die er aufhebt, herumstößt oder beiseite wirft. Daß es Menschen sind, daß sie Schmerz und Verzweiflung genauso empfinden können wie er, auf diesen Gedanken kommt er überhaupt nicht.«

So ist er nicht, wollte Charlotte protestieren. Er ist ein guter Mensch, aber er ist verbogen durch deine Engstirnigkeit, verbittert durch deine penetrante Sanftmut. Lewis kann nichts dafür, du kannst nichts dafür. Niemand kann etwas dafür. Das Schicksal hat euch beide betrogen. Und mich. Sogar Easter. Ein vierfacher Betrug.

Gwens Mündchen hatte sich ratlos verzogen. »Seine Grausamkeit hat etwas ganz Eigenartiges. Je mehr ich mich bemühe, ihm zu gefallen, desto mehr verachtet er mich. Wenn wir uns beim Abendessen gegenübersitzen und er mich anschaut, wird mir manchmal ganz kalt. Ich versuche, heiter und amüsant zu sein, wie sich das für Ehefrauen gehört. Ich habe mir sogar ein Buch zugelegt mit kleinen Geschichten und interessanten Fakten und dergleichen, damit ich etwas zu erzählen habe. Aber ...« Ein schmächtiger Arm hob sich und fiel wieder herab, eine Geste der Vergeblichkeit. »... wenn ich etwas Lustiges erzähle, ist es nicht lustig, und die dummen Sachen klingen noch viel dümmer, wenn er mich so ansieht ... als wenn ich ein Wurm wäre, den er am liebsten unter dem Absatz zertreten würde.«

»Davon haben Sie mir bisher nie etwas erzählt.«

»Ich habe meinen Stolz«, sagte Gwen abweisend. »Und einen Ruf ...«

»Natürlich.«

»Das kann mir niemand nehmen, auch wenn Lewis es versucht.«

Sie machte sich an den Kissen zu schaffen, ganz kleinen Kissen, auf ihre Größe abgestimmt, wie alles im Zimmer. Ein Kleinmädchenzimmer, dachte Charlotte und betrachtete den Teddy, der am Ankleidetisch lehnte, die lächelnde französische Puppe am Fenster. Die Jahre vergingen, aber das kleine Mädchen hatte Angst vor dem Erwachsenwerden. Hier, in ihrem Zimmer, konnte die Zeit ihr nichts anhaben. Wenn sie mit dem Teddy auch nicht mehr spielte, so war er doch immer für sie da, sein weiches Kuschelfell ein Trost, ein Symbol für Sicherheit und Unschuld. Doch das kleine Mädchen war älter geworden, und mit dem Alter war die Angst gekommen. Angst vor der Dunkelheit, Angst davor, keine Luft zu bekommen, andere namenlose Ängste, die nur ihr Herz kannte. Dieses Herz, das in verzweifelter Hast schlug wie das Herz eines verängstigten Vogels.

»Sie glauben mir nicht, daß Lewis versucht hat, mich umzubringen«, sagte Gwen. »Aber es stimmt, und ich weiß auch warum. Er hat eine andere Frau. Sie staunen, Frau Doktor? Ja, sehen Sie, so habe ich auch gestaunt, als ich ihm draufgekommen bin. Dabei hätte es mich wohl nicht überraschen dürfen. So was kommt in den besten Familien vor. Der Mann hat die Ehefrau satt und treibt es mit irgendeiner beliebigen Person, einer Bedienung oder einem Ladenmädchen oder einer billigen Nutte, die von Moral und Sitte soviel weiß wie eine streunende Katze.«

Charlotte hörte mit steinernem Gesicht zu.

»Klingt das bitter, Dr. Keating? Jawohl, ich bin bitter geworden. Es ist schlimm, sehr schlimm, wenn man weiß, daß es diese Frau gibt, nicht aber, wer sie ist. Sonst könnte ich zu ihr gehen und mit ihr sprechen, ihr alles klarmachen.«

»Klarmachen? Was?«

Gwen blinzelte. »Daß sie ein Zuhause, eine Ehe zerstört. Was sonst?«

Überhaupt nichts zerstört sie, zerstöre ich, dachte Charlotte. Das Zuhause gehört dir, und die Hunde gehören dir, und die Ehe war schon lange zerstört, ehe du mich hier, in diesem Haus, mit Lewis bekanntgemacht hast. Und ich bin keine Nutte. Ich bin eine anständige Frau, ich arbeite mit vollem Einsatz, und wenn ich Glück habe, bewirke ich sogar etwas damit.

»Dort ist er jetzt, denke ich mir«, sagte Gwen. »Bei ihr. Der Polizei habe ich das heute vormittag nicht gesagt. Ich habe mich geschämt. Der Polizei habe ich nur gesagt, daß mein Mann nicht nach Hause gekommen ist. Am späten Nachmittag war dann ein Polizeibeamter hier. Er wollte sich mal umsehen, sagte er, suchte nach Hinweisen, wohin Lewis gefahren sein könnte. Er hatte einen ungewöhnlichen Namen. Easter. Kennen Sie sich in der Arbeit der Polizei aus?«

»Nur wenig.«

»Ich frage nur, weil ... Ich hatte nämlich den Eindruck, daß dieser Mann sich recht eigenartig benahm. Er ging ins Arbeitszimmer von Lewis, und ich hörte ihn tippen. Komisch, nicht? Was mag er mit Lewis' Schreibmaschine gewollt haben?«

»Das weiß ich nicht«, sagte Charlotte. Aber er wird schon seine Gründe gehabt haben, er hat immer seine Gründe.

»Als er dann nach unten kam, hat er mir alle möglichen komischen Fragen gestellt.«

»Komische Fragen?«

»So empfand ich sie jedenfalls. Er wollte wissen, was für Reisen Lewis und ich seit Weihnachten unternommen hätten. Ich reise ja nicht, wie Sie wissen. Einmal wegen meines Herzens, und außerdem liebe ich mein Heim, ich bin glücklich hier. Im Gegensatz zu Lewis habe ich keinerlei Bedürfnis nach Abwechslung. Das habe ich dem Beamten gesagt. Dann wollte er wissen, was Lewis an Kurz- und Urlaubsreisen unternommen hat, es sei nämlich denkbar, daß Lewis wieder einen dieser Orte aufgesucht hat. Der Mensch, hat er gesagt, neigt zu Wiederholungen.« Die mageren, nervösen Finger spielten mit einer hellen Haarsträhne. »Ich habe ihm nicht gesagt, daß Lewis mich gewürgt hat. Ich habe meinen Stolz.«

Es gab eine lange Pause. Charlotte sah Easter vor sich, wie er mit haßerfülltem Blick in Lewis' Arbeitszimmer herumsuchte ... Easter, wie er in ihrem Haus auf sie wartete, vielleicht, wenn ihm die Zeit lang wurde, in die Küche ging und von dort aus das Licht in der Garage sah.

»Wenn ich wüßte, wo er ist«, sagte Gwen, »könnte ich schlafen. Ich würde mir nicht so entsetzliche Sorgen machen. Aber fast die ganze Woche hat er sich schon so merkwürdig benommen. Bei unserem letzten Abendessen, vorgestern, hat er kaum ein Wort gesagt. Ich habe versucht, ein belangloses Gespräch zu führen, damit Mrs. Peters nicht merkt, was los ist. Sie ist unsere Köchin und eine fürchterliche Klatschbase. Ja, und weil ich gerade in der Zeitung von dieser jungen Frau gelesen hatte, die sich ertränkt hat, habe ich Lewis davon erzählt, ich dachte, es würde ihn interessieren, aber er hat mich angefahren, ich soll den Mund halten. Vor Mrs. Peters! Eine schlimme Geschichte war das mit diesem armen Mädchen.«

»Ja.«

»Ob sie ... gelitten hat?«

»Ich denke schon.«

»Aber es ging schnell, nicht? Natürlich. Es muß sehr schnell gegangen sein. Es ist mir schrecklich, einen Menschen leiden zu sehen. Ich könnte nie Ärztin sein wie Sie. Aber Ärzte gewöhnen sich wohl an den Anblick von Leiden und Tod.«

»In gewisser Weise ja.«

»Das könnte ich nie. Ich bin zu sensibel.« Ihre Unterlippe zuckte. »Wenigstens ist das arme Mädchen tot. Sie hat es hinter sich. Braucht sich keine Sorgen mehr zu machen. Gott, bin ich müde. Schrecklich müde.«

»Ich gebe Ihnen eine Schlaftablette.«

Gwen riß erschrocken die Augen auf. »Nein, nein, ich nehme nichts. Ich muß wach bleiben, womöglich kommt er wieder her, womöglich versucht er –«

»Die Gefahr ist gering. Aber ich könnte Mrs. Peters anrufen und sie bitten, heute nacht bei Ihnen zu bleiben.«

»Nein. Sie hat selbst Familie und ihre eigenen Sorgen. Was würden Sie an meiner Stelle tun, Frau Dr. Keating?«

»Das weiß ich nicht. In ein Hotel gehen vielleicht.«

»Aber die Hunde ... Ich habe niemanden, der sich um sie kümmert.«

»Ich kann Ihnen nicht raten«, sagte Charlotte nachdenklich. »Persönliche Probleme lassen sich nicht immer durch sachliche Überlegungen lösen. Was ich tun würde, könnte das Gegenteil von dem sein, was gut für Sie wäre.«

»Da haben Sie recht. Wie vernünftig Sie sind und wie klug. Schade, daß Sie meinen Mann nicht näher kennen. Er mag kluge Frauen, vielleicht, weil ich so dumm bin.« Ein trauriges kleines Lächeln geisterte um einen Mundwinkel. »Ich wünschte, ich hätte mein Privatleben so im Griff wie Sie, Frau Doktor. Sie haben bestimmt keine Probleme.«

Für Charlotte war das der Gipfel der Ironie. Sie sah zu der französischen Puppe auf der Fensterbank hinüber. Das gemalte Lächeln hatte etwas Wissendes.

20

Easter erwartete sie. Charlotte brauchte nicht zu fragen, ob er Voss und Eddie gefunden hatte: In der Garage war alles dunkel.

Er sah ihr entgegen. Im hellen Schein der Lampen trat jede Linie, jede Kante seines Gesichts mit bedrohlicher Klarheit hervor.

»Sie stecken gründlich in der Klemme, Charlotte.«

Stumm ging sie zu dem großen Fenster, an dem Lewis' Stuhl stand, und sah auf die Lichter der Stadt herunter. Fünf Tage erst waren vergangen, seit sie an dieser Stelle gestanden und sich überlegt hatte, welches Licht wohl zu Violet gehören mochte. An jenem Abend hatte sie Lewis von Violet erzählt, sie hatte gesagt: »Lewis, ich glaube, ich habe einen Fehler gemacht.«

Dieser Fehler war gewachsen wie ein Krebsgeschwür, die bösartig wuchernden Zellen hatten von einem Leben zum nächsten übergegriffen, bis sie alle von ihnen durchzogen waren, Violet und Eddie, Voss und seine Frau und der alte Tiddles. Easter und Lewis und Gwen und Mrs. Reyerling. Ihr Fehler hatte sie alle infiziert, und zu guter Letzt war sie selbst, Charlotte Keating, ihm zum Opfer gefallen.

Sie fragte, ohne sich umzudrehen: »Haben Sie es gemeldet?«

»Noch nicht.«

»Aber Sie melden es?«

»Ich muß, Charlotte.«

»Sie wissen wohl, daß damit mein Leben hier zu Ende ist und meine Arbeit auch.«

»Ja.«

Sie schloß die Augen. Die Lider fühlten sich trocken an und als säßen Staubkörner dahinter. »Eine Ironie des Schicksals, nicht? Ich wollte Violet nur helfen, als ich an dem bewußten Abend in die Olive Street fuhr. Meine Pflicht schien so klar, so unabweislich. Ich habe gezögert, das Haus zu betreten, ich hatte Angst davor. Ich weiß noch, was ich dachte: Dort ist schon so viel passiert, daß eine Untat mehr oder weniger nicht auffällt. Das war ein Irrtum, einer von vielen. Ich habe so viele falsche Knöpfe gedrückt, an so viele falsche Türen geklopft...«

»Sie haben noch eine Chance«, sagte Easter, »wenn es Ihnen gelingt, Ballard zu finden.«

»Hassen Sie ihn so sehr, daß Sie ihn unbedingt in diesen Fall hineinziehen müssen?«

»Hassen kann man nur große Menschen. Und er wird mit jeder Minute kleiner.«

»Wie seltsam Sie reden...«

»Wenn Sie mich anhören, werden Sie sehr bald begreifen, wie ich es meine. Oder wollen Sie mich nicht anhören?«

»Ich weiß nicht. Ich bin... ganz durcheinander. Immer diese Andeutungen wegen Lewis...«

»Ich habe versucht, Sie vorsichtig wieder auf den Boden der Tatsachen zurückzuholen, Charlotte. Sie wollten nicht zurück. Sie schwebten in den Wolken, und dort stecken Sie noch. Wenn eine Wolke zu schwer wird, gibt es Regen. Und Unwetter.«

»Bitte reden Sie Klartext!«

»Das versuche ich schon die ganze Zeit. Ballard hat Ihnen nicht gesagt, daß er Violet kannte?«

»Er kannte sie nicht.«

»Doch. Er hat sie zu Ihnen geschickt.«

»Nein! Das glaube ich nicht.«

»Es stimmt aber. Es war sein Kind. Er hat sie zu Ihnen geschickt, weil er wußte, wie Sie zu Menschen stehen, die in Schwierigkeiten sind. Weil er hoffte, Sie würden Violet helfen, das Kind loszuwerden, damit wäre nämlich auch er nochmal mit heiler Haut davongekommen.«

»Nein!« Der matte Widerspruch blieb ihr in der Kehle stecken. »Er hat mir gesagt ... an dem Abend, als wir uns an der Mole getroffen haben ... da hat er gesagt, daß er Violet nicht kannte, und ich glaube ihm. Er hat die Wahrheit gesagt, bestimmt.«

»Vielleicht hat er die Wahrheit gesagt – so, wie er sie sah. Vielleicht erinnerte er sich nicht mehr an das Mädel, vielleicht hat er nie gewußt, wie sie hieß. Bis er am nächsten Tag ihr Bild in der Zeitung sah, ihr Bild und den Namen der Kleinstadt, aus der sie stammte. Da wußte er natürlich Bescheid.«

Es gab eine lange Pause, in der nur das Ticken der Uhr auf dem Kaminsims, der rasche Gang der rastlosen Minuten zu hören war.

»Das ist nicht nur eine Mutmaßung«, sagte Easter. »Ich weiß, daß er Violet zu Ihnen geschickt hat, weil die Karte mit Ihrem Namen und Ihrer Adresse, die sich in ihrer Handtasche fand, auf der Schreibmaschine in Ballards Arbeitszimmer getippt worden ist.«

»Sie wollen ihm etwas unterschieben. Sie arbeiten mit falschem Belastungsmaterial.«

»Das ist nicht mein Stil«, sagte er brüsk. »Nicht mal,

wenn es um die Liebe einer schönen Frau geht. Wollen Sie weitere Beweise?«

»Nein.«

»Könnten Sie aber gebrauchen.« Er nahm ein Blatt Papier aus der Tasche und faltete es auseinander. Es war eine photokopierte Seite aus dem Anmeldebuch des Rose Court Motel, Ashley, Oregon, Besitzer und Geschäftsführer C. Vincent Rawls. Datum: 26. Feb. 1949. Name: L. B. Ballard, Adresse: 450 Corono del Mar, Salinda, Kalifornien. Wagentyp: Cadillac. Zulassungsnummer: California 17Y205.

Sie sah wie gebannt auf den Namen. Er war hastig hingekritzelt, sie hätte nicht sagen können, ob tatsächlich Lewis ihn geschrieben hatte. »Das sieht mir nicht nach Lewis' Schrift aus«, sagte sie.

»Ist es aber.«

»Und dieses Blatt beweist lediglich, daß er eine Nacht in Ashley verbracht hat.«

»Am 26. Februar.«

Sie antwortete nicht, obgleich ihr durchaus klar war, was es mit diesem Datum auf sich hatte. Sie hatten Anfang Juli, und Violet war bei ihrem Tod im vierten Monat schwanger gewesen. Aber wie war es nur dazu gekommen? Lewis sieht so etwas gar nicht ähnlich, dachte Charlotte. Er hätte keinen zweiten Blick auf Violet verschwendet. Sie war jung genug, um seine Tochter zu sein, jung und dumm und nicht mal hübsch. Und Lewis war ein anständiger Kerl, vielleicht sogar ein etwas spießiger Typ, ein Mann, der seinen Ruf, seine gesellschaftliche Stellung sehr hoch einschätzte. Lewis und Violet. Der Gedanke verursachte ihr Übelkeit, blieb ihr in der Kehle stecken, ließ sich weder herunterschlucken noch heraushusten. Lewis und Violet. Und der kleine Junge, der mit Violet den Tod gefunden hatte, war Lewis' Kind gewesen, hätte ihm später vielleicht sogar ähnlich gesehen. Der Sohn, den er sich immer gewünscht hatte, lag jetzt in einer Abfalltonne im Leichenschauhaus oder war bereits zu Staub verbrannt. Armer Lewis, dachte sie. Aber in das Mitgefühl mischte sich harte, graue Bitternis.

Easter beobachtete sie aus schmalen Augen. »Ich habe kein Interesse daran, Ballard moralisch fertigzumachen. Das ist Weiberkram. Was er mit seinen freien Wochenenden in Ashley oder Cucamonga macht, soll nicht meine Sache sein.«

»Sie haben es zu Ihrer Sache gemacht. Dringen Sie auch in abgeschlossene Hotelzimmer ein? Schauen Sie in Oberlichter, kriechen Sie unter –«

»Ich bin hinter einem Mörder her«, sagte Easter. »Nicht hinter einem miesen kleinen Romeo.«

Haltsuchend legte sie die Stirn an die Scheibe. Die Lichter der Stadt kreisten, bremsten, stoppten. »Lewis ist weder das eine noch das andere«, sagte sie nach einer Pause.

»Er ist beides.«

»Nein! Das können Sie nicht beweisen.«

»Ich kann nicht beweisen, daß er Violets Mörder ist. Aber er hat mir entsprechende Ermittlungen dadurch erleichtert, daß er Voss und O'Gorman erschossen und die Leichen in Ihrer Garage deponiert hat.«

Sie wandte sich um. »So etwas würde er nie tun. Nicht mal in der größten Verzweiflung würde er mich in so eine Lage bringen. Er liebt mich. Lachen Sie darüber, wenn Sie wollen, aber es stimmt. Er liebt mich.«

»Er liebt auch sich. Er ist seine erste, größte Liebe, dagegen sind Sie nur zweite Wahl, Charlotte.«

Hartnäckig wiederholte sie: »So etwas würde er nie tun.«

»Ich will gern zugeben, daß es eine ziemlich blödsinnige Idee war, ein Kabrio mit zwei Leichen in die Garage einer Freundin zu stellen. Aber er hat Sie wohl erst in ein paar Tagen zurückerwartet. So gesehen war es ein kluger Schachzug. Ihre Garage war praktisch der einzig sichere Unterbringungsort für die Leichen, bis er sich überlegt hatte, wie er sie sich vom Halse schaffen konnte.«

Lewis und Violet, Lewis und Voss, Lewis und Eddie. Schon drei Tote, und auch in Easters Augen stand der Tod.

Sein Mund bewegte sich, er hatte etwas gefragt, aber sie hatte es nicht gehört.

»Ich wiederhole«, sagte Easter. »Ballard besaß einen Schlüssel zu Ihrer Garage?«

»Ich weiß nicht, was das –«

»Aber er besaß einen Schlüssel?«

»Ich hatte das Garagentor offengelassen.«

»Besaß er einen Schlüssel?«

»Ja.«

Sie waren beide laut geworden, aber Easters Stimme hatte jetzt einen dunkleren Klang, die von Charlotte war hoch und schrill.

»Muß ich Ihnen jedes Wort aus der Nase ziehen?« fragte Easter. »Merken Sie nicht, daß ich versuche, Ihnen zu helfen?«

»Auf diese Art von Hilfe verzichte ich dankend.«

»In Ihrer Situation kann man nicht mehr wählerisch sein. Da muß man nehmen, was man kriegen kann. In Ihrer Garage steht ein Wagen mit zwei mausetoten Männern. Ich muß das melden, Charlotte. Meinem Chef, der Staatsanwaltschaft, dem Sheriff. Ich hätte es schon vor einer halben Stunde melden müssen, aber ich habe Ihnen eine Chance gegeben. Wo ist Ballard?«

»Ich weiß es nicht.«

»Und selbst wenn Sie es wüßten –«

» – würde ich es Ihnen nicht sagen.«

»Die tapfere kleine Frau, die mit ihm durch dick und dünn geht, wie?« Ein böses Lächeln geisterte über sein Gesicht. »Na, dann kommen Sie mal mit, kleine Frau, ich will Ihnen was zeigen.«

»Ich brauche mich nicht –«

»Los, kommen Sie, ich möchte sehen, wie diese Seifenblase von Liebe und Treue vor Ihren blinden Augen zerplatzt.«

Jäher Zorn stieg in ihr auf. Am liebsten hätte sie ihn geschlagen. Zum erstenmal seit ihrer Kindheit wünschte sie sich, zuschlagen, wehtun zu können. »Sie sind ... sind ein verächtlicher –«

»Bockmist«, sagte er. »Geschenkt, Charlotte.«

»Meine ... meine Treue ist nicht so grotesk, wie Sie zu glauben scheinen. Es gibt keinen Beweis dafür, daß Lewis sich irgend etwas hat zuschulden kommen lassen.«

»Keinen, mit dem ein Gericht zufrieden gewesen wäre, das stimmt. Es mag ein, zwei Monate dauern, die Zeugen und die Ballistik-Untersuchungen und die medizinischen Gutachter zusammenzubekommen, das Beweismaterial zu ordnen. Aber es ist jetzt schon meine Überzeugung – wie sagt doch der Richter in seiner Belehrung an die Geschworenen? – meine Überzeugung jenseits aller begründeten Zweifel und mit moralischer Gewißheit, daß Ballard alle drei umgebracht hat. Violet, O'Gorman und Voss.«

Jenseits aller begründeten Zweifel und mit moralischer Gewißheit. Schwere, düstere Worte wie eine Trauerpredigt.

Easter sah auf die Uhr und machte die Haustür auf. »Sie haben nicht viel Zeit. Kommen Sie?«

»Wohin?«

»Nur in die Garage.«

»Ich will nicht.«

»Angst vor weiteren Beweisen?«

»Nein.«

»Kommen Sie, Charlotte.«

»Nein.«

Easter machte eine ungeduldige Handbewegung. »Wenn ich Sie davon überzeugen muß, daß Ballard ein Mörder ist, ehe Sie geruhen, sich selbst aus diesem Schlamassel herauszuhelfen, müssen Sie in die Garage kommen. Zur Besichtigung.«

»Was soll ich besichtigen?«

»Die Waffe.«

»Waffe?«

»Sie sitzen tiefer in der Tinte, als Sie glauben, Charlotte. Alles deutet darauf hin, daß die Schüsse in dem Kabrio, vielleicht sogar in Ihrer Garage abgegeben wurden.« Er hielt inne. »Kommen Sie?«

»Ja.« Sie wollte die Waffe sehen. Sie hatte sogar plötzlich die Hoffnung, daß sie mit Bestimmtheit würde sagen können, die Waffe gehöre nicht Lewis. Lewis besaß einen Scheibenrevolver, genauer gesagt ein Paar. Sie wußte noch genau, wann sie die beiden zuerst gesehen hatte. Bei einem Picknick mit Lewis, an einem entlegenen Strand bei Pismo. Lewis hatte versucht, ihr den Unterschied zwischen einem Revolver und einer Selbstladepistole begreiflich zu machen.

»Diese beiden sind Revolver. Selbstladepistolen funktionieren anders. Die Patronen werden in einen Patronenstreifen geladen, der in den Griff paßt, der Federmechanismus wirft die leere Hülse aus und führt eine neue Patrone in die

Kammer ein. Revolver haben Drehtrommeln, die – du hörst ja gar nicht zu, Charley.«

»Doch, doch ...«

»Gut, dann sag mir, was ich hier in der Hand habe.«

»Einen Colt-Scheibenrevolver Kaliber 38. Ich werde schläfrig, Schatz, das muß wohl die Sonne sein. Und was ist überhaupt ein Kaliber?«

»Du weißt wirklich nicht, was ein Kaliber ist?«

»Wirklich nicht.«

»Du bist eine erstaunlich unwissende, aber liebenswerte Frau«, hatte Lewis feierlich gesagt und sich vorgebeugt, um sie zu küssen, die Waffe noch in der Hand.

Es war ein glücklicher Tag gewesen, dachte sie, während sie Easter schweigend zur Garage folgte. Der Strand, die Sonne, das Glück: Fern wie ein Traum.

Easter richtete den Strahl seiner Taschenlampe auf den Rücksitz. Der Lichtkegel deutete wie ein anklagender Finger auf die Waffe, die neben dem Knie des toten Voss auf dem Boden lag. »Gesehen?«

»Ja.«

»Wiedererkannt?«

»Nein ... ich weiß nicht ... mit Revolvern kenne ich mich überhaupt nicht aus.«

»So ganz kann das nicht stimmen, sonst hätten Sie nicht gesagt, daß es ein Revolver ist.«

»Ich ... ich habe gedacht, alle Schußwaffen heißen so.«

»Wirklich?« Das Licht lag unbewegt, unerbittlich auf der Waffe. »Es handelt sich tatsächlich um einen Revolver, und zwar um ein sehr interessantes Stück. Sehen Sie hier, der Aufsatz am Lauf zum besseren Visieren ... Kennen Sie jemanden, der auf Scheiben schießt?«

»Nein.«

Er schnaubte ungläubig. »Die Waffe ist ein gängiger Typ, ein 38er Colt. Ungewöhnlich ist der elegante, handgefertigte Griff. Und die Tatsache, daß der Colt zu einem Paar gehört. Das Gegenstück befindet sich in Ballards Arbeitszimmer. Ich habe es dort heute nachmittag gesehen.«

Sie wandte sich ab. Im kalten Licht der Deckenbeleuchtung sah sie, scharf kontrastierend mit dem Kabrio und dem, was es barg, die Utensilien ihres Alltagslebens, ihre Gartenwerkzeuge, die Baumwollhandschuhe, mit denen sie beim Arbeiten im Garten die Hände schützte, die Truhe mit den wollenen Wintersachen, das alte Fahrrad, auf dem sie sich gelegentlich Bewegung verschaffte. Das alles schien so fern wie der Tag am Strand mit Lewis. Nach allem, was geschehen war, würde sie nicht so weiterleben können wie zuvor. Die Masche war gefallen, und selbst wenn es ihr gelang, sie aufzunehmen – das Muster war ein für allemal verändert.

Müde sagte sie: »Ich habe laut Gesetz das Recht, nichts zu sagen.«

»Das ist richtig.«

»Ich denke, ich gehe jetzt ... hinein.«

Er folgte ihr ins Haus. Sein Gesicht war unnatürlich rot, als koste es ihn große Mühe, sich zu beherrschen, seinen Ärger zurückzudrängen. Er ging einmal im Zimmer hin und her, langsam, schwerfällig, mit dem ganzen Körpergewicht auf jedem Schritt.

»Charlotte ...«

»Machen Sie jetzt Ihre Meldung.«

»Noch nicht. Ich kann es noch ein paar Stunden hinauszögern. Sie waren verreist, ist das klar? Sie waren verreist und sind noch nicht zurück.«

»Ich wünschte, es wäre so. Ich wünschte, ich wäre nie

weggefahren. Ich wünschte, ich hätte euch alle nie kennengelernt, Violet oder Eddie oder Sie oder – «

»Immer mit der Ruhe.« Er ging in die Küche, stöberte eine Flasche Bourbon auf und goß einen Schuß in ein Wasserglas. »Trinken Sie.«

»Ich will nicht.«

»Haben Sie Angst, Sie könnten zuviel reden? Hören Sie, Charlotte, das ist jetzt nicht mehr eine Frage der Loyalität. Sie stehen vor dem Ruin, Sie müssen versuchen, da rauszukommen.«

»Das geht nicht. Voss und Eddie sind da, sie sind nicht wegzuleugnen.«

»Ja, ich weiß.« Er stellte das Glas auf den Couchtisch. »Aber Sie können die Bedeutung der Tatsache herunterspielen, daß die beiden in Ihrer Garage gefunden wurden. So, wie der Fall zur Zeit liegt, wird sich die Presse auf diesen Punkt stürzen. ›Doppelmord in der Garage prominenter Ärztin‹ – das werden sie ausschlachten, und ob Sie schuldig sind oder nicht, man wird Sie durch den Dreck ziehen. Man wird Sie anklagen und verurteilen – und das Urteil werden nicht ausgewählte Geschworene sprechen, sondern ein, zwei Zeitungsreporter, die hinter einer saftigen Story her sind, ein stellvertretender Staatsanwalt, der gern sein Bild in der Zeitung sieht, einige hundert Hausfrauen, die Ihnen Ihre Stellung als Ärztin neiden, ein paar unzufriedene Patienten, etliche liebe Freunde, die ›es schon immer gewußt haben‹, ein, zwei Temperenzlerinnen, von denen Sie 1943 mal beim Biertrinken erwischt worden sind, und das übliche Sortiment frommer Spinner, Neurotiker, Sadisten ... Da haben Sie Ihre Jury. Gefällt sie Ihnen?«

»Nein.« Ihre Kehle fühlte sich wund an, als habe sie Glas geschluckt.

»Deshalb«, sagte Easter, »müssen wir unbedingt einen anderen Akzent setzen. Wo man Voss und Gorman gefunden hat, ist nicht so wichtig, wenn vorher der Mann gefunden wird, der sie umgebracht hat. Wenn er gefunden wird und gesteht.« Wieder sah er auf die Uhr. »Sie haben nicht viel Zeit für Ihre Entscheidung. Wo ist Ballard?«

»Ich weiß es nicht.«

»Kennen Sie seine Freunde?«

»Einige.«

»Wo würde er sich verstecken?«

»Ich glaube nicht, daß er sich ein Versteck hier in der Nähe suchen würde.«

»Reden Sie keinen Unsinn«, fuhr Easter sie an. »Er muß hier in der Nähe sein. Er hat den Wagen nicht in Ihrer Garage versteckt, um ihn auf Dauer dort stehenzulassen. Er wollte wiederkommen und ihn wegschaffen. Aber ich weiß nicht wann, und die Zeit läuft uns davon.«

»Was erwarten Sie von mir?«

»Daß Sie ihn finden. Ich gebe Ihnen drei Stunden.«

»Und wenn es mir nicht gelingt?« Ihre Arme und Beine fühlten sich kalt an, brüchig wie dürre Reiser.

»Versuchen Sie es. Sie kennen seine Gewohnheiten, seine Freunde, wissen, wo er verkehrt ...«

Sie zauderte. »Und was soll ich machen, wenn ich ihn gefunden habe?«

»Sagen Sie ihm, er soll sich stellen. Das Spiel ist aus.«

»Wo ... wo werden Sie sein?«

»Ich?« Sein Mund lächelte, aber seine Augen blieben unverändert, waren flach und hart wie Münzen. »Ich warte hier. Falls Ballard auftaucht, möchte ich nicht, daß er sich einsam fühlt.«

Darauf setzte er, sie sah es ihm an: Daß Lewis herkam,

um den Wagen zu holen. Easter würde auf ihn warten. Wie der Löwe, der am Wasserloch lauert und weiß, daß die Antilope früher oder später auftauchen wird. Ein Angstschauer rann ihr über den Rücken. Ich muß Lewis zuerst erreichen, dachte sie. Ganz gleich, was er auf dem Gewissen hat, ich muß ihn vor Easter warnen.

Haßerfüllt sah sie ihn an. Sie verabscheute seine Überheblichkeit, seine Macht, seine Fixierung auf Lewis. Als sie auf dem Weg zur Tür an ihm vorüberging, ballte sie schlagbereit die Fäuste.

Er hatte es bemerkt. Sein Lächeln erlosch. Mit einer raschen, heftigen Bewegung packte er ihre Handgelenke und preßte sie mit einer Hand gegen seine Brust. Die andere Hand legte er ihr in den Nacken, dann beugte er sich vor und drückte seinen Mund auf den ihren.

Ganz unvermittelt ließ er los. Sie taumelte einen Schritt zurück und legte den Handrücken auf die wunden Lippen.

»Das war mein Dankeschön«, sagte er. »Für die Ermutigung, die Hilfe. Für das liebe Lächeln, den freundlichen Blick. Für alles.«

»Sie sind ein mieser, billiger – «

»Raus«, sagte er ruhig. »Suchen Sie Ihren Liebsten. Meine Geduld geht zu Ende.«

21

Irgendwann in der vergangenen Stunde hatte sich aus der Wüste jenseits der Berge ein glühender Santa Ana erhoben, ein heißtrockener, erstickender Wind, der Bäume knickte, Sand durch die Straßen der Stadt fegte, die Menschen in die Häuser oder in den Schutz von Toreinfahrten trieb, wo sie sich hustend in Gruppen zusammenkauerten und die Hände schützend vor die Augen legten. Lose Fetzen flatterten wie freche Vögel durch die Straßen, klammerten sich einen Augenblick krampfhaft an Windschutzscheiben und erhoben sich wieder in die Lüfte.

Der Sturm raste durch die Stadt, fegte die Straßen leer, riß die Blätter von den Bäumen, ein toller, zielloser Wind, der in alle Richtungen zugleich blies. Charlotte fühlte sich ihm verbunden, teilte seine wilde Ziellosigkeit. Sie wußte nicht, wo Lewis war oder wo sie nach ihm suchen sollte. Sie wußte nicht einmal, ob er noch lebte.

Der Mond grinste durch die Blätter der gewaltigen Eichen, verschleiert, herausfordernd wie ein halb enthülltes Geheimnis: *Lebt er? Vielleicht, kann sein. Wo? Irgendwo, hier oder da.*

Sie hatte keine Hoffnungen, keine Pläne, aber irgendwo mußte sie anfangen. Sie fuhr zu dem Bürogebäude, in dem Lewis seine Kanzlei hatte. Im zweiten Stock, hinter den halb geschlossenen Jalousien, brannte Licht. Lewis arbeitete häufig abends. Sie hatte oft auf ihn gewartet, hatte in ihrem Wagen gesessen oder unten in der Halle gestanden und getan, als läse sie ganz konzentriert die Schilder neben dem Aufzug. H. M. Morris, Elektrolyse. Salinda Immobilien KG. C. Charles Tomlinson, Makler. Ballard & Johnson, Rechtsanwälte ...

Der Aufzug war nachts außer Betrieb. Ein alter Schwarzer mit weißem Kraushaar, das wie eine weiche Wollmütze aussah, wischte den gefliesten Boden, strich immer wieder über dieselbe Stelle, als sei er mit seinen Gedanken bei weicheren Dingen, als es Fliesen waren.

»Hallo, Tom.«

»Ja, Ma'am.«

Natürlich erinnerte er sich nicht an sie. In diesem Gebäude kamen und gingen so viele Menschen mit immer wieder anderen Namen, anderen Gesichtern, anderer Kleidung, daß sie für Tom ihre Identität längst verloren hatten und er ihre Fußspuren mit seinem Mop auslöschte.

»Schöner klarer Abend, Ma'am«, sagte Tom. Ob es regnete, ob die Stadt im Nebel erstickte oder vom Wüstenwind geschüttelt wurde –, für Tom waren die Abende immer schön und klar. Er verließ das Gebäude so gut wie nie und schlief im Souterrain. Seine Mahlzeiten nahm er auf einem harten Stuhl in der Besenkammer ein und las dabei die Bibel oder hatte sie zumindest aufgeschlagen auf dem Schoß liegen. (»Er kann nicht lesen«, hatte Lewis ihr einmal vor Tom erläutert. »Aber er ist sehr fromm und sucht sich gern die Worte heraus, die er erkennt, Gott zum Beispiel und Himmel.« »Gott un Himmel, das sin gute Wörter«, sagte Tom würdevoll.)

»Tom ...«

»Ja, Ma'am.«

»Ist ... haben Sie Mr. Ballard heute abend gesehen?«
»Nein, Ma'am, kann mich nich erinnern.«
»In seinem Büro brennt Licht.«
»Kann schon sein. Hab's vielleicht nich ausgemacht.«
»Ich gehe mal hinauf und sehe nach.«
»Der Aufzug fährt nich, Ma'am, Sie müßten laufen.«
»Macht nichts, Tom.«
»Die Stufen sind naß. Schön vorsichtig sein, ja?«
»Mach ich.«

Der Gang lag im Halbdunkel und roch nach Seife und Chlor. Die Tür zu Lewis' Kanzlei stand einen Spalt breit offen, sie sah ein Stück des Wartezimmers, das elegante Kanapee mit dem Goldsatinbezug und das Aquarium mit den tropischen Fischen, das in die Wand eingelassen war. Die Beleuchtung war eingeschaltet, und die winzigen Fische zogen stumm hinter dem Glas ihre Bahn, gestreifte Engelbarsche und samtigschwarze Mollys und winzigbunte Neonfische.

Die Aquariumsbeleuchtung sagte ihr, daß es nicht Lewis sein konnte, der im Büro war. Er kümmerte sich nicht um die Fische, sie gehörten Vern Johnson, der sie so hingebungsvoll fütterte und hätschelte, wie Miss Schiller es mit ihrem Kater machte.

Charlotte klopfte. »Vern?«
»Wer ist da?«
»Ich bin's, Charlotte.«
»Hereinspaziert, Charley.«

Sie trat ein und machte die Tür hinter sich zu. Vern Johnson war ein breiter, mondgesichtiger Mann mit dicker Hornbrille, die seinem Gesicht etwas trügerisch Zielloses verlieh. Sie kannte ihn seit vielen Jahren, war mit seiner Schwester zur Schule gegangen und hatte seine wiederholten, leicht angeheiterten, in brüderlichem Ton vorgetragenen Heiratsanträge abgelehnt. Auf einer seiner Partys hatte sie das erste private Gespräch mit Lewis geführt, eine Woche, nachdem Gwen sie mit ihm bekanntgemacht hatte. *»Ich habe Vern gebeten, Sie einzuladen, Miss Keating.« Charlotte hielt nicht viel von dieser Einleitung. »Ach ja?« sagte sie ziemlich ablehnend. »Ja. Ich wollte mit Ihnen sprechen. Seit zwei Tagen lege ich mir zurecht, was ich zu Ihnen sagen will, aber jetzt habe ich alles vergessen. Generell aber wollte ich Ihnen wohl mit meinem Intellekt imponieren.« »Und warum?« »Wenn ich das wüßte ... Sie sehen eben so tüchtig und überlegen aus, daß ich Ihnen gern zeigen wollte, daß ich auch tüchtig und überlegen bin.« Er sprach mit einer wehmütigen Offenheit. »Und sind Sie das, Mr. Ballard?« »Das habe ich mir zumindest bisher eingebildet.« Sie wechselte betont schroff das Thema. »Mrs. Ballard ist heute abend nicht hier?« »Nein.« »Sie ist doch hoffentlich nicht krank?« »Nein, sie ist nicht krank.« Er wandte sich um und ging davon, und wenig später kam Vern zu ihr und sagte, Lewis sei nach Hause gegangen. »Was hast du bloß zu ihm gesagt?« »Nichts. Gar nichts.« »Er ist ein verdammt netter Kerl, Charley. Das reinste Wunder bei dieser Frau ...«*

»Setz dich, Charley«, sagte Vern.

»Danke.«

»Suchst du Lewis?«

»Ich ... Ja.«

»Dann sind wir zu dritt. Gwen ruft schon den ganzen Tag an.«

Sie setzte sich nicht. »Ich will dich nicht stören, wenn du zu tun hast, Vern.«

»Zu tun? Das wäre zuviel gesagt.« Er griff nach einem kleinen Kugelglas und hielt es ans Licht. Ein einziger Black

Molly, nicht länger als drei Zentimeter, schwamm darin herum. »Sieh mal, diese kleine Dame wird in Kürze Mutter werden. Das Dumme ist, daß ihre Freßinstinkte bedeutend besser entwickelt sind als ihre Muttergefühle, deshalb muß ich dabeibleiben und aufpassen, daß sie ihren Nachwuchs nicht verspeist.«

»Vern ... Wann hast du ihn zuletzt gesehen?«

»Vor drei Tagen.«

»Hat er nicht angerufen?«

»Gestern früh. Er war betrunken.«

»Betrunken?«

»So hörte es sich jedenfalls an.« Er stellte das Glas wieder auf den Tisch, behielt aber beim Sprechen das Fischweibchen im Auge. »Was ist denn los mit Lewis?«

»Das kann ich dir nicht sagen.«

»Du willst es mir nicht sagen.«

»Beides.«

»Streng geheim, wie? Soll ich raten? Gwen hat Krach geschlagen, weil sie dir und Lewis auf die Schliche gekommen ist. Unsere Gwen ist nicht so dumm, wie sie aussieht. Hat eine Menge Spinnweben im Gehirn, das wohl, aber meist weiß sie trotzdem ganz genau, was Sache ist.«

»Sie ist uns nicht auf die Schliche gekommen. Es hat nichts mit Gwen zu tun, es ist ... etwas Ernsteres.«

»Aha.«

»Vern, hat er dir gesagt, von wo er angerufen hat?«

»Nein. Ich weiß nur soviel: Es war ein Stadtgespräch, und er war nicht in einer Telefonzelle. Im Hintergrund war eine Menge Krach, Reden und Geschirrklappern und das Klingeln einer Registrierkasse. Er muß in einem Lokal oder einer Kneipe gewesen sein, wo ein Telefon frei herumsteht.«

»Hast du ihn nicht gefragt, wo er war?«

»Natürlich, aber das hat er nicht verraten. Offenbar hatte er Streit mit Gwen gehabt, denn ich sollte ihr ausrichten, es täte ihm leid, aber sie solle nicht nach ihm suchen. Ich habe sie daraufhin gleich angerufen, aber da hatte sie schon die Polizei verständigt. Gwen hat ein Händchen dafür, immer das Falsche zu tun.«

Die Molly brachte ihren ersten Sprößling zur Welt. Er sah aus wie ein wenige Millimeter langes, schmales schwarzes Samtband, aber er war voll da und quicklebendig. Sogleich fing er an, in dem Kugelglas herumzuschwimmen, seine Mutter so wenig beachtend wie sie ihn. Er verbrachte den ersten Moment seines Lebens so, wie er den letzten verbringen würde – auf der Suche nach Nahrung.

Vern war ganz aufgeregt. »Es geht schon wieder los. Ist das nicht ein Prachtbursche? Beim letzten Mal waren es zweiundzwanzig, es hat über vier Stunden gedauert«.

Charlotte betrachtete die Fischmutter, die gerade mit der gelangweilten Beiläufigkeit des Profis das Wunder der Geburt vorgeführt hatte. Sie dachte an ein Menschenbaby, das ja auch so eine Art Fisch war, aber hilflos, ohne Knochen, blind und taub und auf die Ernährung durch eine Schnur angewiesen, langsam wachsend, unter Qualen auf die Welt gebracht. Ein Geschöpf, dessen Leben zwischen zwei gewalttätigen Ereignissen, dem Schock der Geburt und dem Schock des Todes, unvorhersehbar war.

Die Fischmutter entdeckte ihren Sprößling, umkreiste ihn und verlor das Interesse, weil sie satt war.

»Charley«, sagte Vern.

Müde sah sie zu ihm hoch.

»Charley, seit fast einem Jahr habe ich immer wieder das Gefühl gehabt, ich müßte mich bei dir entschuldigen.«

»Warum?«

»Ich hätte wohl nicht den Amor spielen dürfen. Weißt du noch, als du Lewis bei mir kennengelernt hast...?«

»Ja.«

»Ich habe nicht gedacht, daß es mal so kommen würde.«

»Das hat niemand gedacht.«

»Ich dachte... verdammt, ich habe euch beide so gern, und ich wollte, daß ihr zusammenkommt. Man hatte irgendwie den Eindruck, daß ihr füreinander bestimmt seid. Und ich habe gehofft... also wahrscheinlich habe ich immer gehofft, Gwen würde eines Tages tot umfallen oder so. Ich bin ein unmöglicher Träumer, nicht?«

»Es war ein glückliches Jahr«, sagte Charlotte. »Ich sollte dir dafür danken.«

»Unsinn«, sagte er schroff. »Ich habe das Gefühl, daß es meine Schuld ist.«

»Aber nein! Es hat mich einfach erwischt. Ich war ja vorher noch nie verliebt.«

Er lächelte, ein freundschaftliches, aber ziemlich trauriges, leises Lächeln. »Nicht mal in mich?«

»Nein.«

»Der Haken ist, daß ich auf eine Frau warten muß, die Fische mag, oder die mich genug mag, um auch die Fische in ihr Herz zu schließen.« Er merkte, daß sie zur Tür sah. »Geh noch nicht«, bat er.

»Ich muß.«

»Wenn er sich nicht finden lassen will, Charley, such nicht nach ihm. Er hat vielleicht seine Gründe.«

»Die habe ich auch.«

»Ja, dann...« Er machte ihr die Tür auf. »Jedenfalls alles Gute...«

»Danke, Vern.«

Unten in der Halle wischte der alte Neger immer noch den gefliesten Boden und summte dabei vor sich hin.

»Gute Nacht, Tom.«

»Der Boden ist naß, schön aufpassen, ja?«

»Schon gut, Tom.«

»Schöner, klarer Abend, Ma'am.«

Sie trat auf die staubige Straße hinaus.

Der Wind kam überall hin, wie ein neugieriges Gespenst, er schlüpfte durch Schlüssellöcher, fuhr in den Kamin und unter Türritzen hindurch. Bei jedem Griff, den man tat, knirschte es.

Der Strand war mit den geknickten Schäften von Palmen übersät. In dem kleinen Lokal an der Mole lag eine feine Sandschicht auf den Tischen, der Sand wehte herein, sobald die Tür aufging, und verbreitete sich über den ganzen Raum. Sam, der Besitzer, machte brummelnd die Runde und vollführte mit einem Geschirrtuch nutzlose Wischbewegungen.

Charlotte setzte sich an die Theke und bestellte eine Tasse Kaffee. Ja, da stand das Telefon, so hatte sie es in Erinnerung, am Ende der Theke neben der Registrierkasse. Vielleicht war es wirklich der Apparat, von dem aus Lewis gestern vormittag Vern angerufen hatte? Sie und Lewis hatten sich hier oft zu einer späten Abendmahlzeit getroffen. Das Essen war miserabel und das Geschirr nie ganz sauber, aber die Gefahr, Bekannten zu begegnen, war äußerst gering. Außerdem war in der hintersten Nische, in der sie gewöhnlich saßen, ein kleines Fenster, eine Art quadratisches Bullauge, durch das man die Brecher an den Strand schlagen sah. Unsere Aussicht, sagte Lewis wehmütig. Andere Aussichten, sollte das wohl heißen, als die aus dem kleinen, schmutzigtrüben Fenster gibt es nicht für uns zwei.

Sam brachte den Kaffee. Er war Grieche und stammte aus Brooklyn, ein dicker Mann mit neugierigen Augen, dürren Beinen und schmalen, zarten Füßen, die nur mit Mühe sein Gewicht zu tragen vermochten. Er redete viel, stets im Flüsterton und aus einem Mundwinkel, wie ein Spion im Film.

»Wie kommt's, daß Sie hier sitzen? Die hintere Nische ist frei.«

»Ich bin heute abend allein.«

»Allein, ja, ja, wer ist das nicht«, sagte Sam melancholisch. »Ich überleg die ganze Zeit, ob ich nicht wieder heiraten soll. Ich weiß auch schon genau, was für einen Typ von Frau ich suche. Nette Witwe mit 'ner Kleinigkeit auf dem Konto und 'ner hübschen Versicherung. Aber die sind rar, und in meiner Branche hat man sowieso schlechte Karten. Mal angenommen, eine nette Witwe kommt hier rein und sieht mich mit dieser lausigen Schürze... Weiter als die Schürze sieht die doch nie. Verstehen Sie, wie ich's meine? Bestimmt.« Er stützte die Ellbogen auf die Theke, um seine Füße zu entlasten. »Ist das Ihr fester Freund, mit dem Sie sonst immer kommen?«

»Ja. Im Augenblick suche ich ihn.«

»Ist was passiert?«

»Nein. Ich... ja, doch. Wir haben uns gestritten. Ich möchte mich bei ihm entschuldigen.«

»Heute war er noch nicht da. Der Mann hat Klasse, wissen Sie. Wahrscheinlich machen das die Klamotten, feines Tuch statt 'ner lausigen Schürze wie...«

»Und was war gestern?«

»Gestern, ja. Da ist er sehr zeitig gekommen, zum Frühstück. Hat ein, zwei Eier gegessen, ein paar Tassen Kaffee getrunken und gefragt, ob er mal telefonieren darf. Klar, hab ich gesagt, immer ran. Unter uns gesagt: Im allgemeinen seh ich's nicht gern, wenn die Gäste mein Telefon benützen. Woher will ich wissen, daß sie nicht ihre Tante Daisy in Jersey City anrufen?«

Er hielt inne, um zwei Hamburger zu wenden, die auf dem gasbetriebenen Grill brutzelten.

»Na ja, er hat telefoniert, und dann hat er ein Brot gekauft und einen halben Liter Milch und Zigaretten. Er war kaum wiederzuerkennen. Jeans hatte er an und eine alte Karojacke. Eigentlich mehr aus Spaß hab ich gesagt: ›Wollen Sie zum Fischen?‹ Aber er hat nichts rausgelassen. Hat gezahlt und ist gegangen. Da hat mich ein bißchen die Neugier gepiekt, ich bin ans Fenster gegangen und hab geguckt, wo er hingeht. Er ist wie verrückt die Mole raufgerannt, wo die Dingis liegen. Ja, und dann ist diese Puppe in rosa Shorts mit ihrer Angelrute vorbeigekommen und hat mich irgendwie abgelenkt. Sie wissen ja, wie das ist. Schien sich sehr für Ruten zu interessieren, die Kleine.« Er lachte über seinen eigenen Witz und hielt sich mit den Handflächen den wabbelnden Bauch.

Charlotte hatte gar nicht mehr hingehört. Sie wußte jetzt, wo Lewis war.

22

Die Mole lag still und dunkel da, aber in dem kleinen Büro des Hafenmeisters brannte Licht, und die Tür stand offen. Auf dem Schreibtisch saß ein junger Mann und besah sich die Sohle seines Turnschuhs. Charlotte schätzte ihn auf siebzehn. Er trug knallenge Jeans und T-Shirt und hatte sich eine Segelmütze in den Nacken geschoben. Er war groß wie ein Mann, aber das bartlose Gesicht und das linkische Benehmen verrieten den Halbwüchsigen.

Als er Charlotte unter der Tür stehen sah, sprang er verlegen grinsend vom Schreibtisch herunter.

»Ich suche den Hafenmeister«, sagte sie.

»Der ist nach Hause gegangen, Ma'am.«

»Sind Sie sein Vertreter?«

»Wie man's nimmt. Er ist mein Onkel, ich helfe nur während der Sommerferien ein bißchen aus.«

»Hier liegt ein Boot, die *Mirabelle* ...«

Das Linkische in seiner Haltung verlor sich. »Sie meinen den Jollenkreuzer von Mr. Johnson. Ich hab ihn gefragt, ob ich ihn mir ansehen darf, und da hat er mich heut abend mal an Bord gelassen.«

»Heute abend?« Wenn Vern den heutigen Abend auf seinem Boot verbracht hatte, war es nichts mit ihrer Theorie, daß Lewis sich dort verborgen hielt. Sie war ausgelaugt, ohne Hoffnung, wie ein Tier, das schon seit Stunden versucht, sich aus einem Gewirr geschlossener Fallen und Sackgassen zu befreien.

Er sah sie neugierig an, aus runden, wachen, braunen Spanielaugen. Daß gutgekleidete Frauen abends um elf allein auf die Mole kamen, war sichtlich etwas Neues für ihn. »Wollen Sie zur *Mirabelle*, Ma'am?«

»Ja. Mr. Johnson ist ... ein Bekannter von mir.«

»Ah ja ...«

»Ein sehr guter Bekannter. Sie können das überprüfen, wenn Sie wollen.«

Charlotte begriff nicht, warum seine Wangen und Ohrläppchen plötzlich rot anliefen. »Sie können eins von den Ruderbooten nehmen, die am Ponton liegen, wenn Sie's morgen zurückbringen.«

»Ich brauche höchstens eine halbe Stunde.«

Er sagte nichts, anscheinend hatte ihm die Verlegenheit die Sprache verschlagen.

»Wenn Sie Bedenken haben«, sagte Charlotte, »dürfen Sie gern Mr. Johnson anrufen, ich glaube, er ist noch im Büro.«

»Mr. Johnson ist an Bord.«

»An Bord?«

»Ja, Ma'am.«

»Ich habe mich vor einer halben Stunde in seinem Büro mit ihm unterhalten.«

»Nein, Ma'am«, widersprach der Junge hartnäckig. »Er ist an Bord. Er will auf dem Schiff schlafen, hat er gesagt.«

Sie ging über die Laufplanke zum Ponton. Vern kann unmöglich vor mir hier eingetroffen sein, dachte sie. Oder doch? Aber wozu? Hat er von Anfang an den Verdacht gehabt, daß Lewis sich auf seinem Boot aufhält? Ist er gekommen, um ihn zu warnen? Unsinn! Vern weiß ja gar nichts von den Schwierigkeiten, in denen Lewis steckt.

Der Ponton wiegte sich sacht in der ablaufenden Flut. Fünf, sechs Ruderboote lagen dort kieloben auf dem Trokkenen. Der Junge ließ eins der Boote ins Wasser und ging über die Laufplanke zurück zum Büro. Schwarz hob sich seine Gestalt vor dem Licht des kleinen Verschlags ab.

Die *Mirabelle* ankerte hundert Meter weiter draußen, die Segel waren zusammengerollt, die Kajütfenster dunkel. Charlotte vertäute das Boot am Heck und kletterte unbeholfen die Leiter hinauf.

»Vern?«

Sie ging über das Deck und öffnete die Tür zur Kajüte. Inzwischen hatten sich ihre Augen an die Dunkelheit gewöhnt, sie erkannte, daß in der unteren Koje ein Mann lag, mit dem Gesicht nach unten.

Sie stieg langsam die fünf schmalen Stufen hinunter, ihre Beine waren wie taub. »Vern?«

Er regte sich, stöhnte, hob eine Hand zum Kopf, als wolle er einen geträumten Schlag abwehren. Sie tastete nach dem Schalter und machte Licht.

Es war nicht Vern. Es war Lewis.

Er schlief, aber er bewegte sich immer noch, drehte den Kopf hin und her und hielt schützend die Arme vors Gesicht. Der Traum war so unvermittelt zu Ende, wie er begonnen hatte, die Hände sanken nach unten, der Kampf war vorbei.

Sie kniete sich hin und berührte sanft seine Wange. »Lewis, ich bin's. Charley. Wach auf, Lewis.«

Er öffnete die Augen. Sie waren rot und geschwollen wie vom Weinen. Im Traum hatte er gekämpft und gewonnen – oder gekämpft und verloren –, und es war ein echter Kampf, eine echte Anstrengung gewesen, seine Stirn war schweißbedeckt.

»Lewis ...«

Er drehte den Kopf zur Wand. Sein Nacken sah sehr jung, sehr verwundbar aus. »Ich habe nichts zu sagen, Charley.«

»Du kannst dich nicht ewig verstecken. Sie werden dich finden. So wie ich dich gefunden habe.«

»Ist mir egal.«

»Das darf dir nicht egal sein. Es wird um so schwerer für dich, wenn sie dich holen müssen. Um so schwerer für... für uns alle.«

Er stand auf, ohne zu antworten. Die Kajüte war für ihn nicht hoch genug, er konnte nicht aufrecht stehen. Das Fenster war geschlossen, die Luft stickig und von Bourbonschwaden gesättigt. Er schien nicht eigentlich betrunken zu sein, eher betäubt, als habe er den Bourbon nicht als Fluchtmittel, sondern als Waffe benützt, mit der er sich selbst eins über den Kopf gegeben hatte.

»Ich muß mit dir reden, Lewis. Komm an Deck.«

»Zum Reden ist es zu spät.«

»Ach was!« Aber das klang nicht überzeugt, sie wußte selbst, daß es zu spät war. Easter hatte ihr drei Stunden bewilligt, zwei waren schon verstrichen.

Sie ging nach oben, und er folgte ihr. Die Küste schien sehr weit weg zu sein, die Lichter der Stadt waren fern wie Sterne.

Während die kleinen Hafenwellen klatschend und schmatzend ans Heck schlugen, erzählte sie ihm, was Easter gesagt hatte. Ihre Stimme war leise und ruhig, hatte keinen Bezug zu dem, was sie berichtete, keinen Bezug zu der Angst, der Qual, dem Mitleid in ihrem Herzen. *Beweise*, wiederholte sie immer wieder, *Beweise*. Das Wort dünkte sie so endgültig wie der Tod, furchtbarer als Mord.

Als sie fertig war, schwieg Lewis lange, den Kopf in den Händen vergraben, so daß sie nicht sehen konnte, ob ihm etwas von dem im Gesicht stand, was jeder Unschuldige empfunden hätte – Schock, Verneinung, Widerspruch.

Als er endlich aufsah, war sein Gesicht ganz leer. Tonlos sagte er: »Mein Anwalt hat mir geraten, die Aussage zu verweigern.«

»Du mußt etwas sagen! Du mußt!«

»Es tut mir leid, Charley!«

»Leid ... leid!« Hysterie stieg in ihrer Kehle hoch wie Galle. Sie schluckte, drängte mit größter Mühe die Regung zurück, doch der scharfbittere Geschmack blieb. Sie wußte, er würde nichts sagen, was ihn belasten konnte, nicht einmal, wenn es ihre Rettung bedeutete. Sie dachte an das, was Easter vor ein paar Stunden zu ihr gesagt hatte: *»Er liebt auch sich. Er ist seine erste, größte Liebe, dagegen sind Sie nur zweite Wahl, Charlotte.«*

»Wenn ich es doch begreifen könnte«, sagte sie gepeinigt. »Wenn ich wüßte, warum –«

Er nahm ihre Hand und drückte sie an seine heiße, trockene Wange. »Eines Tages erfährst du vielleicht alles. Nein, weich nicht vor mir zurück, du brauchst keine Angst zu haben.«

Aber sie hatte Angst. Sie sah auf das schwarze Wasser hinunter und dachte an Violet.

»Sag mir, daß du mich geliebt hast, Charlotte.«

»Ja, ich ... ich habe dich geliebt.«

»Und jetzt?«

»Ich weiß es nicht. Du hast mich angelogen, als es um

Violet ging. Du hast gesagt, daß du noch nie von ihr gehört hattest.«

»Als ich das zu dir gesagt habe, war es keine Lüge. Daß es dieses Mädchen war, ist mir erst klargeworden, als ich am nächsten Morgen das Bild in der Zeitung sah. Herrgott, sie war ja fast noch ein Kind. Ich hatte ziemlich viel getrunken. Sie hatte sich an mich gehängt wie eine Klette, ich wurde sie einfach nicht los, ich... Aber für Entschuldigungen, für Erklärungen ist es zu spät. Nein, du darfst nicht weinen, Charlotte. Bitte nicht...« Sie verbarg ihr Gesicht an seinem Jackenärmel. Er strich ihr unbeholfen übers Haar. »Sag mir, Charley, glaubst du an ein anderes Leben, eine zweite Chance?«

»Ich... habe es versucht, aber es gelingt mir nicht recht.«

»Mir auch nicht. Das Hier und Heute ist alles, was wir haben, mehr erwartet uns nicht. Keine zweite Chance also...« Er sah blicklos auf den schwarzen Horizont. »Seltsam, wie dieser Traum zu Ende gegangen ist, nicht? Hör auf zu weinen, Charley. Du wirst heil davonkommen, ich verspreche es dir.«

Sie weinte lange, wie ein Kind, die Fäuste in die Augen gedrückt. Als es vorbei war, wischte er ihr mit seinem Taschentuch das Gesicht und half ihr hoch. »Geh jetzt, Charley. Wir sollten wohl beide gehen.«

»Wohin willst du?«

»Nach Hause.«

»Nach Hause?«

»Ja. Du kannst Easter ausrichten, daß ich ihn dort erwarte.«

23

Die Zypressen am Rande der Allee wehrten sich gegen den Wind, gebeugt und unter wütenden Zuckungen, wie wahnwitzig-geschmeidige Tänzer.

Die Verandabeleuchtung war eingeschaltet, als wolle Lewis als ein guter Gastgeber damit seinen Besucher Easter willkommen heißen. Breite Lichtbahnen fielen in den Garten, und Charlotte sah, daß dies nicht mehr Gwens Garten, Gwens abgezirkelt-formelles Reich war. Auf dem Rasen lagen in wildem Durcheinander geknickte Blüten, Palmwedel, dürrstachelige Eichenblätter und malvenfarbige Pünktchen wie Konfetti, die einmal Blütenrispen des Jacarandabaums gewesen waren. Der Wind hatte den Blumen übel mitgespielt. Stockrosen und Dahlien wanden sich halb kahl am Boden, die Fingerhüte waren umgefallen wie Stangen, ihre rosafarbenen Glöckchen rollten lautlos über den Rasen.

Die Collies hatten sich am Zauntor zusammengedrängt und fiepten leise und erregt. Sie hätten wohl gern gebellt, trauten sich aber nicht, weil sie wußten, daß dann Gwen mit einer gefalteten Zeitung in der Hand kommen und warnend an den Maschendraht klopfen würde. Die Zeitung und Gwens Mißfallen fürchteten sie mehr als den tosenden Sturm, die unruhige Nacht.

Stumm gingen sie die Stufen zur Haustür hinauf, Charlotte hielt sich zum Schutz vor dem knirschenden Wind den Mantelkragen vors Gesicht, Easter hatte, Wind und Staub ignorierend, die Hände in die Taschen gesteckt.

Die Wohnzimmervorhänge waren ganz zurückgezogen. Charlotte überlegte, ob das – wie die Verandabeleuchtung – eine Willkommensgeste war, eine Aufforderung zum Stehenbleiben und Hereinkommen. Sie hatte heute schon einmal dieses Haus betreten; vorhin war es dunkel gewesen, die Vorhänge geschlossen, und Gwen hatte mit einem blauen Mal am Hals oben in ihrem Zimmer gelegen.

Jetzt war das Mal unter blauem Spitzengeriesel verborgen, ebenso wie die Frau, die das Mal trug, und alles an Angst und Leid, was daraus erwachsen war. Verborgen wie Felsen unter der Flut.

Charlotte konnte Gwen und Lewis deutlich durch die Scheibe erkennen. Gwen strickte, die Füße ruhten auf dem Bänkchen mit dem Petitpointpolster, auf dem kleinen Tisch neben ihr stand ein silbernes Teetablett. Die drei Collies drängten sich auf der Couch zusammen, nervös und voller Unbehagen, aber nicht gewillt, auf dieses Vorrecht zu verzichten. Lewis stand am Kamin, eine Zeitschrift in der Hand, als warte er nur darauf, sie aufzuschlagen und darin zu lesen, sobald Gwen aufgehört hatte zu reden.

Im Kamin brannte Feuer. Die Flammen tanzten in der silbernen Teekanne und in der Kupferschale mit den roten Beeren. Das Zimmer wirkte weihnachtlich heiter, die Menschen darin ungezwungen; eine typische Alltagsszene. *»Noch Tee, Liebling?« »Nein, danke, es ist spät geworden.« »Ja, tatsächlich, fast Mitternacht. Du mußt ja morgen früh ins Büro.«*

Morgen. Wenn es ein Morgen gab.

»Lassen Sie mich erst allein hineingehen«, bat Charlotte.

»Ausgeschlossen. Ich wollte Sie ursprünglich gar nicht mitnehmen. Es ist zu gefährlich.«

»Nicht für mich.«

»Besonders für Sie.« Easter klingelte.

Hundegetrappel hinter der Tür, ein einzelner scharfer Kläfflaut, dann Gwens rasche Schritte, das Klicken ihrer Absätze auf dem Parkettboden.

Die Tür ging auf. Gwen stand auf der Schwelle und stemmte sich gegen den Wind.

»Nein so was! Frau Dr. Keating... Charlotte...« Sie lachte nervös. »Wie mich das freut. Lewis, komm doch mal her, schau mal, wer da ist!«

Lewis trat unter die Wohnzimmertür. Er hatte sich umgezogen und rasiert. Sein Gesicht war abweisend wie ein Fenster mit heruntergelassenen Jalousien. Nur die Augen verrieten seine Qual, sie richteten sich auf Charlotte wie über eine unüberbrückbar breite Kluft hinweg.

Gwens Wangen waren gerötet vor Erregung, sie freute sich wie ein Kind über den unerwarteten Besuch. »Und Sie haben einen Freund mitgebracht, Charlotte, wie nett. Das ist mal ein Spaß! Besuch um diese Zeit... ich komme mir herrlich verrucht vor. Treten Sie doch näher.« Sie erkannte Easter erst, als er den Hut abnahm. »Aber Sie kenne ich doch! Sie sind der Kriminalbeamte, der heute nachmittag hier war. Mr. Easter, nicht wahr?«

»Ja, Mrs. Ballard.«

»Schau ihn dir an, Lewis, ein leibhaftiger Polizist. Ich hoffe, du hast nichts angestellt, Liebling.«

Die beiden Männer sahen sich nicht an.

»Wie schweigsam ihr alle seid«, wunderte sich Gwen. »Ich habe doch hoffentlich nichts Falsches gesagt?« Seufzend wandte sie sich wieder an Easter. »Wahrscheinlich doch. Das passiert mir ständig. Bitte geben Sie mir Ihren Hut, und dann kommen Sie herein und setzen Sie sich. Lewis und ich haben vor dem Schlafengehen noch ein wenig geplaudert und eine Tasse Tee getrunken. Ich schwärme für Tee. Charlotte schimpft deswegen mit mir, aber...« Sie lächelte Easter ein wenig ängstlich zu, während er ihr seinen Hut gab. Einer der Collies schnoberte an dem Hut und dann an Easters Hosenaufschlägen herum. Sie gab dem Hund mit dem Zeigefinger einen Klaps auf die Schnauze. »Platz, Laddie! Ich... nein, aber das ist wirklich zu nett! Kommen Sie in den Salon. So habe ich als kleines Mädchen gesagt... mein Salon. Und ich finde das Wort noch immer schöner als Wohnzimmer. Sie nicht auch?«

Niemand antwortete. Das war auch nicht nötig. Gwen schien eine Antwort weder zu erwarten noch zu wünschen.

Im Salon war es stickig heiß. Die Hitze hatte die Beeren in der Kupferschale schrumpfen lassen, und die Hunde lagen hechelnd unter der Tür und hofften auf Kühlung.

»Ich bin richtig aufgekratzt«, sagte Gwen und schenkte Charlotte eine Tasse Tee ein. »Dieser unerwartete Besuch... Und Lewis ist auch wieder da... das ist alles rundherum schön. Sie wissen ja beide, daß Lewis sehr unartig war. Zwei ganze Tage ist er weggeblieben, nur weil wir uns ein bißchen gekabbelt hatten. Aber jetzt bist du wieder da und bleibst für immer hier, nicht wahr, mein Liebling?«

Lewis machte zum erstenmal den Mund auf. »Ja, Gwen.«

»Wo hast du denn nur gesteckt, Schatz?«

»Auf Verns Boot.«

»So was Absurdes, sich auf einem morschen alten Kahn zu verkriechen, wo du dieses schöne Zuhause hast.«

»Absurd. Ja, das war es wohl.«

»Und wo bleiben deine Manieren, Schätzchen? Vielleicht möchte Mr. Easter keinen Tee, sondern etwas Stärkeres.«

»Für mich gar nichts, bitte«, sagte Easter.

»Ja, kann ich Ihnen denn überhaupt nichts Gutes tun? Nicht mal setzen wollen Sie sich. Ich ... es war bisher ein schöner Sommer, nicht? Hoffentlich bleibt er so.«

Der Sturm drückte gegen Scheiben und Wände, bis das ganze Haus erbebte und man jeden Augenblick fürchten mußte, es könne sich aus seinem Fundament lösen und über den Rasen trudeln wie die stummen Glocken des Fingerhuts. Ein Windstoß fuhr durch den Kamin, die Flammen schlugen hoch, ein Holzscheit zuckte nervös und fiel ans Kamingitter.

Auch Gwen war bei dem lärmenden Funkenflug zusammengezuckt. »Jetzt hab ich aber einen Schreck bekommen. Der Wind ... Ich weiß, es ist dumm von mir, aber ich hasse Wind. Charlotte, bestimmt sitzen Sie jetzt da und denken sich: Wie neurotisch sie ist ...«

Charlotte schüttelte den Kopf. »Keinesfalls.«

»Doch, bestimmt. Lewis hält mich für neurotisch, das weiß ich. Sobald mir etwas weh tut oder ich ein bißchen vergeßlich bin, denkt Lewis, es ist was mit meinem Kopf, der ... meinem Kopf ...« Sie unterbrach sich und blinzelte. »Das ist aber keine sehr fröhliche Party! Zu Hause in Louisville haben wir so fröhliche Feste gefeiert. Aber Daddy war sehr streng, um zwölf mußten alle weg sein, wie Aschenbrödel. Weißt du noch, Lewis?«

»Ich war nur einmal dabei.«

»Damals warst du ein sehr gut aussehender Mann. Du warst ein gut aussehender Mann, und ich war bildhübsch. Wie ein Porzellanfigürchen, haben die Leute gesagt. Wie ein ... Porzellanfigürchen. Ganz, ganz anders als Sie, Charlotte. Ganz anders. Ich war sehr klein und hatte so zarte Knochen, daß Daddy immer Angst hatte, ich könnte hinfallen und mir was brechen.« Sie spielte mit ihrem Haar. Charlotte sah, daß ihre Hand krampfhaft zuckte und die Spitzen der unlackierten Nägel bläulich angelaufen waren. »Damals hätte ich mir nie träumen lassen, daß die Welt so grausam sein könnte. So häßlich und so grausam. Es war ein großer Schock für mich, als ich erfuhr... ein großer Schock, eine Hölle. Eine entsetzliche Hölle ... eine –«

»Gwen«, sagte Lewis.

Sie wandte sich um und sah ihn stirnrunzelnd an. »Du sollst mich nicht immer unterbrechen, es gehört sich nicht. Das habe ich zu Hause von Daddy gelernt, daß man nie unterbrechen darf. Wir haben richtige Benimmstunden abgehalten, haben alles immer wieder durchgenommen, bis es saß. Daddy hat so getan, als ob er... sagen wir der Herzog von Gloucester ist, und dann hat er an die Salontür geklopft, pochpochpoch, und gesagt: ›Der Herzog von Gloucester legt Miss Gwendolyn Ann Marshall seine Verehrung zu Füßen ...‹ Lewis, Liebling, klopft es nicht an der Haustür?«

»Das ist nur der Wind«, sagte Lewis.

»Du irrst dich. Du irrst dich ständig, Lewis. Du merkst es nicht, aber du irrst dich andauernd ...« Sie ging zur Haustür, kam zurück und schüttelte lächelnd den Kopf. »Ganz wie ich sagte, es war der Wind. Willst du mich nicht um Verzeihung bitten, Lewis?«

Lewis drehte das Gesicht zur Seite. Es war gespenstisch anzusehen im Licht des Feuers, verzerrt und blutlos wie eine Wachsmaske, die ein Kind gefunden und übel zugerichtet hat.

»Lewis, Liebling ...«

»Ja.«

»Du solltest mich wirklich um Verzeihung bitten. Du hast dich schon wieder geirrt.«

»Entschuldige.«

»Das klingt aber ziemlich ungnädig.«

»Ich ... Herrgott nochmal, Gwen ...«

»Fluche nicht vor den Gästen, das ist so ordinär.« Sie sah bittend zu Easter auf. »Dieser Mann hat auch geflucht, dieser schreckliche kleine Bursche ...«

»Voss«, sagte Easter.

»Voss, ja, so hieß er. Ich habe ihm gesagt, wie gewöhnlich es ist, vor einer Dame zu fluchen, aber er hat mich nur ausgelacht.«

»Gwen«, wiederholte Lewis. »Sei still.«

»Ich will aber nicht!«

»Er ist von der Polizei.«

»Ich weiß, daß er von der Polizei ist. Ich bin ja nicht dumm. Und außerdem habe ich keine Angst vor ihm. Ich habe mir nichts zuschulden kommen lassen. Nur daß ich mal ohne Führerschein gefahren bin ...«

»Wann sind Sie ohne Führerschein gefahren, Mrs. Ballard?« fragte Easter ruhig.

»Wie albern! So können Sie mich nicht fangen. Ich sag's nicht, und damit basta.«

Unvermittelt richtete Laddie sich auf, streckte die Schnauze in die Luft und fing an zu heulen. Es war ein beängstigender Klagelaut, der nicht aus einer Hundekehle, sondern aus den Tiefen der Zeit zu kommen schien. Zweimal hielt er inne, holte Luft und fing wieder von vorn an, und als es vorbei war, verzog er sich wie beschämt mit eingezogenem Schwanz in die Diele.

Gwen lächelte nicht mehr. »Eben ist jemand gestorben.«

Sie trank einen Schluck von dem kalten, bitteren Bodensatz in ihrer Tasse. »Wie gut, daß ich es nicht bin.«

Charlotte warf Easter einen besorgten Blick zu. Er hatte sich nicht gerührt, hatte nicht einmal das Gewicht von einem Fuß auf den anderen verlagert. Ihm genügte es offenbar, Gwen reden zu lassen und sich aus ihrem sprunghaften Wortschwall eine Tatsache hier, eine Erkenntnis da herauszupicken.

Charlotte trat zu ihm. »Sie ist verwirrt, unzurechnungsfähig«, flüsterte sie ihm zu. »Alles, was sie sagt, ist –«

»Überlassen Sie das mir.«

»Ich hab's gehört, Charlotte«, rief Gwen. »Ich habe ganz genau gehört, was Sie gesagt haben.«

»Ich wollte nur –«

»Sie haben etwas über mich gesagt. Ich habe auch etwas über Sie zu sagen.« Mit graziös gleitenden Schritten kam sie auf Charlotte zu, als sei ihr plötzlich wieder eingefallen, wie oft sie im Elternhaus mit einem Buch auf dem Kopf auf und ab gegangen war, um eine bessere Haltung zu bekommen. »Wollen Sie es hören?«

»Ja.«

»Flittchen«, sagte sie. »Flittchen.«

Lewis rief sie zurück. »Gwen. Bitte, Gwen ...«

»*Bitte*, Gwen. Du halt dich da raus, du Lüstling. Ein Flittchen und ein Lüstling. Ein feines Paar, Mr. Easter, finden Sie nicht? Und so schlau haben sie die arme alte Gwen hinters Licht geführt, so unheimlich schlau, daß ich seit Monaten über die beiden Bescheid weiß. Aber ich habe mich gerächt, im Kleinen wie im Großen. Wenn ich nur daran denke, wie Charlotte hergekommen ist und ihre Krankenbesuche gemacht hat... Wie ehrlich sie sei, habe ich immer zu ihr gesagt, wie vertrauenswürdig. Und dann habe ich ihr von Lewis erzählt. Ihr Gesicht ... nein, es war wirklich urkomisch.«

Charlotte war leise zurückgetreten, so daß die beiden sich jetzt allein gegenüberstanden: Gwen wie eine Puppe, die alles heraussprudelt, was sich im Lauf der vielen stummen Jahre in ihrem ausgestopften Kopf angesammelt hat, Easter wie ein Riese, lauernd, leidenschaftslos.

»Und die Rache im Großen?« fragte er.

»Gwen«, sagte Lewis. »Ich warne dich, alles, was du jetzt sagst, wird später –«

Sie warf verächtlich den Kopf zurück. »Von einem Lüstling lasse ich mir nichts sagen. Ja, die Rache im Großen ... Finden Sie nicht, daß es eine gelungene Rache war, Mr. Easter?«

»Noch übersehe ich nicht ganz, wie diese Rache aussah und wie Sie es gemacht haben.«

»Dann können Sie nicht sehr gescheit sein.«

»Das bin ich auch nicht.«

»Raten Sie doch mal. Sie werden nie Karriere machen, wenn Sie sich nicht ein bißchen Mühe geben.«

»Ich will es versuchen.«

»Das ist recht. Also los ...«

»Ich vermute, daß Violet am Montagnachmittag herkam, um mit Ihrem Mann zu sprechen, statt dessen aber Sie antraf.«

»Sehr richtig. Du erinnerst dich an Violet, Lewis?«

Er sah sie nicht an. »Ich ... ja.«

»Das will ich meinen. Sie erwartete ein Kind von dir, nicht?«

»Ja.«

»Ist es nicht komisch, daß du ihr ein Kind gemacht hast und mir nicht? Dabei habe *ich* mir eins gewünscht.«

»Es tut mir leid.«

»Das Kind ist nicht mehr da, Lewis?«

»Nein.«

»Und Violet auch nicht. Du und Charlotte, ihr habt sie umgebracht.«

»Nein!«

»Moralisch jedenfalls. Ich war nur das Werkzeug. Du und Charlotte, ihr seid die wirklichen Mörder.«

»Laß Charlotte da raus.«

»Warum? Ich habe sie reingebracht. Ich habe das Mädel zu ihr geschickt, hörst du, Lewis? Ganz gezielt zu ihr geschickt. Müßte doch eine feine Sache sein, habe ich mir gedacht, deine beiden Flittchen zusammenzubringen.«

Das Feuer war niedergebrannt, im Zimmer wurde es kühler.

»Eine glänzende Idee, sagte ich mir. Aber es ist nicht so gelaufen, wie ich gedacht hatte. Charlotte sollte erfahren, was für ein Mensch Lewis wirklich ist. Und sie sollte Violet das Kind wegmachen, um mir die Schmach und Schande zu ersparen, daß die Person Lewis verklagt und mein guter Name vor Gericht und in der Presse durch den Schmutz gezogen wird. Aber Charlotte hat nicht mitgespielt. Und am gleichen Abend, nach dem Essen, war Violet wieder da. Ich saß im Garten ... Haben Sie meinen Garten gesehen, Mr. Easter? Schön, nicht?«

»Sehr schön.« Am Boden liegende Blumen, vom Wind kahlgefegte Bäume, geknickte Zypressen. »War sie allein, als sie zum zweitenmal kam?«

»Sie kam mit zwei Männern im Wagen. Der Kleinere brachte sie zu mir, ich saß auf der Schaukel. Er sagte, er sei Violets Onkel und meinte, Violet und ich sollten, während wir auf Lewis warten, unsere Bedingungen aushandeln. So hat er es gesagt: Bedingungen aushandeln ... Und dann ist er wieder weggefahren, und sie hat angefangen zu weinen. Tränen berühren mich nicht mehr ... ich habe selbst zu viel geweint ... aber ich war nett zu ihr. Man hat mir von klein auf beigebracht, daß man zu allen Leuten nett sein muß, besonders wenn sie unter einem stehen.«

»Hat sie Geld ins Spiel gebracht?«

»Nein, aber ich. Wieviel sie dafür verlangt, habe ich sie gefragt, daß sie die Stadt verläßt und nie wiederkommt. Da ist sie hysterisch geworden. Immer wieder hat sie gesagt, Voss wolle sie zwingen, Geld anzunehmen, sie wolle aber kein Geld. Sie wolle nur das Kind loswerden, wieder ›normal‹ sein, so hat sie es genannt. Als ob das Kind eine schlimme Krankheit wäre.«

Charlotte dachte an die Szene in ihrer Praxis, als Violet sich mit den Fäusten auf die Schenkel geschlagen und hervorgestoßen hatte: »Ich bring mich um. Ich will gar kein Geld. Ich will bloß wieder so sein wie vorher. Ohne so ein Ding, das in mir wächst.«

Gwen spielte mit dem Spitzengeriesel an ihrem Hals. »Sie wollte Lewis sprechen, und als ich sagte, daß er nicht da ist, hat sie mir vorgeworfen, daß ich lüge, daß ich ihn nur abschirmen will. Ich lüge nicht, habe ich gesagt, Lewis ist zum Angeln gefahren. Das hat sie wohl mißverstanden. Sie würde zum Kai gehen, hat sie gedroht, und auf ihn warten. Na schön, habe ich gesagt, dann komme ich mit.«

»Was Sie dann auch getan haben«, sagte Easter.

»Ja? Doch, mag sein. Aber wie? Zu Fuß etwa?«

»Es ist nicht weit.«

»Ja, dann sind wir wohl zu Fuß gegangen. Autofahren ist nicht meine Stärke. Es war kalt und neblig am Hafen, und es roch schlecht. Ich halt das nicht aus, hat sie immer wieder gesagt. Ich bring mich um. Und dann hat sie sich ja wirklich umgebracht.«

»Nein.«

»Nein? Ich erinnere mich nicht mehr.«

»Versuchen Sie es.«

»Ich will nicht. Ich will mich nicht erinnern. Lewis, Lewis! Hilf mir! Verbiete es ihm, ich mag mich nicht erinnern. Lewis ... Daddy ...«

»Schon gut«, sagte Easter. »Wenn Sie nicht wollen, brauchen Sie sich nicht zu erinnern.«

»Wirklich nicht?«

»Nein. Vergessen Sie Violet.«

»Vergessen, ja ... Am besten denke ich gar nicht mehr an sie. Sie war eine ungebildete Person und hatte keine Manieren.«

»Aber die Erinnerung an Voss, die macht Ihnen doch sicher nichts aus. Sie mögen Voss nicht. Er hat in Ihrem Beisein geflucht.«

»Ja, das stimmt. Er hat geflucht. In meinem Beisein.«

»Er ist dann am gleichen Abend noch einmal bei Ihnen gewesen?«

»Ich glaube schon. Ja, ich glaube, es war der gleiche Abend. Er wollte Violet abholen, und ich habe ihm gesagt, daß sie schon unterwegs ist.« Sie rieb sich die Augen. »Ich komme ganz durcheinander. Vielleicht dürfte ich Ihnen das alles gar nicht erzählen? Lewis sieht mich so sonderbar an. Hör auf, mich so anzusehen, Lewis!«

»Ich ... Schon gut, Gwen«, sagte Lewis. »Schon gut.«

»Du bist mir böse, weil ich mir deinen Revolver geliehen habe.«

»Nein, Gwen. Du konntest nicht anders.«

»Eben, ich konnte nicht anders. Es war sonst keine

Schußwaffe da, und ich brauchte doch eine, ich mußte mich schließlich schützen.«

»Als Voss am Montagabend Violet abholen wollte«, sagte Easter, »haben Sie ihm erklärt, sie sei schon unterwegs. Hat Voss Ihnen das geglaubt?«

»Nein. Er hat gesagt, er sei zwischendurch noch mal dagewesen, und als niemand aufmachte, sei er ein bißchen herumgefahren, und dann ... dann habe er mich mit Violet zum Kai gehen sehen. Er habe gewartet, und nach einer Weile sei ich zurückgekommen. Allein. Er warf mir vor ... er hat schlimme Sachen zu mir gesagt.«

»Und da haben Sie ihm Geld gegeben?«

»Was sollte ich machen? Alles, was ich hatte. Das Haushaltsgeld und die sechshundert Dollar, die ich am Samstag für die beiden Blaumerlen bekommen hatte, und zwei Ringe und eine Kette. Er hat versprochen, den Mund zu halten und wegzugehen und nie wiederzukommen.«

»Aber er ist wiedergekommen«, sagte Easter.

»Ja, heute. Ganz früh am Morgen, es war noch fast dunkel. Ich hatte nichts von Lewis gehört, er hatte sich nicht gemeldet. Ich habe mir Sorgen gemacht und konnte nicht schlafen. Als ich den Wagen hörte, habe ich aus dem Fenster gesehen, und da kamen sie über die Zufahrt, Voss und der andere. Ich habe mir Schuhe angezogen und meinen Mantel, und dann bin ich in Lewis' Arbeitszimmer gegangen und habe mir einen von den Revolvern genommen und in die Manteltasche gesteckt.

Dann bin ich nach unten gegangen und habe aufgemacht und gefragt, was sie wollten. Es habe sich was Neues ergeben, sagte Voss, er und Eddie brauchten mehr Geld, sie wollten sich ins Ausland absetzen. ›Hier können wir nicht reden‹, habe ich gesagt. ›Lewis liegt oben im Bett, er kann jedes Wort hören.‹«

Charlotte sah zu Lewis hinüber und erkannte an dem Ausdruck reuevoller Trauer, daß er denselben Gedanken gehabt hatte wie sie: Er hätte an jenem Morgen oben im Bett liegen, hätte bei Violets erstem Besuch zu Hause sein müssen. Dann wären alle vier jetzt noch am Leben und hätten eine Zukunft: Eddie und Violet und Voss und Gwen. Vor Gwen lag ein dunkler, verschlungener Weg, nur hier und da fiel ein wenig Licht darauf, und Pfeile deuteten weit, weit zurück in die Vergangenheit, zurück zu den frohen Festen, zu Daddy und dem Teddy und der lächelnden französischen Puppe, zurück zu freundlichen Jahren, immer weiter zurück, bis das Ende des Weges wieder der Anfang war.

»Dann sind wir nach draußen gegangen, zum Wagen«, sagte Gwen. »Voss hat sich vorn hineingesetzt, und der andere, Eddie, zu mir nach hinten, und als wir am Friedhof vorbeikamen, hat Eddie gelacht und gesagt: ›Muß sterbenslangweilig sein da drin.‹ Ich habe auch gelacht, und dann habe ich geschossen. Zwei- oder dreimal. Voss hielt an. Ich habe ihm gesagt, daß ich ihn auch erschießen würde. Er hat gebettelt und gefleht, aber es hat ihm nichts geholfen.«

Einer der Hunde träumte, sein Schweif zuckte, die Pfoten bewegten sich wie in einer wilden Verfolgungsjagd.

»Er war klein von Wuchs, nicht viel größer als ich, aber schwer. Ich habe die Hände unter seine Achseln geschoben und ihn nach hinten gezogen, so daß er auf Eddie zu liegen kam. Dann habe ich mich ans Steuer gesetzt und den Motor angelassen. Ich hätte den Wagen über eine Klippe fahren können, aber ich wollte mich nicht umbringen, weil ja niemand für die Hunde da war, verstehen Sie?«

Easter nickte. »Ja, natürlich.«

»Und dann fiel mir ein, daß Charlotte verreist war, und ich kam auf einen schlauen Gedanken. Ich würde den Wagen in ihrer Garage abstellen. Die würde schön staunen! Sie haben bestimmt gestaunt, Charlotte ...«

»Ja, sehr«, sagte Charlotte, ohne eine Miene zu verziehen.

»In diesem Moment hätte ich zu gern Ihr Gesicht gesehen. Das habe ich nämlich noch nie leiden können, Ihr Gesicht. Lügengesicht. Flittchengesicht. Am liebsten möchte ich mit einem Messer drin rumschneiden. Ich möchte –«

»Gwen«, sagte Lewis.

Sie wandte sich ihm zu, und ihr Gesicht veränderte sich jäh. »Ja, Daddy?«

»Benimm dich, Gwen!«

»Ja, Daddy, entschuldige. Verzeihen Sie mir, daß ich Ihnen die Wahrheit gesagt habe, Charlotte, Sie Flittchen, bitte nehmen Sie doch noch ein Täßchen Tee, er ist frisch gebrüht, sehr erfrischend und ... Ich habe Kopfschmerzen. Ich bin nervös, Lewis, ich bin so schrecklich nervös.«

»Schon gut«, sagte er.

»Es ist nicht recht, wenn die Leute mich nervös machen, nicht?«

»Nein, Gwen.«

»Aber sie tun es trotzdem. Du mußt es ihnen verbieten.«

»Ich kümmere mich darum.« Er trat zu ihr und legte seine Hände auf ihre bebenden Schultern.

»Liebst du mich, Lewis?«

»Ja.«

»Und hast du mich immer geliebt?«

»Ja.«

»Und die da haßt du, nicht? Du verachtest sie. Du verabscheust ihr Gesicht. Du möchtest am liebsten mit einem Messer drin rumschneiden, nicht?«

»Gwen ... O Gott ...«

»Sag's.«

»Nein.«

»Sag's.«

»Ich ... hasse sie.«

»Und ihr Gesicht ... was möchtest du damit machen?«

»Mit ... einem Messer ... darin herumschneiden.«

»Na also. Siehst du, Charlotte? Zwei zu eins. Wir hassen dich, Lewis und ich. Nicht wahr, Mr. Easter? Ja, wo ist denn Mr. Easter?«

»Er telefoniert«, sagte Lewis.

Sie zog seine Hand an ihre Wange. »Laß ihn doch. Uns beide geht das nichts an.«

»Ja, Gwen.«

»Jetzt ist es ganz wie früher. Trag mich nach oben, wie du es immer gemacht hast.«

»Jetzt noch nicht.«

»Doch, jetzt. Ich bin müde. Ich habe die ganze Nacht getanzt.«

Er hob sie behutsam hoch und trug sie in die Diele. Die Tränen, die aus seinen Augen fielen, verloren sich in den fahlgelben Locken. Er ging langsam die Treppe hinauf. Sie war müde ... sie hatte die ganze Nacht getanzt ... und schlief in seinen Armen ein.

Der Wind war weg, als habe sich im Himmel ein großes Loch aufgetan, um alle Winde der Welt zu schlucken.

Easter blieb an der Gartenpforte stehen. Die Polizei war dagewesen und hatte das Ford-Kabrio weggefahren, und im Osten stand das Morgenrot.

»Leb wohl, Charlotte.«

»Leb wohl.«

»Ruh dich ein wenig aus.«

»Nicht nötig. Ich bin nicht müde.« *Ich habe nicht die ganze Nacht getanzt.*

Er berührte ihre Hand. »Es tut mir sehr, sehr leid für dich.«

»Es ist meine Schuld, ich habe mir das alles selbst zuzuschreiben.« *Mit dem Messer darin herumschneiden.*

»Auch Ballard tut mir leid. Ich habe ihm Unrecht getan, er ist ein besserer Mensch, als ich dachte. Er wird zu ihr halten, und vielleicht wird man sie eines Tages heilen können.«

»Vielleicht. Ja, doch ...«

»Es ist wohl nicht die rechte Zeit und nicht der rechte Ort, um dir zu sagen, daß ich dich liebe. Ich sage es trotzdem. Du hast eine schwere Zeit vor dir. Vielleicht kann dir meine Liebe ein Trost sein.«

»Ja, danke«, flüsterte sie.

»Meinst du wirklich?«

»Ja. Ein ... großer Trost.« Tränen drückten von hinten auf ihre Augen wie brutale Daumen, bis ihre Augäpfel zu bersten drohten.

»Weine ruhig, wenn du willst«, sagte er.

»Ich weine nicht. Nie.«

»Weine jetzt. Weine tüchtig. Das erleichtert.«

»Ich kann nicht.«

»Gut, dann eben später.« Er beugte sich vor und küßte sie auf die tränenlosen Augen. »Leb wohl, Charlotte.«

»Leb wohl.«

Die Gartenpforte fiel zu. Ganz sacht, so wie beim Umblättern die Seite eines Buches fällt.

Sie ging zurück ins Haus. Dort saß sie lange in Lewis' Sessel am Fenster und sah auf den heller werdenden Himmel. Sie hätte nicht genau sagen können, in welchem Augenblick die Lichter der Stadt erloschen und der Morgen begann.

Bitte beachten Sie auch die folgenden Seiten

Margaret Millar im Diogenes Verlag

»Margaret Millar beweist in ihren Krimis ein psychologisches Gespür für die Abgründe menschlichen Denkens und Handelns hinter den bürgerlichen Fassaden. Ohne Schnörkel, ohne jemals langatmig zu werden, erzählt sie spannende und beklemmende Geschichten, die den Leser nicht loslassen.« *Radio Bremen*

»Margaret Millars Blick ist so scharf wie der von Patricia Highsmith; noch entschiedener enthält sie sich jeden Effektes, jeder Extravaganz.«
Die Zeit, Hamburg

Die Feindin
Roman. Aus dem Amerikanischen von Elizabeth Gilbert

Liebe Mutter, es geht mir gut...
Roman. Deutsch von Elizabeth Gilbert

Ein Fremder liegt in meinem Grab
Roman. Deutsch von Elizabeth Gilbert

Die Süßholzraspler
Roman. Deutsch von Georg Kahn-Ackermann und Susanne Feigl

Von hier an wird's gefährlich
Roman. Deutsch von Fritz Güttinger

Fragt morgen nach mir
Roman. Deutsch von Anne Uhde

Der Mord von Miranda
Roman. Deutsch von Hans Hermann

Das eiserne Tor
Roman. Deutsch von Karin Reese und Michel Bodmer

Nymphen gehören ins Meer!
Roman. Deutsch von Otto Bayer

Fast wie ein Engel
Roman. Deutsch von Luise Däbritz

Die lauschenden Wände
Roman. Deutsch von Karin Polz

Banshee die Todesfee
Roman. Deutsch von Renate Orth-Guttmann

Kannibalen-Herz
Roman. Deutsch von Jobst-Christian Rojahn

Gesetze sind wie Spinnennetze
Roman. Deutsch von Jobst-Christian Rojahn

Blinde Augen sehen mehr
Roman. Deutsch von Renate Orth-Guttmann

Wie du mir
Roman. Deutsch von Renate Orth-Guttmann

Letzter Auftritt von Rose
Roman. Deutsch von Nikolaus Stingl

Stiller Trost
Roman. Deutsch von Klaus Schomburg

Celia Fremlin im Diogenes Verlag

»Celia Fremlin ist neben Margaret Millar und Patricia Highsmith als wichtigste Vertreterin des modernen Psychothrillers hierzulande noch zu entdecken.«
Frankfurter Rundschau

Klimax
oder Außerordentliches Beispiel von Mutterliebe. Roman. Aus dem Englischen von Dietrich Stössel

Wer hat Angst vorm schwarzen Mann?
Roman. Deutsch von Otto Bayer

Die Stunden vor Morgengrauen
Roman. Deutsch von Isabella Nadolny

Rendezvous mit Gestern
Roman. Deutsch von Karin Polz

Die Spinnen-Orchidee
Roman. Deutsch von Isabella Nadolny

Onkel Paul
Roman. Deutsch von Isabella Nadolny

Ein schöner Tag zum Sterben
Erzählungen. Deutsch von Ursula Kösters-Roth

Gibt's ein Baby, das nicht schreit?
Roman. Deutsch von Isabella Nadolny

Parasiten-Person
Roman. Deutsch von Monika Elwenspoek

Zwielicht
Roman. Deutsch von Ursula Kösters-Roth

Die Eifersüchtige
Roman. Deutsch von Barbara Rojahn-Deyk

Unruhestifter
Roman. Deutsch von Monika Elwenspoek

Der lange Schatten
Roman. Deutsch von Peter Naujack

Wetterumschwung
Geschichten. Deutsch von Barbara Rojahn-Deyk, Ursula Kösters-Roth und Isabella Nadolny

Gefährliche Gedanken
Roman. Deutsch von Irene Holicki

Sieben magere Jahre
Roman. Deutsch von Monika Elwenspoek

Barbara Vine im Diogenes Verlag

Die im Dunkeln sieht man doch

Roman. Aus dem Englischen von Renate Orth-Guttmann

Der Fall der Vera Hillyard, die kurz nach dem Krieg wegen Mordes zum Tod durch den Strang verurteilt und hingerichtet wurde, wird wieder aufgerollt. Briefe, Interviews, Erinnerungen, alte Photographien fügen sich zu einem Psychogramm, einer Familiensaga des Wahnsinns. Schicht um Schicht entblättert Barbara Vine die Scheinidylle eines englischen Dorfes, löst zähe Knoten familiärer Verflechtungen und entblößt schließlich ein Moralkorsett, dessen psychischer Druck nur noch mit Mord gesprengt werden konnte.

»Barbara Vine ist die beste Thriller-Autorin, die das an Krimi-Schriftstellern nicht eben arme England aufzuweisen hat. Ihr Buch ist ein Psycho-Thriller der Super-Klasse. Eine Reportage aus einer Zeit da die ›besseren Herren‹ bei Heirat noch eine Jungfrau erwarten durften – und die Frauen aus dem bürgerlichen Aufsteiger-Milieu eine Menge Tricks anwandten, um diesem Weltbild anscheinend zu entsprechen.« *Frankfurter Rundschau*

Es scheint die Sonne noch so schön

Roman. Deutsch von Renate Orth-Guttmann

Ein langer, heißer Sommer im Jahr 1976. Eine Gruppe junger Leute sammelt sich um Adam, der ein altes Haus in Suffolk geerbt hat. Sorglos leben sie in den Tag hinein, lieben, stehlen, existieren. Zehn Jahre später werden auf dem bizzaren Tierfriedhof des Ortes zwei Skelette gefunden – das einer jungen Frau und das eines Säuglings...

»Der Leser glaubt auf jeder zweiten Seite, den Schlüssel zur Lösung des scheinbar kriminellen Mysteriums in Händen zu halten, doch – der Schlüssel paßt nicht, sperrt nicht, klemmt... Keine Frage, dieser Roman ist ein geglückter Thriller, ein famos geglückter, wofür diese Autorin auch bürgt.« *Wiener Zeitung*

Das Haus der Stufen

Roman. Deutsch von Renate Orth-Guttmann

Eine der großen Lügnerinnen der Welt, nennt Elisabeth die junge Bell. Und trotzdem, oder vielleicht deswegen: noch nie zuvor war Elisabeth von einer Frau dermaßen fasziniert. Selbst als Bells kriminelle Vergangenheit offenkundig wird, kann sich Elisabeth nicht aus ihrer Liebe zu Bell lösen. Immer wieder findet sie Erklärungen und Entschuldigungen für das unglaubliche Verhalten dieser mysteriösen Frau.

»Barbara Vine alias Ruth Rendell ist in der englischsprachigen Welt längst zum Synonym für anspruchvollste Kriminalliteratur geworden.«
Österreichischer Rundfunk, Wien

Liebesbeweise

Roman. Deutsch von Renate Orth-Guttmann

»*Liebesbeweise* ist Barbara Vines bisher eindringlichster Exkurs in die dunklen Geheimnisse der Obsessionen des Herzens. Dieser Roman betrachtet und prüft mancherlei Arten von Liebe: die romantische Liebe, die elterliche Liebe, die abgöttische Liebe, die besitzergreifende Liebe, die selbstlose Liebe, die erotische Liebe, die platonische Liebe und die kranke Liebe.«
The New York Times Book Review

»Wer die englische Autorin kennt, weiß, daß es in *Liebesbeweise* wieder um ein veritables Verbrechen geht, daß dieser Kriminalroman aber in Wirklichkeit wieder ein Reisebericht über eine zerklüftete Landschaft emotionaler Verstrickungen ist. Die Landschaften wechseln bei Barbara Vine, gleich bleibt die suggestive Verführungskraft, mit der sie ihre Leser in immer neue Abgründe zieht. Man wird süchtig... Eine besondere Stärke sind die überraschenden Wendungen, die ihre Handlungen nehmen, die quälenden Verzögerungen und rasanten Beschleunigungen, die sie einbaut.« *profil, Wien*

»*Liebesbeweise* ist ein erfrischend verstörendes Epos.«
Hamburger Morgenpost

»Diese Frau ist einfach ein Phänomen. Und *Liebesbeweise* ist ein Spitzen-Thriller.«
Frankfurter Rundschau

König Salomons Teppich

Roman. Deutsch von Renate Orth-Guttmann

Welcher fliegende Teppich trägt uns – wie ehedem Salomon – heute überallhin? Die Londoner U-Bahn! Von ihr aber gibt es Geschichten zu erzählen, die alles andere als märchenhaft sind. Hart und verwegen geht es zu in den Tunneln der Tube, wo die Gesetze der Unterwelt gelten. Eine Geschichte der U-Bahn schreibt der exzentrische Jarvis. Und gleichzeitig steht er einem Haus vor, in dem die unterschiedlichsten Außenseiter Unterschlupf finden, wenn sie nicht gerade in der U-Bahn unterwegs sind.

»Wie Patricia Highsmith macht Barbara Vine leichtgläubige Opfer zum Werkzeug von zielstrebigen Intriganten – mit dem fatalen Ausgang einer klassischen Tragödie.« *The Independent, London*

»Zum geheimnisvollen, bedrohlichen Labyrinth werden die Stationen, Tunnels, Lift- und Luftschächte der Londoner U-Bahn in *König Salomons Teppich*. Barbara Vine, die Superfrau der Crime- und Thrillerwelt, ist in absoluter Hochform. Ergebnis: hochkarätige , bei aller mordsmäßigen Spannung vergnügliche Literatur.« *Cosmopolitan, München*

Alison Lurie im Diogenes Verlag

Affären

Eine transatlantische Liebesgeschichte
Aus dem Amerikanischen von Otto Bayer

Vinnie Miner, Amerikanerin, nach ironischer Selbsteinschätzung ›alt, klein, unattraktiv und nicht verheiratet‹, reist mit einem Forschungsstipendium nach London. Dorthin ist auch ihr attraktiver junger Kollege Fred Turner unterwegs. Beide sind allein. Keiner der beiden ist auf eine *Affäre* aus.

»Ein gleichermaßen witzig-melancholischer wie intelligenter Unterhaltungsroman.« *Die Zeit, Hamburg*

»Eine literarische Komödie, in der es neben dem Gegensatz USA-England auch um viele menschliche Skurrilitäten geht.« *Die Welt, Bonn*

Liebe und Freundschaft

Roman. Deutsch von Otto Bayer

»Ein höchst unterhaltsamer, witziger und bisweilen komischer Roman.«
Volker Hage / Sender Freies Berlin

»Ein Ehebruch, bei dem gewissermaßen alles stimmt. Nach fünf, sechs angenehm verbrachten Ehejahren hat sich die schöne Frau entliebt. Sie ist in häuslicher Monotonie ermüdet und gekränkt von der zunehmenden Verschlossenheit, wohl auch Herablassung des Gatten. Was sie von seiner Arbeit hält, berührt ihn kaum. Kann er überhaupt noch zwischen Menschen und Einrichtungsgegenständen unterscheiden? Die Zeit für einen Liebhaber ist reif... Alison Lurie erreicht, was so oft verfehlt wird: die Wahrheit über das, was man ›das Leben‹ nennen könnte oder auch ›das Menschenherz‹.« *Christa Rotzoll / FAZ*

Varna
oder Imaginäre Freunde

Roman. Deutsch von Otto Bayer

Ein junger amerikanischer Soziologiedozent, etwas zu scheu und voller ethischer Grundsätze, stößt auf einen etwas zu selbstsicheren und ziemlich rücksichtslosen Professor und Mentor. Die beiden mischen sich, zwecks ›teilnehmender Beobachtung einer isolierten Kleingruppe‹, unter eine Vereinigung kleinstädtischer religiös-spiritistischer Fanatiker, die glaubt, von Ro, dem Herscher des Planeten *Varna*, erleuchtet zu sein. Eine hochexplosive Synthese, die Beziehungen köcheln, und das Durcheinander brodelt.

»Luries vollendetste Komödie, eine wunderschöne Metapher auf die unzähligen Schattierungen zwischenmenschlicher Beziehungen.«
Times Literary Supplement, London

Ein ganz privater kleiner Krieg

Roman. Deutsch von Hermann Stiehl

Bei der Familie Tate war noch bis vor kurzem alles in Ordnung: die Ehe so wenig getrübt wie die Freude an den Kindern, das Heim behaglich. Mit einem Mal ist nichts mehr in Ordnung. In der Nachbarschaft entstehen scheußliche Häuser, die Kinder benehmen sich unerträglich, und Erica Tate muß entdecken, daß ihr Mann Brian sie mit einer Studentin betrügt. Sie will klug, großzügig handeln, aber es gelingt ihr nicht...

»Stilvoll, komisch, distanziert und zärtlich, von seltenem Witz und Einfühlungsvermögen: Alison Lurie schreibt wie ein Engel. Sie ist sowohl von Truman Capote wie von Christopher Isherwood mit Jane Austen verglichen worden – eine kühne Behauptung, aber dieser Roman rechtfertigt sie durchaus. Ein großartiges Buch.« *Sunday Times, London*

Die Wahrheit über Lorin Jones

Roman. Deutsch von Otto Bayer

»Alison Lurie ist die literarische Verhaltensforscherin der Denkmoden, der Konkurrenz- und Sexualgewohnheiten ganz normaler mittelständischer Stadtneurotiker.
Diesmal geht's um die New Yorker Kunsthistorikerin Polly Alter, die über die verstorbene und vergessene Malerin Lorin Jones eine Biographie schreiben soll. Polly beginnt mit lauter fixen Vorurteilen und endet beschämt und verwirrt, denn *Die Wahrheit über Lorin Jones* ist peinlicher, widersprüchlicher und komplizierter, als Polly dachte. Alison Lurie hat nicht nur ein Spottporträt über die New Yorker Kunstszene geschrieben; nebstbei ist ihr auch noch eine hinterhältige Satire auf die Tücken des Biographengewerbes gelungen.« *profil, Wien*

Nowhere City

Roman. Deutsch von
Otto Bayer

Ein Roman um Liebe und Leidenschaft, Stars und Starlets, Professoren und Privates, um das Auf und Ab und Kreuz und Quer des Lebens. In *Nowhere City* wird die ›folie humaine‹ wieder um eine Variante bereichert.

»Es gibt nur eine Alison Lurie, und mit *Nowhere City*, diesem gescheiten Roman voller Witz und Stil, läßt sie alle und alles weit hinter sich.« *Truman Capote*

»Unter dem Laserblick Alison Luries tanzen die Paare kreuz und quer durch das schwüle Kalifornien der 60er Jahre und bereiten dem Leser einen betörenden Cocktail aus sprühender Intelligenz und kitzelndem Witz.« *Le Figaro, Paris*

»Ein sehr sinnliches, rundes, fundiertes Buch. Herrliche Unterhaltung.« *The Sunday Times, London*

Von Kindern und Leuten

Roman. Deutsch von
Otto Bayer

Zwei Mädchen fahren mit ihren Eltern aufs Land, um bei der Lehrerin der Kinder ein geruhsames Wochenende in den Catskill Mountains zu verbringen. Doch die Mädchen merken sehr schnell, daß zwischen den Elternpaaren etwas nicht stimmt: Lollys Vater Dan macht Mary Anns Mutter Avancen. Dank ihrer Phantasie und ihrem feinen Gespür für das, was sich hinter den Worten der Erwachsenen verbirgt, zeichnet die achtjährige Mary Ann ein ergreifendes Bild von der nach außen so harmlos wirkenden Landpartie... Mit zarter Ironie entlarvt Alison Lurie die Paare und beschwört eine Kindheit im Amerika der dreißiger Jahre, als die Erwachsenen noch keine Spur erwachsener waren, als sie es heute sind.

»*Von Kindern und Leuten* ist dank seinem gepfefferten Humor und seiner Weitsicht ein phantastisches Buch von einer gewieften und einfühlsamen Autorin.« *Vogue, London*

Doris Dörrie im Diogenes Verlag

Liebe, Schmerz und das ganze verdammte Zeug

Geschichten

Vier großartige, liebevolle, traurige, grausame Geschichten: *Mitten ins Herz, Männer, Geld, Paradies.* Geschichten von befreiender Frische.

»Doris Dörrie ist eine beneidenswert phantasiebegabte Autorin, die mit ihrer unprätentiösen, aber sehr plastischen Erzählweise den Leser sofort in den Bann ihrer Geschichten schlägt, die alle so zauberhaft zwischen Alltag und Surrealismus oszillieren. Ironische Märchen der 80er Jahre – Kino im Kopf.«
Der Kurier, Wien

»Ihre Filme entstehen aus ihren Geschichten.«
Village Voice, New York

»Was wollen Sie von mir?«

und 15 andere Geschichten

»Es ist vollkommen gleichgültig, ob Sie Doris Dörrie in der Badewanne, im Intercity-Großraumwagen, im Lehnstuhl oder in der Straßenbahn lesen, nur: Lesen Sie sie! Lassen Sie sich nicht irre machen von naserümpfenden Kritikern, diese sechzehn Short-Stories gehören durchweg in die Oberklasse dieser in Deutschland stets stiefmütterlich behandelten Gattung.« *Deutschlandfunk, Köln*

»Vor allem freut man sich, daß Doris Dörrie den eitlen Selbstbespiegelungen der neuen deutschen Weinerlichkeit eine frische, starke und sensible Prosa entgegenstellt.« *Kölnische Rundschau*

Der Mann meiner Träume

Erzählung

Doris Dörrie erzählt die Geschichte von Antonia, die den Mann ihrer Träume tatsächlich trifft. Sie erzählt eine moderne Liebesgeschichte, eine heutige Geschichte, deren Thema so alt ist wie die Weltliteratur, eine Geschichte von der Liebe.

»Ein erzählerisches Naturtalent mit einem beneidenswerten Vermögen, unkompliziert und gekonnt zu erzählen. Der Leser beendet die Lektüre mit höchst bewußtem Bedauern darüber, daß er diese kurzweilige, unprätentiöse Erzählung schon hinter sich hat.«
Frankfurter Allgemeine Zeitung

Für immer und ewig

Eine Art Reigen

Ein überschaubarer Kreis von Personen, darunter auch das Model Antonia, im ewigen Karussell des Lebens: Man begegnet sich, verliert sich wieder aus den Augen, liebt und leidet.

»Die Dörrie ist in diesem Buch auf der Höhe ihrer Männer- und Frauencharakterstudien. Ein Buch zum Lachen und zum Weinen. Zum genießerischen Wehmütigsein und zum sinnigen Nachdenken.«
Die Welt, Bonn

Love in Germany

Deutsche Paare im Gespräch
mit Doris Dörrie

»Doris Dörrie hat die *Love in Germany* erkundet – in 13 anrührenden und saukomischen Interviews mit deutschen Paaren zwischen Mittelmaß und Beziehungswahn. Ganz normale Leute, aber alle sind mit ihren Ramponiertheiten und unverwüstlichen Liebesträumen Persönlichkeiten. Aufschlußreicher als jede Statistik.« *stern, Hamburg*

Bin ich schön?

Erzählungen

Leopold und seine junge Frau wollen es anders machen als die spießigen Nachbarn ihrer niederbayrischen Umgebung. Sie bitten die vietnamesische Asylantenfamilie Hung zu sich ins Haus, laden sie zum Tee und zum Essen ein, schenken ihnen warme Winterkleidung und ein Paar *Neue Schuhe für Frau Hung*. Doch nach ein paar Tagen kapitulieren sie vor den kulturellen Unterschieden, die trotz guten Willens unüberwindbar scheinen.
Charlotte will wieder arbeiten gehen und sucht ein Kindermädchen für ihre kleine Tochter. Aber nicht irgendeins, sondern »ich möchte einen Babysitter, der mich verehrt, nicht stört und immer verfügbar ist«. Natürlich muß sich das Kindermädchen schnell in ›gesunde Ernährung‹ und ›angstfreie Erziehung‹ einarbeiten lassen, und ein gutes Karma sollte sie auch haben. Anita, ein junges Mädchen aus Ostdeutschland, die erst seit zwei Wochen im Westen ist, macht das Rennen: *Gutes Karma aus Zschopau* und seine Folgen...
Mit liebevoll-kritischem Blick nimmt Doris Dörrie die aufgeklärte, alternative Intellektuellenszene aufs Korn.
Sechzehn tragisch-komische Geschichten, die nachdenklich stimmen, weil sie so hemmungslos ehrlich sind.

»Doris Dörrie ist eine ausgezeichnete Kurzgeschichten-Schreiberin mit der erforderlichen Prise Selbstironie und mit stilistischer Eleganz.«
Annemarie Stoltenberg/Die Zeit, Hamburg

Diogenes Taschenbuch 22714